Viel Zeit ist seit meinem letzten Besuch in Schottland vergangen. Die Gründe waren vielfältig.

Dieses Buch ist jenen gewidmet, die ebenfalls lange auf einen Besuch in Alba warten mussten, oder noch müssen.

Impressum

Bibliografische Information der Deutschen Nationalbibliothek: Die Deutsche Nationalbibliothek verzeichnet diese Publikation in der Deutschen Nationalbibliografie; detaillierte bibliografische Daten sind im Internet über dnb.dnb.de abrufbar.

Die im Buch genannten Personen und Handlungen sind frei erfunden.

Zweite Auflage

© 2021 bis 2024, Bernd Pesch

Verlag: BoD • Books on Demand GmbH, In de Tarpen 42,

22848 Norderstedt

Druck: Libri Plureos GmbH, Friedensallee 273, 22763 Hamburg

Kontaktadresse des Autors: BerndPesch@RavenFox.de

ISBN: 978-3-7597-7921-2

Bernd Pesch

Liath

Grün, wie der Tod

Einige Personen wurden bereits im Roman *Liath – Die Farbe des Himmels* vorgestellt. Eine Übersicht der Protagonisten finden sie auch im → Anhang, ab Seite 275.

Dort werden auch die maßgeblichen Orte der Handlung vorgestellt.

Prolog – The Scottish Colourists

Paris, 16. April 1912

Über der Stadt lag Unruhe.

Die Welt vibrierte angesichts der Ereignisse der kommenden Jahre. Die Staaten positionierten sich. Könige und Kanzler suchten Verbündete. Präsidenten schmiedeten fragile Bündnisse. Die Menschen versuchten, sich das Leben so normal wie möglich zu gestalten und sich unter der großen Politik wegzuducken. Das Leben war schwer genug. Wäre da nicht diese latente Unruhe, die alle ansteckte und reizbar machte, könnte man die ersten Sonnenstrahlen des Frühlings genießen.

Im Viertel unterhalb Sacré-Coeur stellten die Bistrobesitzer wieder ihre kleinen Tische auf die Straße und warteten auf Kunden, die auf einen Kaffee, ein belegtes Baguette oder Croissant und einen Plausch vorbei kamen. Ein Baguette mit Schinken oder mit Käse konnte sich nicht jeder leisten. Der Kaffee war günstig und schmeckte auch so. Er kostete nur wenige Centimes. Der Plausch war kostenlos. Bereits morgens gegen vierzehn Uhr konnte man auch schon mal einen Rotwein oder einen Absinth zum Kaffee nehmen. Manchmal auch beides.

Die drei Männer trafen sich hier selten, aber regelmäßig. Sie versuchten in Paris für eine gewisse Zeit ein Auskommen zu finden. Ansonsten verband sie wenig. Die Männer trafen sich in der Brasserie Le Ronsard. Sie stellten sich ihre Stühle so zurecht, dass sie über die langen Treppen hinweg zu Sacré-Coeur aufschauen konnten. Es wurde zum Ritual, sich über diese Kirche im Speziellen und den christlichen Kirchen im Allgemeinen zu unterhalten. Einer der Männer nahm sein Skizzenbuch aus der Tasche und begann mit Zeichenkohle die anderen Gäste zu portraitieren. »Studien für später«, entschuldigte er sich überflüssigerweise. Seine Malerkollegen verstanden ihn.

Ein Vierter gesellte sich leicht verspätet zu den anderen. Auch er gehörte zu dieser kleinen Gruppe. Er hatte unterwegs bei einem Straßenhändler noch druckfrisch die Morgenausgabe des Le Figaro erworben, bevor er den anderen Gesellschaft leistete. »Ihr habt es gehört?«

»Was?«, fragte jener, der an der Türe saß, neugierig.

»Ist das Pulverfass Europa explodiert?«

»Nein. Die Titanic ist vergangene Nacht gesunken.«

»Wie können wir das so schnell wissen?« Der Dritte schaute ungläubig. ‚Sie muss doch bereits viele tausend Meilen entfernt sein. Ein Schiff braucht Tage, um diese Nachricht zum Festland und zur nächsten Telegrafenstation zu bringen.'

»Es gibt doch diesen elektrischen Telegrafen von Marconi.«

»Den was?«

»Man kann mit dieser Maschine Nachrichten rund um die Welt durch den Äther übertragen. Von Schiff zu Schiff. Von Schiff zu Land. Nach Belfast. Nach London. Dann Paris.«

»Was ist passiert?«, wollte der Erste wissen.

»Man spricht von einem Eisberg.«

»Wohl kaum. Die Titanic ist unsinkbar.«

»Die Titanic ist ... oder war ... genauso unsinkbar wie Europa.«

»Die Titanic war erst der Anfang«, grübelte der Pessimist. »Ein Krieg wird über Europa kommen. Ein weiterer über die ganze Welt. Schließlich die Vernichtung des Lebens.«

»Egal. Lasst uns nun Leuchttürme malen. Ihr habt zwei Tage Zeit. Dann vergleichen wir die Arbeiten.«

»Können wir machen«, lachte einer. »Aber alles ohne Grün.«

Rosemarkie

Peploes Licht

Chanonry Point, nahe Inverness am Moray Firth

John Adam McLymondt hielt direkt vor dem Tor zum Leuchtturm. Er stieg aus dem alten Volvo Kombi aus. Auch wenn das Auto gewaschen war, wirkte der beige-braune Lack immer schmutzig. John Adam würde sich nie wieder für diese Farbe entscheiden. Als er das Auto kaufte, war es bereits zehn Jahre alt und funktionierte. Er ließ den Motor laufen. Im Gegensatz zu John Adam röchelte der Volvo bei jedem Atemzug und spie gelegentlich rußschwarze Wolken aus.

Ein kurzer Kontrollblick entlang des Stacheldrahtes an den Betonpfählen zeigte ihm, dass der Zaun noch intakt war. Hier und da hatte bereits Wasser Ecken des Betons abplatzen lassen. Das Salzwasser drang in die Pfähle ein. Es legte das Armierungseisen frei. Rostiges Rot zeigte auf, welche Wege das herunterrinnende Wasser nahm. Der Zaun mochte neugierige Wanderer zurückhalten. Mehr auch nicht.

John Adam ärgerte sich über das Auto, das dreisterweise am Rande der Zufahrt zum Leuchtturm stand. Es wäre nicht das erste Mal, dass Touristen versuchten, die Parkgebühren des naheliegenden Parkplatzes zu umgehen. John Adam griff nach seinem Mobiltelefon und informierte den Abschleppdienst.

Der unauffällige Mann mit kleinem Bauchansatz und wenig Haaren, die längst Farbe verloren hatten, griff nach dem neuen Vorhängeschloss und schloss das Tor auf. Er fuhr auf das Gelände des Leuchtturms. Widerwillig reagierte der Volvo auf das Gaspedal. Beim Schließen des Tores warf John Adam einen kurzen Blick über seine Hornbrille auf den Moray Firth. Das

Wasser lag ruhig da. Die Flut drängte bereits wieder in die Bucht.

Der Leuchtturm stand in den Dünen, etwa dreißig Meter oberhalb des Meeres. Nicht ohne die Reißverschlüsse seiner ausgeblichenen, roten Jacke nochmals zu schließen, blieb John Adam einige Zeit stehen. Über den Meeresarm wehte ein ständiger, nasser Wind. John Adam trotzte dem Wetter mit robusten Schuhen und einer schweren beigen Cordhose. Vollkommen unpassend trug er eine Kappe aus Tweed zu seinem Outfit. Alles war praktisch. Unauffällig. McLymondt hielt es wie viele andere Schotten: Man kombinierte, was praktisch war und gerade an der Garderobe hing.

Die Delfine hatten ihre Jagd auf den Lachs schon längst eingestellt. Sie waren dem Schwarm gefolgt, wie die Speisefische kurz vor Ebbe ins Meer hinausgezogen wurden. Nun stieg der Wasserspiegel wieder stetig an. Mit den Delfinen verschwanden auch die vielen Touristen, die tagtäglich das Schauspiel besuchten.

Der rüstige Rentner hatte kaum noch einen Blick für das Spektakel im Wasser. Für ihn waren Delfine auch nur Fische. Aber der Rummel störte ihn. Es waren zu viele. Aber die Touristen gingen auch wieder, wie die Flut in die Ebbe überging.

McLymondt schaute kurz über die Meerenge hinüber zum Fort George, eine alte Festungsanlage der Armee auf der gegenüberliegenden Seite. Hier hatte er wenige Jahre Dienst geleistet. Es war nicht seine beste Zeit. John Adam McLymondt hatte sich als Soldat nicht wohlgefühlt. Er folgte lediglich der Familientradition.

Die McLymondts hatten einen kleinen, aber sehr alten Adelstitel. Sie besaßen große Ländereien und Wälder auf der Nordseite des Moray Firth auf der Black Isle. John Adam war der Erstgeborene. Clan-Tradition war es, dass er Karriere bei der Armee machen und später den Clan führen sollte, wenn er

Härte und Demut gelernt hatte. Beides war ihm zuwider. Er brach seine militärische Laufbahn ab, sobald es für ihn möglich war. John Adam hatte keinen Ehrgeiz. Er war antriebslos. Nach seiner Karriere kümmerte er sich – zunächst offiziell und nun im Ruhestand – um die Leuchttürme rund um die Black Isle bei Inverness. Es war eine einfache Aufgabe, die aber all seine Hingabe erhielt. Falls ein Leuchtturm ein Fetisch sein konnte, waren diese Türme John Adams Leidenschaft.

Der Mann lief die wenigen Schritte zur vorderen Türe des Gebäudes, um aus dem Wind zu gelangen. Mit Daumen und Zeigefinger nahm er absplitternde weiße Latexfarbe von der Gebäudemauer ab. Er blickte sich um. Überall war die Farbe in einem schlechten Zustand. Er würde seinem Vereinsvorstand berichten. Oder dem Northern Lighthouse Board. Es ärgerte ihn, dass in diesem Zusammenspiel einmal der Trägerverein und ein anderes Mal der Betreiber des Leuchtfeuers zuständig war. Dies zwang ihn immer wieder zu Entscheidungen, die er nicht treffen wollte. Meistens wich McLymondt aus und berichtete seinem Verein. Der Vorstand möge es dann regeln.

John Adam war ehrenamtlicher Leuchtturmwärter und hatte sich einem Verein angeschlossen, welcher das historische Gebäude von 1864 pflegte, nachdem der letzte hauptamtliche Leuchtturmwärter 1984 das eingeschossige Haus verlassen hatte und das Leuchtfeuer seitdem automatisch betrieben wurde. Auf seinem Leuchtturm fühlte er sich wohl. Wenn man ihn ließe, würde er gerne hier wohnen. Die Wohnung stand leer. John Adam würde sie sicher wieder bewohnbar machen.

Die nicht mehr genutzten Nebengebäude drohten zu verfallen. John Adam wusste, dass man in die Substanz investieren musste; dass viele Arbeiten notwendig waren. ‚Sicher müssen wir Spenden sammeln‘, dachte er. ‚Hier von den Touristen, die zu den Delfinen kommen.‘

Die Eingangstür war angerostet. John Adam fuhr mit dem Daumen über die Stellen, um zu erkunden, wie stark der Rostfraß mittlerweile war. Überall fraß sich das rostrote Geschwür entweder still und heimlich unter den vielen Farbschichten oder ganz unverfroren direkt sichtbar an den Metallteilen entlang. Auch darüber würde John Adam dem Verein berichten, so wie er es jeden Monat tat. Im Inneren blickte er kurz die Wendeltreppe hinauf, bevor er selbst Schritt für Schritt nach oben ging. Unter seinen Schritten quietschten die Gitterrost-Stufen. John Adam kannte jede Stufe. So wusste er, dass die dritte Stufe ein wenig nachgab, die zwölfte Stufe stärker quietschte und die letzte Stufe an der vorderen Kante nachgeschweißt werden müsste.

In wenigen Minuten würde das Leuchtfeuer gezündet werden. John Adam schaute auf seine Uhr.

Oben hatte er noch genügend Zeit, die große Fresnel-Linse des Scheinwerfers zu prüfen. Er fettete den Drehmechanismus des Scheinwerfers mit einem Pinsel und Fett aus einem kleinen Topf. Kurz nachdem er fertig war, begann die Mechanik zu krächzen und sich langsam in Bewegung zu setzen. Das Timing war wie ein Ritual. Immer wurde John Adam kurz vor dem Start des Leuchtfeuers fertig. Es war, als hätte er sich mit der Mechanik abgesprochen.

Der Scheinwerfer folgte der Mechanik unvermittelt. Zuerst hörte John Adam ein leises Summen und sah, wie die große Quecksilberdampflampe anfing zunächst rotgelb zu leuchten.

Das Summen wurde stärker. Das Licht wurde heller. Der Mechanismus hatte seine Umdrehungsgeschwindigkeit erreicht. Alle sechs Sekunden würde der helle Strahl der Lampe über das Wasser streichen. Alle sechs Sekunden. John Adam kannte diesen langsamen Pulsschlag seiner Lampe. Die Farbe wechselte langsam über ein strahlendes Gelb zu Grün, während es im Leuchtturm langsam wärmer wurde.

‚Grün? Wieso Grün?', dachte John Adam. ‚Die Signalfarbe muss weiß sein. Nicht grün!' Die verbliebenen Touristen am Strand und in den Dünen schauten zum Leuchtturm auf, als er mit den ersten Strahlen zeigte, dass er noch lebte. Für sie war es egal, ob das Licht in Weiß oder Grün erstrahlte. Für die Navigation schon.

Überflüssigerweise schaute John Adam nochmals auf seine Uhr. Er wusste auch so, dass der Leuchtturm im Juli pünktlich um 19:45 seine Funktion aufnahm und seinen Strahl fast dreißig Kilometer über das Meer hinausschickte. Er würde Schiffen den Weg um die tückische Landenge in den Moray Firth weisen. Zur Landseite hin wurde der Lichtstrahl durch einen Schirm ausgeblendet. John Adam stellte sich an eine Ecke dieser Wand. Hier stand er häufiger. Sein Blick folgte dem heller werdenden Strahl der starken Lampe. Er realisierte, dass jemand die Linse der großen Lichtquelle grün angemalt hatte. ‚Was soll dieser Blödsinn?', ärgerte er sich. John Adam beugte sich vor, um die Farbe mit einem Lappen aus seiner Werkzeugkiste zu entfernen. Mit den Jahren wurde er hier oben fahrlässig. Der alte Mann beugte sich weit über den drehenden Mechanismus vor. Der Scheinwerfer erwischte zuerst die Krempe seiner Tweedkappe und dann die Kapuze seiner wetterfesten Jacke.

Um ihn herum wurde alles heller. Und lauter.

John Adam stutzte. Er hatte doch gerade erst den Mechanismus neu geschmiert. Dennoch wurde es lauter? Die Mechanik sollte doch samtweich laufen. Sein Ohr kam der eisernen Umfassung zu nahe.

Es wurde gleißend.

Es wurde eng zwischen Wand und Scheinwerfer.

Es wurde heiß. Sehr heiß.

Die Lampe brannte selbst das Grün von der Scheibe. Es bedurfte John Adams Hilfe nicht.

Das Licht wurde wieder weiß. So wie immer seit 1846.

John Adam atmete tief ein. Brennende Luft füllte seine Lungen. Er fasste nach hinten zur Wand. Er suchte Halt. Wieder und wieder wurde er vom Lichtstrahl erfasst. Immer wieder wurde es heiß, ohne dass die Temperatur zwischenzeitlich nachließ.

Der Mann wollte die Fenster des Turms öffnen. Er wollte auf den Balkon vor der Lampe fliehen. Die Lampe, die Jahrzehnte sein Freund war, wurde zum Feind. Der eben noch liebevoll gepflegte Mechanismus war plötzlich ein Widersacher. McLymondt hatte keine Kraft, die Fenster zu öffnen. Der Weg zur Treppe war versperrt. Die Tür nach unten war zugefallen. Er hatte es nicht bemerkt.

John Adam saß in der Falle. ‚Ich muss den Mechanismus stoppen', dachte er. ‚Aufmerksam machen!' Natürlich wusste er, dass hier Notaus-Schalter verbaut waren. Früher dachte er, sie wären überflüssiger Firlefanz eines übereifrigen Arbeitsschützers. Nun suchte John Adams gerade diesen Firlefanz. Einen dieser roten Knöpfe sah er in unmittelbarer Nähe. Er drückte den Knopf. Nichts geschah! Er haute mit der Faust auf den Knopf. Firlefanz ohne Funktion. Er prügelte mit letzter Kraft auf den Knopf ein.

Es wurde immer heller. Wenn es eine Steigerung des weißesten Weiß gab, dann war es das, was John Adam nun sah. Er spürte die Farbe, begleitet von einer unendlichen Hitze.

Dann spürte er nichts mehr.

John Adam sah einen Mann am Leuchtfeuer stehen. Er sah diesen Mann lautlos schreien. Er hatte kein Mitleid. Er spürte nicht mit diesem Mann, der er nicht mehr war. Aus immer größerer Distanz schaute John Adam McLymondt auf diese unglückliche Person hinab. Natürlich sah jene aus, wie er. Die Person trug seine Tweedkappe, seine Jacke und seine Cordhose.

John Adams Geist trennte sich von diesem Körper zwischen Lampe und Gläser der Glaskuppel.

John Adam McLymondt starb in langen, langen Minuten zwischen 19:45 und 22:10.

The Scottish Colourists:
Samuel John Peploe

Paris. Auf dem Kontinent

Der Sonntag begann in den Vororten von Paris früh. Die Kirchen riefen kurz nach Morgengrauen zur Messe. Einige eilten zu den Bussen, andere fuhren im Sonntagsrock mit dem Fahrrad. Nur wenige konnten sich eines der ersten Automobile leisten und ließen sich bis zum Kirchenportal chauffieren.

Beim Maler lief das Leben anders. Während die meisten Menschen zu den Kathedralen strömten, öffnete Margaret, die Frau des Malers, die Fenster und ließ den Frühling aus dem Park ins Haus. Sonntags gab es beim Maler immer Fisch, frisch aus der Region oder vom Meer. Paris war verwöhnt, was die Versorgung mit Lebensmitteln anging. Die Großmärkte, bekannt als der „Bauch von Paris", pulsierten Tag und Nacht.

»Warum essen wir sonntags Fisch? Andere haben sonntags Braten und freitags Fisch«, fragte die Küchenmagd oft. ‚Aber Künstler sind wohl so', dachte Jeanette.

Peploe liebte die einfachen Dinge im Leben. Er erfreute sich an deren Schlichtheit, wie an einem schönen Bild. Die Malerei war seine dritte Karriere; er hatte zuvor eine Anwaltskanzlei verlassen. Sein Vater hätte ihn lieber in einer Armeeuniform gesehen. Samuel John Peploe schüttelte noch immer bei dem Gedanken daran, in Reih und Glied zu marschieren. Auch konnte er sich das Leben zwischen Paragrafen und Schwerverbrechern kaum vorstellen.

Eine einfache Dienstmagd als Gespielin war ihm lieber als eine Duchesse. Ihn befriedigte die Schlichtheit mehr als alles andere. Brüste, die unter einer Bluse schwangen, waren ihm lieber als jene im Korsett. Seine fest verschnürte Frau Margaret musste sich damit abfinden. Ein Künstler benötigte eine Muse, und Samuel John war der Künstler im Haus.

Peploe liebte Gespräche, die berührten, nicht die Exkurse angesagter Philosophen wie Nietzsche. „Gott ist tot", sagte man, und Nietzsche sei es auch. Peploe diskutierte viel mit seinem Freund Fergusson über Malerei. Beide malten ähnlich, beide mochten die Natur. Die Natur in der eigenen Blumenvase. Wenn Margaret nicht gerade das gute Geschirr auf den Sonntagstisch stellte, fand sie einzelne Stücke wie die Kaffeekanne oder die Zuckerdose auch mal im Atelier für ein arrangiertes Stillleben.

Peploe stand vor der Leinwand, die er grundiert hatte. Er übte sich darin, durch wenige Striche viel darzustellen. Seine Vorbilder waren Manet und die Spanier wie Zurbarán. Peploe war ein Meister der Stillleben, die er gerne auf dunklem Grund malte. »Nun male ich Licht für den Wettbewerb. Den Leuchtturm. Den Wettbewerb gewinne ich nie!« Die Leinwand antwortete ihm nicht. Aber die Grundierung wurde heller, nicht dunkler, wie sonst bei seinen Vorbereitungen.

»Ich kann Dunkelheit und Dämmerung. Aber Licht?« Peploe pendelte oft zwischen Paris und Edinburgh. »Zum Glück kenne ich den Leuchtturm.« Er malte aus dem Gedächtnis und redete mit der Leinwand. »Wer kam eigentlich auf die blöde Idee, auf Grün zu verzichten?« Peploe ärgerte sich. Doch er nahm die Herausforderung an. In seiner rechten Hand hielt er zwei Pinsel, einen mit Blau und einen mit Gelb. Parallel arbeitete er mit beiden Pinseln am unteren Rand des Bildes. »Ich werde nur wenig Gras zwischen die Dünen malen, um das grüne Dilemma zu umgehen.«

Der Maler redete viel mit sich selbst oder mit seinen Bildern. Für andere blieben sie stumm, nicht für ihn.

Mittlerweile war der Geruch des Fischs aus der Casserole durchs Haus gezogen und im Atelier angekommen. Der Maler hatte seine Freunde zu Tisch geladen. Er liebte es, seinen Garten zu präsentieren und Gäste auf der Terrasse zu bewirten. Er konnte es sich leisten. Stammkunden wie J. W. Blyth oder Robert Wemyss Honeyman kauften regelmäßig seine Bilder. Seltener gelangten seine Arbeiten auch zu den McLymondts. Lady Elizabeths Vater hatte das eine oder andere Bild im Laufe der Jahre für das Ormond House erworben.

Manchmal war Fergusson unter den Gästen, aber häufiger Dichter, Literaten und Architekten. Jeanette, die dralle Küchenhilfe, musste sich sputen. Zwischen Fisch, Kerbel und glasierten Karotten roch die Küche nach Jeanettes Schweiß. Animalische Gerüche mischten sich.

Peploe legte die Pinsel beiseite und schlich in die Küche, während seine Frau Margaret den Tisch deckte. Es war noch Zeit bis Mittag. Blaue und gelbe Farbflecken an seinen Fingern vermischten sich zu Grün.

Barbue à la Dugléré – der Butt

Jeanette wählte eine irdene, feuerfeste Form für den Fisch. ‚Feuer‘, dachte Peploe. ‚Da ist es wieder. Leuchtfeuer. Ich werde helles Licht malen.‘

Jeanette kümmerte sich um das Feuerholz, Peploe um das Gemüse und die scharfen Sachen. Er half – pro forma – ein wenig in der Küche aus, um später vor seinen Gästen behaupten zu können, er hätte mitgekocht.

Der Maler schälte und würfelte violette Zwiebeln und Schalotten, die ihm Tränen in die Augen trieben. Es fiel ihm schwer, sich auf Jeanettes Brüste zu konzentrieren. Ihr Mitleid schien ihm sicher, denn immer, wenn Peploe sie ansah, standen ihm die Tränen in den Augen. Jeanette erwiderte seinen Blick mit einem kurzen Augenaufschlag und Melancholie. Ihre Bewegungen wurden ausladender. Sie wusste, was der Maler sehen wollte.

Sie brachte den Ofen und den Maler auf Temperatur. Für den Ofen nutzte sie Feuerholz; für die Glut im Maler hüpften ihre Brüste. Solange der Maler zufrieden war, behielt sie ihren Job. Jeanette tat alles dafür. Das Ehepaar Peploe war ein guter Arbeitgeber, besonders in diesen schwierigen Zeiten.

Es reichte Peploe, Jeanette zu betrachten, wenn sie sich vorbeugte und die Holzscheite in den Ofen schob, um seinen eigenen Scheit wachsen zu lassen.

Peploe stellte den Korb frischer Tomaten auf den groben Tisch und begann, sie zu würfeln. ,Was mache ich hier bloß? Ich sollte malen. Ein großes Leuchtfeuer im Turm.' Der Maler schaute auf die prallen, runden Früchte. ,Tomatenrotes Feuer vielleicht? Hell genug?'

Jeanette verstand nur „Tomaten" und „Feuer". Die Säfte der Frucht flossen langsam über das Holz. Samuel John dachte an Jeanette. ,Ob ihre Säfte wohl auch fließen?' Ein flüchtiges Lächeln erschien kurz auf seinem Gesicht. ,Sollte Margaret doch nebenan das Sonntagsgeschirr aufdecken.'

,Erst morgen muss das Bild fertig sein. Heute widme ich mich anderen Farben.'

,Jeanettes Säfte werden keine Kerne wie die Tomaten haben', dachte er und fand es geistreich, obwohl der Gedanke albern war. ,Ich bin 41. Ein alter, verliebter Narr!' Es gab keine Liebe zu Jeanette. Sie war sein Spielzeug.

Jeanette brachte Würze in die Küche. Sie zupfte Thymian, Lorbeer und Petersilie mit kräftigen, aber zarten Fingern. Peploe erwartete, dass sie die Kräuter grob hackte, doch sie band sie zu einem Sträußlein, das sie sanft zu den Tomaten und Zwiebeln legte. Ihre Finger glitten durch die Form und fetteten sie mit Butter. Peploe war fasziniert von ihren Bewegungen.

Peploe sah überall Phallussymbole. Leuchttürme, die Licht in den Himmel schossen. Schwer atmend legte er den filetierten Butt in die Form, während Jeanette das Kräuterbouquet, die

Zwiebeln, Schalotten und Tomaten hinzugab. Beide schwitzten. Der Maler öffnete einen Weißwein, nahm einen großen Schluck und goss den Rest zum Fisch.

Jeanette öffnete den Ofen, und Peploe schob den Fisch hinein. Zwanzig Minuten blieben ihm. Zwanzig kurze Minuten, in denen der Fisch garte und Peploe dampfte.

Der Maler hob Jeanette auf den Tisch, spreizte ihre Beine und versenkte seinen Kopf in der Tiefe ihrer Röcke. Nein, sie roch nicht nach Fisch! Deshalb vergaßen sie die Casserole im Ofen.

An diesem Tag gab es für die Gäste kaltes Huhn zu Mittag.

Gedörrt

Chanonry Point

Die lichtgetrocknete Leiche von John Adam wurde erst nach Tagen entdeckt. Er blieb lange in seinem geliebten Leuchtturm, ohne den Betrieb der mächtigen Lampe und der alten Mechanik zu behindern.

Auf der anderen Seite hatte niemand den alleinlebenden Witwer vermisst. Nicht einmal den Nachbarn war aufgefallen, dass der kantige Volvo des Rentners nicht mehr in der Einfahrt stand. Lediglich die schwarz-bunt-schillernden Ölflecken auf dem Beton zeigten an, dass hier normalerweise ein Fahrzeug parkte. John Adam machte nie Urlaub, aber das Auto war dennoch weg. Niemanden kümmerte es. Es war so unauffällig, dass man ihn schnell vergaß, sobald es außer Sicht war. Es war eben ein Volvo.

Auch der Leuchtturm machte nicht auf den toten Mann aufmerksam. Der automatisch gesteuerte Mechanismus funktionierte frisch gefettet und reibungslos. Die Kontrollsignale in der Steuerstelle des *Northern Lighthouse Boards*[1] zeigten keine Störungen.

John Adam wurde durch Zufall gefunden. Einem anderen Mitglied des Vereins zum Erhalt des Leuchtturms fiel der Volvo am Leuchtturm auf. ‚So häufig ist John doch normalerweise nicht hier? Was macht er? Benötigt er Hilfe bei irgendeiner Ausbesserung?‘ Schließlich schaute das Vereinsmitglied nach, entdeckte die Leiche und benachrichtigte die Polizei. Die Schlussfolgerungen der Beamten waren schnell gezogen.

---

[1] *Zentrale Steuerstelle für die Leuchttürme in Schottland und der Isle of Man.*

Sie untersuchten die Fenster. Schwergängig. Die Lüftungen waren geschlossen. Es muss sehr heiß geworden sein.

Sie untersuchten die Tür. Trotz des Rostes an den Scharnieren musste die schwere Eisentür zugefallen sein. Sie entdeckten Fett an den Scharnieren und hatten eine Erklärung, warum die Tür schloss. »Sicher ein Windstoß«, kombinierte einer der Beamten und vergaß dabei, dass es ohne geöffnete Lüftungsklappen keinen Durchzug geben konnte.

Sie prüften den Notaus-Schalter. »Noch nicht elektrisch angeschlossen. Er konnte keine Hilfe holen.«

Der Gerichtsmediziner kam später nach einer oberflächlichen Leichenschau zum Ergebnis: Herzversagen und Dehydrierung. Fremdverschulden schloss er aus.

Niemand zog diese Möglichkeit in Betracht.

Wimmern

Sgiogarstaigh Cairns, Isle of Lewis and Harris

Enya war 47, als ihre Transformation zur Hexe abgeschlossen war. Nun würde sie nicht mehr altern. Ihre siebenundvierzig Jahre waren eingefroren, auch wenn ihr Reisepass anderes vermuten ließ. Irgendwann musste sie ihre Identität wechseln, aber bis dahin sollten noch viele Jahre vergehen.

Es geschah an einem unscheinbaren Steinkreis, der nie die Aufmerksamkeit der Touristen erhielt. Seitdem waren einige Jahre vergangen. Enya war mittlerweile 47 + 3. Immer seltener dachte sie an ihr früheres Leben in Bonn zurück. Deutschland, das Rheinland und das Leben mit ihrem cholerischen Mann waren nur noch vage Erinnerungen.

Sie hatte ihren Weg in ihr neues, schottisches Leben gefunden. Nach langer, intensiver Arbeit hatte sie das alte Hexenwissen des gälischen Covens wieder niedergeschrieben und für Eingeweihte verfügbar gemacht. Es gab ein neues magisches Buch: Liath. Ein neues Leben auf Lewis and Harris begann. Der Neuaufbau des Hexencovens war die nächste Herausforderung.

Enya versuchte immer wieder, die Erinnerungen an die Transformation zurückzuholen. Dann fuhr sie quer über die Insel, oft planlos über kleine Single Lanes. So lernte sie Lewis and Harris kennen. Manchmal trank sie auch nur einen Kaffee in Joseph's Bar in Port of Ness und ließ ihren Wagen dort vor der Bar stehen. Sie band ihre langen braunen Locken zu einem Pferdeschwanz. Wenn es sie nicht störte, erschien der Haaransatz in hellem Grau. Ärgerte es sie, wurde das Haar nachgefärbt, aber immer seltener. Enya trug Jeans, Trekkingschuhe, eine grüne Softshelljacke und ein buntes Halstuch im Kontrast zu ihren graublauen Augen.

Enya lief gemächlich an der Küste nach Süden zum Steinkreis, an dem der Coven neu geboren wurde. Sie streifte durch die nassen Wiesen und hinterließ Spuren im Gras, die im Laufe des Tages verschwanden. Enya blickte kurz zurück und sah ihre Fußabdrücke. ‚Menschen kommen. Menschen gehen', dachte sie. ‚Hexen kommen. Hexen gehen. Nur später.'

Sie war oft an diesem Steinkreis. Hier verbrannte das alte Buch Liath und ging in den neuen Hexencoven auf. Hier sammelte sie das Wissen wieder auf, welches Abt Raphael für den Coven niederschrieb, bevor er zurück nach Deutschland ging. Hier war der Ort, der ihr wieder Kraft gab. Die Wiesen waren ständig feucht und satt grün. Der Wind konnte ungehindert vom Meer auf das Land wehen oder die Insel wieder verlassen.

Auf den ersten Blick war der Ort unspektakulär. Es gab wenige Häuser in einiger Entfernung. Vor langer Zeit aufgeschichtete Trockenmauern zerfielen langsam. Die Schafe streiften nun frei über die Insel. Menschen lebten hier, weil sie Natur, Ruhe und Einkehr fanden. Das Leben im Einklang mit den Elementen. Enya kannte die hiesigen Bewohner bereits, vermutlich alle. Es waren nicht viele.

Wenn das Wetter es zuließ, kletterte Enya über die Felsen ans Meer hinunter. Auch wenn die Felsen nicht hoch waren, war die Klettertour nicht ungefährlich. Man konnte immer auf den nassen, glitschigen Felsen abrutschen oder in den Spalten hängenbleiben. Enya war sportlich und gelenkig genug, um sich dieser Herausforderung zu stellen. Manchmal fand sie zwischen den Felsen angeschwemmtes Treibgut, kleine Schätze, die das Meer freigab.

Vor Jahren wurden hier viele tausend Stangen Zigaretten angeschwemmt. Manche Packungen waren so dicht verpackt, dass der Tabak nicht gelitten hatte. Damals rauchte jeder auf der Insel die gleiche russische Marke. Weniger Glück hatte man mit angeschwemmten Fernsehern und Spielkonsolen. Sie gingen in Qualm auf, wenn man versuchte, sie unter Strom zu setzen. Wenig später fand man überall auf der Insel kleine gelbe Plastikenten. Auch diese Invasion ging vorbei, aber die Enten blieben in jedem Badezimmer stehen.

Enya hatte die Wasserlinie erreicht. Das Meer hatte sich ein wenig zurückgezogen. Die Ebbe setzte ein und gab Stein um Stein für ein paar Stunden frei.

Zunächst hörte Enya nur ein dünnes Wimmern zwischen dem Rauschen der Wellen und dem Pfeifen des Windes. Jeder andere Mensch hätte es überhört. Enyas Sinne waren mit der Wandlung zur Hexe sensibler geworden. Sie hielt in ihrer Kletterei inne, suchte Schutz vor dem Wind, hielt sich fest und lauschte. Sie hörte die Wellen lauter, wenn sie sich zwischen den Felsen brachen und das Gurgeln, wenn sie wieder in die See verschwanden. Der Wind stöhnte laut auf, wenn er nach oben in Richtung Land verschwand. Das Pfeifen in ihrem Kopf wurde lauter. Selbst weit entfernte Schreie der Möwen und anderer Seevögel konnte sie unterscheiden. Und dann wieder dieses leise Wimmern. Enya wurde sicherer in ihrer Wahrnehmung. Das Wimmern musste von einem Tier kommen.

Enya versuchte sich zu orientieren und die Richtung zu ergründen. Jeder Schritt war schwierig. Sie konzentrierte sich auf das Wimmern, das deutlicher wurde. Sie durfte bei ihrer Kletterei nicht unachtsam werden. In kleinen, kontinuierlichen Schritten kam sie vorwärts.

Nach langen Minuten sah sie zaghafte Bewegungen zwischen den Felsen. Es war nicht mehr als ein Zittern. So wie die letzten Grasbüschel, die es wagten, zwischen den Klippen zu wachsen und dem Salzwasser zu trotzen. Aber das Zittern bewegte sich anders. Enya fixierte ihren Blick. Das Wimmern und Zittern kamen aus der gleichen Richtung. Je näher sie kam, desto mehr verschmolzen beide Eindrücke zu einem Hundewelpen. Das kleine Knäuel lag zwischen den Felsen. Es hing in einer Spalte fest. Einerseits konnte es sich nicht selbst befreien, andererseits konnte es auch nicht weiter ins Meer abrutschen. Der Welpe hing im Nirgendwo zwischen Land und Meer.

Leòdhas agus na Hearadh

Joseph

Port of Ness, Isle of Lewis and Harris[2]

Die aufmerksameren Menschen im Port of Ness hatten sich langsam an Enya gewöhnt. Sie fuhr den einzigen blauen Alfa Romeo auf der Insel. Ursprünglich wurde sie verächtlich als *Ferry-Louper* bezeichnet, jemand, der mit der Fähre kam, um zu bleiben und bald wieder zu verschwinden. Mittlerweile hatte sich das Bild gedreht. Sie war akzeptiert. Es hatte lange gedauert, aber nun kam sie regelmäßig zum Wandern und Kaffeetrinken am Port of Ness vorbei. Mittlerweile passte man auch auf das geparkte Auto auf, wenn es vor der kleinen Bar stand.

Wenn Joseph, der Besitzer der Bar, Enyas Auto sah, lächelte er und bereitete schon mal einen Ecktisch vor. Er nannte Enya »*ma sunshine[3]*«, dabei lachte sie nicht häufig. Meist erschien sie ernst, aber es gelang ihr, andere zum Lachen zu bringen.

Joseph McDonald war ein gemütlicher Mann mit wettergegerbtem Gesicht und tiefen Furchen, die viel über sein langes Leben erzählten. Weiße, wirre Haare umrahmten sein Gesicht. Joseph bewegte sich langsam und bedächtig. Trotz Schmerzen kümmerte er sich rührend um seine Gäste. Man konnte Josephs Alter schwer schätzen, aber er war fast achtzig Jahre alt.

Die Bar war Josephs zweites Leben. Früher war er Fischer mit einem eigenen kleinen Boot. Doch irgendwann kam die Arthrose und er musste die Fischerei aufgeben. Joseph verkaufte sein Boot und konnte mit dem Erlös die Bar überneh-

---

[2] *Leòdhas agus na Hearadh: Lewis and Harris, die zusammenhängenden nördlichen Inseln der Äußeren Hebriden*
[3] *Mein Sonnenschein*

men. Sein zweites Leben dauerte nun auch schon über zwanzig Jahre an.

Nach ihrem Spaziergang trafen sich Enya und ihre Lebensgefährtin Annie in Joseph's Bar. Dies taten die Frauen häufiger, nachdem Enya von ihren Spaziergängen zum Steinkreis zurückkam. Es war Mittagszeit und sie genossen es, gemeinsam eine Kleinigkeit zu essen.

Annie saß am Ecktisch und schlürfte bereits an ihrem zweiten Tee. Als Enya die Türe öffnete, hielt sie ihre Arme seltsam vor dem Körper verschränkt. Ihre Jacke stand offen, was bei diesem Wetter ungewöhnlich war und Annie sofort auffiel.

»Du hast die Jacke offen. Und du hältst die Arme so komisch? Bist du über deine *Pins*[4] gestürzt?« Annie war besorgt. Aber Enya grinste nur breit. Dann sah Annie das Fellknäuel unter der Jacke. Vorwitzig, aber auch ängstlich, streckte es seine Nase aus der Jacke.

»*How cute!*[5] *How braw!*[6]« Annie klatschte vor Freude in die Hände.

Joseph konnte die Situation nicht übersehen. Bevor er Enya begrüßen konnte, ging er hinter die Theke und kam mit einer alten, zerfetzten Decke wieder. »Dann hat die alte Hundedecke doch noch eine Funktion«, freute er sich. »Ich bringe frisches Wasser!«

»*Gent or lass?*[7]«, fragte Annie und stimmte in die Freude ein.

»Ich habe noch gar nicht nachgeschaut.« Enya lachte. »Ein Mädchen! Sie steckte zwischen den Felsen am Meer fest.«

---

[4] *Pins: Dürre Beine*

[5] *Wie niedlich*

[6] *Wie schön (braw: schottische Kurzform für beautiful)*

[7] *Männlein oder Weiblein (Mädel)?*

»Am Salzwasser?«, fragte Joseph. »Dann braucht sie erst recht frisches Wasser. Und Thunfisch und Schinken auf Kosten des Hauses. Vielleicht einen Krabbencocktail?«

Enya schaute Joseph schräg an. »Keine Krabben!«

»Nur ein Witz«, entgegnete Joseph zur Beruhigung; meinte es aber ernst. Er freute sich mit den Frauen. Er wusste gar nicht, was er als erstes tun sollte. Er überschlug sich in Höflichkeit und Freude. »Ach so ja, den üblichen Tee für Enya«, fiel ihm auch noch ein. »Erst der Hund. Ein kleiner Collie. Ein robuster Arbeitshund«, stellte der Wirt fest.

»Mach langsam Joseph«, mahnte ihn Enya. »Wir haben Zeit und bleiben noch ein wenig.«

Annie nahm Enya die Jacke ab. »*Looks baltic.* [8]«

Enya fröstelte. Nun merkte sie, dass der kalte Wind ungehindert auf sie einströmen konnte.

Mit dem Wasser für den Hund kam auch der Tee für Enya. Joseph servierte gleich eine ganze Kanne. Enya nahm Kräutertee, anstatt schwarzen Tee.

»Darf es sonst noch etwas sein? Vielleicht ein paar Sandwiches?«, fragte Joseph. »Käse für Annie und Thunfisch für Enya? So wie immer?«

»Ich brauche eher etwas Warmes«, entgegnete Enya fröstelnd.

»Ich habe noch einen Rest Lammeintopf auf dem Herd«, erwähnte Joseph beiläufig. Er wartete Enyas Antwort gar nicht erst ab und verschwand in der Küche. Kurz danach kam er mit drei Tellern wieder. Enya wunderte sich, wie der alte Herr es schaffte, alle Teller, ohne etwas zu verschütten, zum Tisch zu balancieren. Enya und Annie bekamen ihren Eintopf. Der dritte Teller war nicht für Joseph bestimmt. Er stellte den Teller mit

---

[8] *Es sieht kalt aus*

Schinkenresten und etwas Thunfisch unter den Tisch, wo Enya die Decke zu einem kleinen Nest für den Hund zusammengelegt hatte. Auch wenn es Joseph sichtbar schwerfiel, sich zu bücken, ließ er sich dies nicht nehmen.

‚Gäste sind eben Gäste', dachte Enya nachdenklich und überlegte, wie sie Joseph entlasten konnte, ohne ihn zu kompromittieren. Ihre Gedanken führten zu keinem Ziel.

»Ich höre mich mal um, ob der vermisst wird. Du hast ihn an den Klippen zum magischen Steinkreis gefunden?«

Enya antwortete mit vollem Mund: »ja. Etwas unterhalb zwischen den Felsen.« Ihre Stimme wurde wieder fester, nachdem die Wärme der ersten Bissen sie wieder auftauen ließ. »Am Steinkreis. Das muss ein Zeichen sein.«

»Sicher. Nachdem dein alter Hund Juna verstorben ist.« Joseph nickte und begann zu telefonieren. Nach einiger Zeit kam er zurück. Er nahm einen Stuhl vom Nachbartisch und setzte sich zu den Frauen. »Leider ist es so, dass Arbeits-Collies manchmal ausgesetzt werden, wenn ein Wurf zu groß ist oder der Hund zu schwächlich für die Arbeit mit den Schafen erscheint. Keiner in der Umgebung vermisst den Hund«, erläuterte Joseph ernst.

»Dann bleibt der Hund bei mir«, entschloss sich Enya sofort. Sie klang freudig und erregt.

Nach kurzer Zeit war klar, dass ein schwarz-weiß-braunes Hundemädchen mit hellblauen Augen bei Enya und Annie einziehen würde.

»Darf ich einen Vorschlag machen«, fragte Joseph zögerlich. »Es wäre mir ein Anliegen, wenn der Name meiner vor langer Zeit verstorbenen Tochter hier in der Nähe weiterleben würde … und manchmal zu Besuch kommt.«

Enya schaute Joseph aufmunternd an. »Wie soll die kleine Dame heißen?«

»Moira!« Joseph sprach den Namen leise, fast flüsternd, weinend aus. Annie zeigte Enya, dass sie keinen Widerspruch duldete. Es ging um Leben, Tod und einen Hundenamen.

»Moira!«, wiederholte Enya und die kleine Fellnase blickte auf.

Joseph weinte.

John Adam

Lady Elizabeth McLymondt of Millbuie and Findon war eine starke Frau in ihren neunziger Jahren. Sie war das Oberhaupt des alten Adelsgeschlechts, das ausgedehnte Ländereien auf der Black Isle, nördlich von Inverness, besaß. Stolz und rüstig war sie geistig noch immer auf der Höhe des Tagesgeschehens.

Trotz ihrer Stärke war sie schwach, denn zum zweiten Mal überlebte sie eines ihrer Kinder. Auch ihr Mann, der im Krieg gegen die Deutschen gefallen war, fehlte. Sie erbte nicht nur das Anwesen und die Ländereien, sondern auch die Verantwortung als Oberhaupt des Clans.

Vor vielen Jahrzehnten verlor sie ihre Tochter Victoria, als sie noch ein Kind war. Nun wurde sie mit dem Tod von John Adam konfrontiert. Sie hatte ihre verbliebenen Kinder William Clancy, Carl Colin und Helen um sich versammelt, ebenso einige Enkel und die ersten Urenkel.

Lady E., wie sie von Freund und Feind genannt wurde, fuhr sehr nachdenklich mit ihren engsten Familienmitgliedern zur Avoch Parish Church. In diesem kleinen Kreis sollte ihr Sohn John Adam in der Familiengruft beigesetzt werden. Es wäre in seinem Sinne gewesen, ohne große Aufmerksamkeit von dieser Erde zu gehen.

Zum Leidwesen von Lady Elizabeth war die Trauergemeinde größer als erwartet. Der Verein zum Erhalt des Chanonry Point Lighthouse stellte eine Abordnung, und alle wichtigen Familien im Clan McLymondt of Millbuie and Findon drückten ihr Beileid aus und kondolierten der Clan-Chefin.

John Adam stand an erster Stelle in der Erbfolge und wäre eines Tages Clan Chief geworden. Vielleicht war es ihm daher recht, vor Lady E. zu sterben, um dieser Bürde zu entgehen.

Der Pfarrer gab sich Mühe und heuchelte Mitgefühl, unterdrückte aber nicht das demonstrative Schauen auf seine Uhr während der Messe. Lady E. sah darüber hinweg.

Nun führte John Adams jüngerer Bruder William Clancy die Erbfolge an. Er war – im Gegensatz zu John Adam – ebenso stark wie seine Mutter und trug mit Stolz die Uniform eines Heeresmajors der Black Watch, die Uniform, die John Adam nie tragen wollte. William behauptete, es wäre ihm egal, nun in der Erbfolge oben zu stehen, dachte aber insgeheim an die ausgedehnten Wälder von Millbuie und Findon und die sonstigen Ländereien. Doch was er mit dem zugigen, kalten Stammsitz Ormond House anfangen sollte, wusste er nicht. Leben wollte er dort nicht.

Nach der Beerdigung saß die Familie noch eine Weile zusammen. Sie sahen sich selten. Die Familie hielt längst nicht mehr so zusammen, wie man es von einem schottischen Clan erwarten würde. Man aß gemeinsam an der großen Tafel im zugigen Saal von Ormond House. Es war ungemütlich, und obwohl es Juli war, nahm der Saal nur schlecht die Wärme des Feuers im Kamin an. Man spürte den Seewind, der immer wieder neue Wege in den Saal fand.

Nach und nach verabschiedeten sich die Familienmitglieder unter fadenscheinigen Argumenten. Zuerst ging der jüngste Sohn, Carl Colin, kurz danach seine Schwester Helen. William Clancy blieb ein wenig länger, da er das Gefühl hatte, er sollte nicht so schnell seinen Geschwistern folgen. Bereits am Nachmittag saß Lady E. wieder allein im Kaminzimmer.

Diskret räumten die Bediensteten das Geschirr ab und kümmerten sich um das Kaminfeuer. Allein konnte Lady E. wienen. Niemand sah ihre Tränen. Wenn sie allein war, vergoss sie ihre Tränen und nicht die des Clans. Abwechselnd schaute sie auf das Meer hinaus und zu einem Leuchtturmbild an der

Wand. Es erschien ihr im Dämmerlicht Grau. Auf der anderen Seite des Moray Firth erkannte sie Inverness.

John Adam hatte dieses Bild gemocht. Es war von dem großen schottischen Maler Samuel John Peploe, einem Mitglied der – zumindest in Schottland – legendären Scottish Colourists. Das Bild muss um 1912 entstanden sein und hing schon lange an dieser Wand. Lady Elizabeths Vater hatte es noch vor dem Ersten Weltkrieg erworben. Nachdem John Adam in diesem Leuchtturm zu Tode gekommen war, rückte das Bild wieder in den Fokus. Nachdenklich blickte Lady Elizabeth immer wieder darauf. Sie ging auf das Bild zu und streifte mit den Fingern die Darstellung des Lichtes.

Etwas am Bild störte sie. Es war nicht das Feuerrot des Leuchtfeuers, obwohl der Turm heute ein weißes Signal aussendete. Sie erkannte, was sie störte: Der rote Lichtkegel des Leuchtturms begann sehr unregelmäßig. Etwas behinderte den Lichtfluss. Ein Schatten. Eine verzerrte Person. Eine schreiende Person. Ein Schrei. Schmerz? Nein, eher Hilfe!

John Adam McLymondt schrie sie aus diesem Bild heraus um Hilfe an.

The Scotish Colourists:

John Duncan Fergusson

Paris

John Duncan Fergusson arbeitete ganz anders als sein Freund Peploe. Er ließ es ruhiger angehen. »Gut, dann den Leuchtturm vom Chanonry Point«, grummelte er. Er hatte längere Zeit nördlich von Edinburgh gelebt und Landschaften auch am Firth of Forth gemalt. Die Landschaften am Moray Firth kannte er von seltenen Besuchen.

Fergusson verzichtete beim Malen auf eine Palette und mischte die Farben direkt auf dem Rand der Staffelei, um beide Hände frei zu haben. Allerdings musste er nach jedem Bild die Staffelei mühsam reinigen.

Der Maler griff nach dem Moosgrün, öffnete die Tube und erinnerte sich: »Kein Grün.« Er schüttelte den Kopf, drehte die Verschlusskappe wieder zu und sagte sich: »So viel Grün brauche ich sowieso nicht. Das Blau des Meeres geht schnell in das Gelb und Grau des Sandes über. Dazwischen mischen sich die Farben von allein.«

Fergusson nahm einen Spachtel und grundierte den Bereich des Meeres großflächig mit zwei, drei Blautönen, die schnell ineinander übergingen. Mit dem Spachtel in der linken Hand verteilte er die Farben, mit dem Pinsel in der anderen Hand ließ er sie ineinanderfließen. Fergusson malte beidhändig, schneller und effektiver. Malen war für Fergusson ein Abenteuer. Er experimentierte ständig und erweiterte seine Fähigkeiten mit jedem Bild. Der Wettbewerb unter Freunden war eine willkommene Gelegenheit, diese neue Technik zu probieren. Sollte es nicht funktionieren, hätte er nichts verloren. Fergusson war es gewohnt, Bilder zu übermalen, wenn er nicht zufrieden war.

Der Maler drückte Weiß und Schwarz aus ihren Tuben. Er arbeitete mit wenigen, elementaren Farben. Zwischen den beiden Farbklecksen mischte er graue Schattierungen. Beim nächsten Farbauftrag wurde das Blau des Meeres durch das Grau gebrochen. Es wurde Nacht auf der Leinwand.

Fergusson arbeitete konzentriert und effektiv mit wenigen Strichen. Er ignorierte seine Hausmagd, die das Atelier aufräumen wollte. Normalerweise ließ er keinen anderen Menschen im Atelier zu, wenn er arbeitete. Diesmal registrierte er sie nicht oder ignorierte sie. Der Maler versank in seine Arbeit.

Fergusson machte mit einer großen grauen Fläche auf dem Bild weiter. Er schaute auf die Farbklecks in Schwarz und Weiß. ‚Ob die Farbe reicht?', fragte er sich. Er begann mit unruhigen Schattierungen des Himmels. Die Wolken wirkten dramatisch. ‚Es könnte Gewitter geben', überlegte Fergusson. Er ging zum Atelierfenster und schaute auf die Stadt hinaus. Der Himmel über Paris war dunkel. Der Maler übertrug diese Farben auf sein Bild.

Nur Schwarz. Nur Grau. Später ein wenig Weiß für die Reflektionen des Lichts. Der Himmel wurde nochmals dunkler. Ansatzweise waren dunkle Wolken zu sehen.

Fergusson legte den Spachtel beiseite. Mit einem Pinsel nahm er das restliche Weiß auf und malte Schaumkronen auf die Wellen und betonte die Kanten der Wolken.

»Waren da nicht Fische?«, fragte er sich. Die Hausmagd kommentierte leise: »Delfine.« Fergusson wiederholte unbewusst: »Da waren Delfine.« Trotz aller Konzentration lächelte er. »Ich werde tanzende Delfine zwischen den Wellen malen.«

Nun hatte sein Bild ein Meer, einen Himmel, grau-gelbe Dünen mit blauem Gras, das leicht ins Grün tendierte. Das Bild hatte einen dunklen Himmel. Aber es gab noch keinen Leuchtturm.

‚Das Gebäude war weiß', erinnerte sich Fergusson. ‚Kann man nachts Weiß sehen? Oder wird alles Grau?' Der Maler haderte mit seinen Farben. Er malte aus dem Gedächtnis. Kurz verließ er seine Leinwand und schaute nochmals aus dem Atelierfenster. Die Häuser seiner Umgebung waren aus Bruchstein. ‚Wie grau wirken weiße Wände in der Nacht?' Die Herausforderung des Leuchtturms nahm er verbissen an.

»John, Abendessen ist fertig!«, rief seine Frau von unten. Die Magd wiederholte: »Abendessen, Herr Fergusson.«

Coq au vin

Der Maler schaute nochmals auf die letzten Reste der Farben, legte Spachtel und Pinsel beiseite und lief hastig die Treppe hinunter. »Auf einmal so viel Hunger?«, rief die Magd ihm hinterher. Fergusson hörte es nicht. Im Erdgeschoss lief er an der Küchentüre vorbei zur Garderobe, nahm Gehrock und Melone und verließ das Haus.

Bis Montmartre waren es nur zwanzig Minuten. Fergusson lief schnell über das nasse Kopfsteinpflaster. Kurze Zeit später stand er vor der Brasserie Le Ronsard, wo alles begann. Er schaute zu Sacré-Coeur auf. Der schneeweiße Bau sollte ihm einen Eindruck von den Farben der Nacht geben.

In Paris begann man, elektrisches Licht zu installieren. Es verdrängte die Gaslaternen. Fergusson nahm die Farbveränderungen wahr. Das elektrische Licht wirkte kälter. ‚Welches Licht hat der Leuchtturm?', grübelte Fergusson. ‚Welches Gelb muss ich nehmen?'

Er prägte sich die Farben von Sacré-Coeur ein. Es war ein Schwarz-Weiß-Foto. Das Gelb wirkte wie ein Vergilben eines alten Fotos. Fergusson drehte sich um und schlenderte nachdenklich nach Hause. Die Spiegelungen der Gaslaternen auf dem nassen Kopfsteinpflaster prägte er sich ein. Nach einhundert Metern drehte er sich nochmals um. Ein Nebel lag über der

Stadt. Die große weiße Kirche versank in einem Gelb-Grau. »So wird mein Leuchtturm«, entschied er.

Als er die Haustüre öffnete, war das Haus dunkel. Man hatte lange mit dem Essen auf ihn gewartet. Irgendwann erlosch das Feuer im Ofen. Fergusson musste sich an diesem Abend mit kaltem Hühnchen in lauwarmem Rotwein begnügen.

Am nächsten Morgen stand der Maler früh auf. Die Arbeit ließ ihm keine Ruhe. Er hatte seine Meinung zum Bild geändert. »Es darf nicht zu dunkel werden. Abenddämmerung. Das ist die richtige Zeit.«

Er probierte wieder einiges aus. Er war sich nicht sicher. ‚Sind noch Menschen am Strand?‘, überlegte er. Fergusson blätterte durch sein Skizzenbuch, in dem er Passanten auf den Straßen von Paris festhielt. Er nahm ein Stück Zeichenkohle und skizzierte mit hastigen, groben Strichen eine Gruppe beim Picknick und zwei Spaziergänger am Strand.

‚Leuchtturm‘, dachte er. ‚Den ja auch noch.‘ Eigentlich weigerte er sich. Das Gebäude passte nicht ins Bild. Dennoch skizzierte er es kleiner im Hintergrund. Im Endeffekt sollte der Leuchtturm nur die entfernte Lichtquelle in seinem Bild sein. Es hätte jeder andere Leuchtturm sein können.

Der Maler trat zwei Schritte zurück und betrachtete die Ergänzungen im Bild. Der Leuchtturm musste sein. Am liebsten hätte er das Gebäude aus dem Bild genommen. Licht passte nicht in dieses Bild. Aber der Gedanke mit den Menschen gefiel ihm. In seinem Bild würden sich Menschen in der Dämmerung wohlfühlen, trotz drohendem Gewitter.

Seine Menschen mochten die Dunkelheit.

Sir Abraham Scobie, Laird of Siùna

Caisteal an Siùna, Siùna Island, nahe Appin

‚Das Leben ist ein ewiger Kreislauf', dachte Sir Abraham Scobie. Vor einigen hundert Jahren wurde er in einen Coven aufgenommen. Damals schrieb er unter dem Pseudonym Bram Stoker Geschichten über Vampire, die berühmt wurden. Die Legenden um Graf Dracula lenkten die Inquisition lange Zeit von den weißen Hexen ab. Angeblich starb er an der Syphilis, was ihn noch immer schmunzeln ließ. Die Legende funktionierte gut, und sie funktioniert noch heute.

Nach und nach fand die Inquisition die verbliebenen Coven in Europa und vernichtete viele von ihnen. Die magischen Bücher wurden verbrannt, und das Wissen um die weiße Magie ging vielerorts verloren. In Spanien und Portugal brannten die Feuer lichterloh. Auch in Frankreich wurden die letzten Hexenbücher gefunden und zerstört. In den Gebieten, die später zu Deutschland wurden, loderten die Feuer am heftigsten. Mit dem *Malleus maleficarum*, dem Hexenhammer des Inquisitors Heinrich Kramer, gab es eine detaillierte Anleitung, wie man Hexen fangen und unter Folter ihre Geständnisse erzwingen konnte. Schon damals hatten Bücher die Macht, den Lauf der Welt zu verändern. Die Bücher der Coven, wie das Liath in Schottland, bildeten den Gegenpol.

Sir Bram gelang es, sich mit den letzten Hexen aus England in die schottischen Highlands zurückzuziehen. Die Clans dort boten Schutz. Weiße Hexen standen in der Tradition der piktischen Druiden. Obwohl Schottland ein katholisches Land war, lebten die uralten Traditionen hier weiter. Die Pikten glaubten sowohl an den Gott der katholischen Kirche als auch an die Gesetze und Mystik der Elemente Feuer, Wasser, Luft, Erde und Geist. Hier hatte die Kirche nur begrenzten Einfluss, und der letzte echte Hexencoven konnte sich in Ruhe neu bilden.

Zusammen mit Annie und Fionn, einem weiteren Mitglied von der Insel Lewis and Harris, war er der letzte Verbliebene, der die Kunst der weißen Magie gelernt hatte. Obwohl Hexen theoretisch unendlich lange leben konnten, starben viele von ihnen, insbesondere durch Feuer, wie die Inquisition es erkannte. Auch manche Krankheiten, besonders des Herzens, waren bedrohlich.

Bram konnte in dieser Zeit das Eigentum des Covens und seine Einnahmen als Schriftsteller sichern. Von dem Geld kaufte er das *Caisteal an Siùna*[9] und die Insel Siùna als Ganzes. Die Burg auf der gleichnamigen Insel im Loch Linnhe, nahe Oban, war ein sicherer Rückzugsort und wurde nach und nach ausgebaut.

Irgendwann wurde Sir Bram der Titel Laird of Siùna verliehen. Er wurde Oberhaupt eines kleinen schottischen Clans, der nicht nur die Mitglieder des Covens umfasste, sondern auch verdiente Lehensnehmer auf seinen Ländereien auf Siùna und zwischen dem Loch Linnhe und dem Loch Etive. Diese Lehensnehmer bildeten einen Schutzring um Siùna und den Coven.

Im Gegensatz zum Castel Stalker auf der benachbarten Insel war das Castle Shuna, oder Caisteal an Siùna, nie in den Fokus des Tourismus geraten. Sir Bram war dies recht. Die Burg lag versteckt hinter einem kleinen Wald an der Südostseite der Insel. Vom Festland aus war sie nicht zu sehen. Es gab keine Führungen, und die Insel war nur über eine private Fähre zugänglich.

Was man nicht sah, existierte nicht.

Auf Siùna musste sich Sir Bram immer wieder transformieren. Er brauchte regelmäßig eine neue Identität, denn wie sollte man den Behörden erklären, dass man seit 1680 lebte?

---

[9] *Fiktive Burg auf der realen Insel Siùna (oder Shuna Island)*

Zumeist nahm er die Identität eines adoptierten Sohnes an. Alle dreißig Jahre wurde er für die Behörden eine andere Person.

Zur Sicherheit hatte Sir Bram frühzeitig einen weiteren Rückzugsort für Notfälle vorbereitet. Manchmal ging der Wechsel der Identität mit einem Wechsel des Wohnortes einher. Sir Bram pflegte beste Beziehungen zu den McLeod of Lewis, was bei administrativen Aufgaben half. Auf der Hebriden-Insel Lewis and Harris besaß der Coven ein kleines Stück Land im Nordwesten, mitten im McLeod-Territorium. Direkt an der Küste. Einige Crofter, Farmer, bewirtschafteten die kargen Flächen und hatten ein ausreichendes Einkommen. Sie schützten den Coven dort auf den Hebriden.

Heute lebten Enya und Annie in einem der ehemaligen Crofter-Häuser, dem Dail Mor Blackhouse. Auch Annie transformierte sich immer wieder neu und lebte seit langer Zeit. Enya hingegen war erst vor kurzem zum Coven gekommen, sie war die Meisterin und sie musste diese Notwendigkeiten noch nicht erfahren.

Fergusons Delfine

Ormond House

Lady E. besaß noch ein weiteres Bild des Leuchtturms, gemalt von John Duncan Fergusson, ebenfalls ein Mitglied der Scottish Colourists. »Erinnern Sie sich noch an das Leuchtturmbild, das früher hier hing?«, fragte sie ihren Butler.

Der Butler, der schon seit Jahrzehnten im Haus arbeitete, dachte kurz nach und antwortete: »Natürlich. Es hat das Haus nie verlassen. Es hängt im Rauchersalon.«

Der Salon war einer der wenigen Räume, die Lady Elizabeth nie betrat. »Bringen Sie es mir bitte.«

Der Butler verneigte sich leicht und verließ das Kaminzimmer. Nach einiger Zeit betrat er wieder den Salon, ein etwa 70 Zentimeter mal 90 Zentimeter großes Bild unter dem Arm. Er legte das Bild auf den leergeräumten Beistelltisch.

»Ein wenig anders, als ich es in Erinnerung habe«, murmelte die alte Dame. Sie wurde mit ihrer Vergangenheit konfrontiert. Es musste gut sechzig Jahre her sein. Damals verlor ihre erstgeborene Tochter Victoria ihr Leben bei einem Familienpicknick direkt unterhalb des Leuchtturms. Sie wollte nur mit den Delfinen spielen und lief ins Wasser. Schnell wurde sie von der tückischen Strömung aufs Meer hinausgezogen. Niemand konnte sie retten. Kinder ertrinken leise, oft unbemerkt.

Fergusson schien das Drama vorausgesehen zu haben. Sein Bild zeigte nicht nur den Leuchtturm, sondern auch eine Familie beim Picknick und Spaziergänger am Wasser. Das Bild war dunkel, düster und dramatisch. Lady Elizabeth mochte es nicht und hatte es nach dem Tod ihres Mannes in das Rauchzimmer verbannt. »Der Tod ist ein langer Schlaf. Der Schlaf ein kurzer Tod«, murmelte sie gedankenverloren.

Ganz präsent im Vordergrund konnte man ein kleines Mädchen im weißen Kleid in der Brandung sehen. »Das hatte ich so nicht in Erinnerung«, meinte Lady Elizabeth grüblerisch. »Aber so kam Victoria zu Tode.«

Ansonsten zeigte das Bild spielende Delfine, das einzige Positive an diesem Bild.

≼ ≼ ≽

Zunächst konnte Sir Bram mit dem Namen der Anruferin Zunächst konnte Sir Bram mit dem Namen der Anruferin wenig anfangen. Hätte sie sich als Lady E. gemeldet, wäre die Assoziation zu einer alten Freundin sofort klar gewesen.

»Hier geschehen seltsame Dinge«, kam Lady E. ohne Umschweife zur Sache. »Wir haben soeben John Adam, meinen Sohn und Erbfolger, zu Grabe getragen.« Ihre Stimme klang nur wenig traurig, aber das täuschte. Lady E. hatte zwei Gesichter. Nun war sie das Oberhaupt des Clans und musste stark sein.

Sir Bram drückte sein Beileid aus, merkte aber, dass dies nicht der alleinige Grund des Anrufs war. Er wollte das Gespräch nicht forcieren und wartete ab.

»Ich habe in den Jahrzehnten zwei Kinder verloren.« Sie hielt kurz inne, als wolle sie nochmals darüber nachdenken, ob ihre Beobachtungen plausibel waren. Ihre Stimme begann zu vibrieren. »Zu beiden Todesfällen gibt es Bilder, die die Situation wiedergeben.«

»Wurden die Todesfälle auf Bildern dokumentiert?« Sir Bram dachte an Fotografien.

Es dauerte eine gefühlte Ewigkeit, bevor Lady E. antwortete: »Ja. Jahrzehnte vor den Unglücken durch schottische Maler.«

»Vor den Unglücken? Wie das?«, fragte Sir Bram ungläubig und überrascht zugleich. Er erinnerte sich an Lady E.s scharfen analytischen Verstand. Wenn sie es so wahrnahm, dann musste es auch so sein.

»In Leuchtturm-Gemälden von Peploe und Fergusson, beide ca. 1912, sind die Situationen klar erkennbar. Etwa fünfzig und einhundert Jahre vor dem Eintreffen der ... Prophezeiungen.«

Sir Bram ging nachdenklich mit seinem Telefon auf den Balkon hinaus. Sein Blick schweifte über das Wasser und fokussierte kurz Castle Stalker auf der Nachbarinsel. »Ungewöhnlich.«

»Du hast doch noch Kontakt zu Annie?«, wollte Lady E. wissen.

»Annie Tempest?«

»Ja. Sie ist eine Enkelin von mir. ... Sie hat doch diese besonderen Fähigkeiten, oder?«

Sir Bram war nicht bereit, die Strukturen des Covens offenzulegen, auch wenn hier offensichtlich eine verzweifelte, alte Freundin Hilfe suchte. ‚Weiß sie etwas über den Coven?‘, fragte er sich.

»Wir werden uns um die Prophezeiungen kümmern«, versprach Sir Bram recht unverbindlich.

Caisteal an Siùna und Scottish National Gallery of Modern Art in Edinburgh

»Zwei Bilder mit ähnlichen Botschaften der Colourists?«, fragte James McEwan ungläubig. Er vermied das Wort Prophezeiung.

»… Prophezeiungen«, betonte Sir Bram nochmals mit Nachdruck. Der alte Herr telefonierte nun schon seit einiger Zeit mit dem Kunstwissenschaftler der Scottish National Gallery of Modern Art in Edinburgh. Die beiden Männer kannten sich schon lange und schätzten sich, auch wenn sie sich nur sporadisch begegneten.

»Am besten kommen Sie zur National Gallery«, äußerte McEwan. »Ich kann Ihnen hier interessante weitere Informationen zu den Bildern geben. Man muss die Bilder sehen, um ihre Geheimnisse zu begreifen.«

»Aber die Bilder hängen doch bei Lady Elizabeth in Avoch …«

»Dennoch kommen Sie besser erst einmal nach Edinburgh … ist ja nur ein Katzensprung.«

Sir Bram sagte zu. Nach langer Zeit des Müßiggangs kam wieder Leben in seine Tage. Er hatte wieder eine Aufgabe.

Northumbria Connection

Newcastle-Upon-Tyne, Northumbria

Ein Dutzend Männer im mittleren Alter und drei Frauen, alle in feinster, traditioneller Londoner Business-Kleidung, saßen im Raucherzimmer ihres Clubs mit Blick auf den Hafen. Es war später Nachmittag, Tea Time. Der Schotte stand am Fenster und beobachtete, wie eine DFDS-Fähre den Hafen in Richtung Amsterdam verließ. Nicht, dass er gerne an Bord wäre, aber in diesem Raum fühlte er sich gerade ebenso unwohl, besonders mit Henriette anwesend.

Eines verband die Gesellschaft: Langeweile im Alltag. Fast alle verdienten viel Geld, und je mehr sie verdienten, desto weniger Ziele schienen erreichbar. Einige verdienten echtes, eigenes Geld, andere wahrten den Schein, es ebenfalls zu besitzen. Die Grenzen verschwammen.

»Das Leben braucht neue Herausforderungen«, stellte Henriette mit fester Stimme klar. Sie war eine schlanke, durchtrainierte Frau, die sicher zu Hause am Heimtrainer und mit einem Personal Trainer arbeitete. In ein Fitnesscenter würde sie sich kaum begeben; dafür hatte sie keine Zeit und das Klientel dort entsprach nicht ihrem Niveau.

Henriette trug ihr dunkles Haar zu einem strengen Knoten gebunden. Sie zog an ihrer Zigarre, und man konnte sehen, wie sich ihr Brustkorb unter der weißen Bluse hob, auch wenn der enge Blazer den Blick auf ihre Brüste verbarg. Henriette blies den Rauch genüsslich aus. Sie war Nichtraucherin aus Überzeugung, aber für die wenigen Stunden hier im Club hatte sie trainiert, eine Zigarre zu rauchen, ohne zu husten. Sie meinte, es würde zum Image in diesem Club passen. Außerhalb dieser Räumlichkeiten würde sie nie rauchen.

»An welchen Aufgaben arbeiten wir in diesem Jahr? Informiert mich«, fuhr sie fort. Ohne Zweifel führte sie das Gespräch.

»Es sind aber noch alte Aufgaben offen«, schallte es belehrend aus dem Hintergrund. »Unser Freund aus Schottland hat seine Aufgabe noch nicht erfüllt.«

Es war ein Fehler, Henriette in einem belehrenden Ton anzusprechen. Sie drehte sich um, und ein Blick reichte aus, um den Sprecher verstummen zu lassen. Aber die Aussage war korrekt. Der Angesprochene stand gedankenverloren am Fenster und beobachtete die Fähre, die bereits das Leuchtfeuer der Mole passiert hatte und offenes Wasser erreichte. »Es ist nicht so einfach.«

»Unsere Aufgaben sind nie einfach«, mischte sich ein bulliger Mann ein, dessen Muskeln nicht recht in den eleganten Anzug passten. »Wer ein vollwertiges Mitglied der Northumbria Connection sein möchte, muss sich zuerst beweisen. Ohne totale Hingabe kann niemand darauf bauen, dass auch die anderen bedingungslos da sein werden, wenn es notwendig wird. Die NoCo ist eine Gesellschaft auf Gegenseitigkeit.«

Die Brünette drehte sich zum Fenster und schaute den Schotten fordernd an. »Unsere Eintrittskarte ist der Blutzoll.«

Caisteal an Siùna

Sir Bram sortierte die wenigen Informationen, die er bis dato von Lady Elizabeth erhalten hatte. Manches musste er noch hinterfragen. Er diskutierte die Informationen mit George, seinem Diener, Vertrauten und vielleicht auch Freund. George war ein ehemaliger Elitesoldat und diente Sir Bram seitdem er nach dem Falklandkrieg die Armee verlassen hatte. Nachdem die beiden Männer ein weiteres Mal die Bilder und Prophezeiungen diskutiert hatten, ohne einer Erklärung näher zu kommen, setzte Sir Bram seine Zusage an Lady Elizabeth in die Realität um.

Sir Bram griff zum Telefon. Er wählte die vertraute Telefonnummer auf Lewis and Harris. Enya meldete sich.

»Hallo Bram, schön von dir zu hören.«

Es gab die üblichen Worte Smalltalk, der sich eine Zeit hinzog.

»Ich muss Annie sprechen. Reichst du ihr kurz das Telefon?«

Enya realisierte das Wort „muss" und wurde nachdenklich. Dies war bei Sir Bram ungewöhnlich und entsprach nicht seiner üblichen Distanziertheit.

»Ich rufe sie. Sie ist draußen mit Moira. Aber nicht weit weg.«

‚Wer ist Moira?‘, fragte sich Sir Bram. ‚Bei Gelegenheit werde ich mal nachfragen.‘

Annie war wirklich nicht weit weg. Das Klingeln des Telefons hatte sie neugierigerweise zum Haus zurückgelockt. Sie schaute schon zur Tür rein, bevor Enya sie draußen suchen musste.»Es ist Sir Bram. Er muss dich sprechen.«

Auch Annie realisierte die Betonung des „muss".

Sir Bram räusperte sich kurz.»Ich soll dich von Lady Elizabeth grüßen«, begann er zurückhaltend.

»Lady E.? … habe ich lange nicht mehr gesprochen. Wann hattest du denn Kontakt?« Annie war unsicher.

Sir Bram berichtete vom Anruf der alten Dame.

»Und wieso kommt sie ausgerechnet auf mich?«

»Die Rahmenbedingungen der Todesfälle sind schleierhaft. Vielleicht sogar mit einer Art Magie oder Fluch belegt. Es gibt eben diese Prophezeiungen in verschiedenen Bildern längst verstorbener schottischer Maler.«

»Aye. Ich verstehe. Bei Magie oder Prophezeiung kommen wir ins Spiel.«

»So ist es. Vielleicht können wir helfen. Entweder fährst du selbst mal ... natürlich in meiner Begleitung ... nach Inverness ...«

»... oder wir klären das im Rahmen des Covens«, vervollständigte Annie den Satz. Dies wiederum hatte Enya mitbekommen und schaute Annie fragend an.

Annie wandte sich kurz an Enya: »... erkläre ich gleich.«

»Allerdings werden wir einen Umweg über Edinburgh machen«, fuhr Sir Bram fort. »Ich möchte zuerst noch einen Kunstwissenschaftler der National Gallery treffen, der uns einiges zu den Bildern sagen kann.«

Dail Mor Blackhouse

Es war nicht besonders warm am Abend, aber der Wind war eingeschlafen und man konnte gemütlich vor dem Haus sitzen und auf die See hinausschauen. Auch die Wellen waren müde, liefen gemächlich den Strand hinauf, hielten einen Augenblick inne und zogen sich dann gurgelnd wieder in die Anonymität des Meeres zurück.

Mittlerweile hatte sich Moira an ihre Menschen gewöhnt. Sie fühlte sich sicher zwischen Enyas Beinen und lag unter der Bank, auf der die beiden Frauen saßen.

Einige Holzscheite brannten mit kleiner Flamme in einer Feuerschale. Zum Wärmen gaben sie zu wenig Wärme ab, aber für die Seele war es gut, die züngelnden Flammen zu beobachten und das Knistern zu hören.

»Wollen wir vielleicht ein wenig Räucherwerk auf das Feuer legen?«, fragte Enya.

Annie verneinte. »*Naw*[10]. Hier draußen würden wir zu wenig davon riechen. ... Nicht einmal wir Hexen.«

Es wurde ruhig. »Später vielleicht drinnen«, fügte Annie hinzu, als sie Enyas enttäuschtes Gesicht sah.

»Was wollte Sir Bram von dir, was den Coven direkt betreffen würde?«, fragte Enya und schaute weiter in das Feuer oder eher durch das Feuer in die Ferne.

»Meine Oma, Lady Elizabeth, Clan Chief der McLymondt of Millbuie and Findon – oder kurz: Lady E. – hat ein Problem, das wir mal hinterfragen sollten. Es scheint, als ob alte Prophezeiungen wahr werden. Prophezeiungen, die wohl niemand aus der Familie kannte und die nun entdeckt wurden. Es klang alles *spooky*[11].«

»Und wie kommen wir ins Spiel?«

»Ich bin bereits im Spiel. Es ist meine Oma.«

Enya war verwirrt. »Ich denke, du bist mehrere hundert Jahre alt. Eine Hexe aus dem Mittelalter. Wie kann ... Lady E. ... dann deine Oma sein? Ist sie etwa auch...«

»Naw. Nicht wirklich. Ich wurde von ihrer Tochter Helen und ihrem längst verstorbenen Mann adoptiert. Lady E. ist nicht meine leibliche Oma.«

»Ist schon verrückt«, bemerkte Enya. »Wenn das Adoptivkind mehrere hundert Jahre älter als seine Eltern ist. ... Ich muss mich daran erst gewöhnen.«

»Stimmt. Es ging damals darum, einen Platz im Clan McLymondt of Millbuie and Findon einzunehmen. In Schottland ist das manchmal so. Manche Clans wurden gezielt durch Adoptionen erweitert. Es war übrigens eine meiner Transformationen um eine neue Identität aufzubauen.« Annie hielt kurz

---

[10] *Nein*
[11] *Gespenstisch*

inne. »Und nun, um deine Frage zu beantworten, wie der Coven ins Spiel kommt: Ich bin als Enkelin und Clanmitglied bereits familiär involviert.«

»Dann ist es keine Frage, dass der Coven helfen wird. Wir sind involviert.«

Moira witterte Abenteuer und sprang um Enyas Beine herum.

Annie berichtete noch vom Rest des Telefongesprächs mit Sir Bram und seinem Wunsch, sich in Edinburgh mit einem Kunstwissenschaftler zu treffen, dessen Name Annie wieder entfallen war.

Die beiden Frauen und der Hund blieben noch einige Zeit in Gedanken versunken hinter dem Haus sitzen.

»Lass uns reingehen. Lass uns ein wenig räuchern und entspannen«, meinte Enya sanft. »Morgen fahren wir dann nach Edinburgh und treffen uns dort mit Bram.«

Dùn Èideann

Edinburgh

Dail Mor Blackhouse, Lewis and Harris

Im Kamin prasselte das Feuer. Auf Lewis and Harris heizte man üblicherweise mit selbst gestochenem Torf. Annie erledigte das. Sie hatte eine Lizenz und den passenden, zugewiesenen Claim. Der Torf brannte langsam, widerwillig und qualmend in der großen offenen Küche des Dail Mor Blackhouse, die nahtlos in den Wohnbereich überging. Es roch scharf nach verbrannten Gräsern, aber es gehörte dazu. Zum Glück zog der Kamin gut. Die Belästigung hielt sich in Grenzen.

Zwei Rotweingläser standen auf dem Kaminsims. »*I need to save the bevvies.*[12]« Annie musste die Gläser dort vor Moira in Sicherheit bringen.

Annie räkelte sich vor dem Feuer in einem unspektakulären Jogginganzug in verwaschenem Blau. An den Beinen gab es bereits kleinere Löcher vom Spielen mit Moira oder einfach, weil Annie irgendwo hängengeblieben war. Das Kleidungsstück löste sich langsam auf. Der Reißverschluss der Jacke war nicht allzu weit geschlossen. Es war warm in der guten Stube vor dem Feuer.

Annie war ein wenig älter als Enya. Sie wurde 1452 geboren und fühlte sich wie dreiundfünfzig. In diesem Alter wurde sie zur Hexe transformiert. Sie hielt sich gut für dieses Alter. Annie erfüllte viele Klischees einer Hexe. Ihre Haare waren rotblond und nicht zu bändigen. Dafür hatte sie strahlendblaue, stechende Augen. Ihr Lachen war ansteckend, wenn sich dabei die

---

[12] *Ich muss die Getränke sichern*

kleinen Fältchen um die Augen kräuselten. Annie lachte viel und laut.

»Prinzipiell können wir entweder nach Ullapool übersetzen und dann über Inverness nach Edinburgh fahren oder wir nehmen die Fähre rüber nach Uig auf Skye und fahren von dort aus weiter«, erläuterte Annie Enya überflüssigerweise die möglichen Wege, um von der Insel nach Edinburgh zu gelangen.

Der von Sir Bram geplante Museumsbesuch stand auf dem Programm. Insgeheim planten die Frauen eine Ergänzung in Form einer ausgiebigen Shoppingtour in der schottischen Hauptstadt.

»Welche Strecke ist interessanter?«, wollte Enya wissen.

»Beide Strecken haben ihren Reiz.«

»Du hast deinen Reiz«, stellte Enya fest. Sie konnte ihren Blick nicht von Annies Brüsten wenden und ihre Finger begannen mit dem Reißverschluss der Joggingjacke zu spielen.

Annie streckte sich auf dem Schafsfell, schnurrte und kam zurück zur Planung. »Falls wir über Inverness fahren, kommen wir zu den Delfinen. Und auf der anderen Strecke über Skye könnten wir unterwegs Sir Bram am Caisteal an Siùna abholen.«

»Lass mich mal telefonieren«, meinte Enya. Nach kurzer Zeit berichtete sie, dass Sir Bram auf dem Weg nach Edinburgh noch verschiedene Aufgaben erledigen wollte und bereits aufgebrochen war. »Sir Bram ist nicht mehr auf Siùna.«

Zwischenzeitlich war Annies Jacke vollkommen offen. Die schweren Brüste durften ein wenig Luft atmen. Enya zog sich schnell ihr Sweatshirt über den Kopf und ließ ihr Top folgen. Sie trug noch eine Shorts in Pink und knallbunte, lange Strümpfe. Sie war zu Hause. Hier trug sie, was ihr gerade in den Sinn kam. Der Gegensatz zwischen den beiden Frauen war deutlich. Enya sah gegenüber Annie knabenhaft schlank aus.

Enya schloss die Augen und versenkte ihren Kopf zwischen Annies Brüsten. Ihre Hände zogen die Jacke über ihrem Kopf zu. Nur noch die braunen langen Haare schauten heraus. Sie atmete tief Annies Duft ein. Enya blieb lange in diesem Versteck.

»Och, lass uns dennoch über Skye fahren«, nuschelte Enya aus ihrem Versteck zwischen Annies Brüsten. »Ich war noch nie auf der Insel. Und nach Inverness kommen wir später sowieso.«

ᰀ᰾ ᰀ᰾ ᰀ᰾

Tarbert, Uig, Edinburgh

Es war sehr ruhig auf den Straßen von Lewis and Harris. Auch der Betrieb an der Fähre zum Festland schien zu schlafen. Die wenigen Menschen gingen routiniert, aber gemächlich ihren Aufgaben nach. Man merkte kaum, dass es Ferienzeit war. Enya und Annie verließen früh am Morgen die Insel, während Touristen in die umgekehrte Richtung fuhren.

Die blaue Alfa Romeo Giulia stand in Tarbert am Fähranleger. Enya freute sich, mal wieder eine längere Strecke mit dem Auto fahren zu können. Auf der Insel fuhr Enya meistens mit Annies altem Land Rover.

Die Frauen waren früh unterwegs, weil Moira noch viele Pausen brauchte. Der Hund entwickelte sich prächtig und wurde immer neugieriger.

Während Enya mit Moira über die Wiesen streifte, kaufte Annie noch ein paar Kleinigkeiten für die Überfahrt ein. Zwar gab es ein Catering auf der Fähre, aber ein paar Snacks waren nie verkehrt.

Als man sich Skye näherte, konnte man von der Insel nicht viel erkennen. Die Insel im Nebel machte ihrem Namen alle Ehre. Enya hatte sich auf großartige Eindrücke gefreut. Sie wollte unterwegs fotografieren. Die Fotografie war ihr neues

Hobby. Nur schien die Insel dies nicht zu wissen. Sie entzog sich der Fotografie.

Ein wenig enttäuscht fuhr Enya quer über die Insel direkt vom Hafen Uig zur neuen Brücke, die Skye mit dem Festland verband. Spätestens seitdem diese Brücke existierte, wurde Skye von Touristen überschwemmt. Es herrschte die Ruhe vor dem Sturm. Erste Wohnmobile kamen ihnen schon entgegen. Spätestens gegen Mittag würde Skye explodieren.

Ohne Übernachtung würden die Frauen nach Edinburgh durchfahren. Sie hatten ein Zimmer in einer kleinen Ortschaft vor der Stadt, in Burntisland, gebucht. Dort war es etwas ruhiger als in Edinburgh selbst. Enya achtete mittlerweile darauf, nicht im Zentrum der Städte zu buchen, um Moira mehr Auslauf bieten zu können. Insbesondere abends war es angenehmer, nochmals am Wasser entlanglaufen zu können, als den Collie über Pflastersteine einer belebten Innenstadt führen zu müssen.

Enya fand ein Hotel am Wasser mit einer Haltestelle der Regionalbahn in unmittelbarer Nähe. So konnte sie die Giulia sicher und ohne horrende Parkgebühren zahlen zu müssen, am Hotel stehen lassen und mit der Bahn nach Edinburgh fahren.

Kingswood

Kingswood Hotel, Burntisland

Es wurde langsam dunkel, als Enya Kilometer um Kilometer auf der langen Straße nach dem Kingswood Hotel suchte. Sie hatten bereits Burntisland hinter sich gelassen, als sie sich zu Annie wandte: »Hier muss doch irgendwo dieses blöde Hotel sein.«

»Warte es einfach ab«, entgegnete Annie beruhigend. »Die Orte ziehen sich oft an der Küstenstraße entlang.«

»Aber wir sind doch schon fast im nächsten Ort. Schau, da kommen die Wegweiser.«

Annie lächelte nur. ‚Enya muss noch viel lernen, *zarrafact*[13]‘, dachte sie.

»Das habe ich gehört«, ärgerte sich Enya.

»Hast du nicht!«, kommentierte Annie patzig. »Ich hab' es nur gedacht.«

»Ich bekomme das schon mit.«

»Ist mir bekannt.«

Die Stimmung wurde gereizter und Annie wusste nicht, warum. ‚Liegt es nur daran, dass das blöde Hotel nicht mitten im Ort liegt?‘

Bevor die Situation zu eskalieren begann, sah Enya links das weiß verputzte Haus unter Bäumen liegen. »Jetzt wäre ich fast daran vorbeigefahren«, ärgerte sich Enya. Ohne zu blinken, schlug sie das Lenkrad ein und Schotter spritzte auf, als die Giulia auf dem Parkplatz zum Stehen kam.

Annie runzelte die Stirn. ‚Irgendetwas stimmt nicht‘, kombinierte sie.

---

[13] *It's a fact – Es ist eine Tatsache.*

Enya quittierte den Gedanken mit einem gestressten Seitenblick.

»Ja, wir können beide Gedanken lesen«, sprach Annie aus. Enya nickte. Sie blieb noch ein paar Minuten im Auto sitzen.

Moira wurde unruhig. Der junge Hund wollte nicht warten. Das Auto steht, hatte sie mitbekommen. ‚Das bedeutet Aussteigen‘. Annie stieg zuerst aus, ging um das Auto und öffnete die hintere Tür der Limousine auf der Fahrerseite. Nun konnte sie Moiras Transportbox öffnen.

Ohne auf ein Kommando zu warten, sprang Moira auf den Parkplatz und tobte herum. Sie suchte sich den nächsten Baum und hockte sich hin.

»Das würde ich jetzt auch gerne«, meinte Annie und sprang von Bein zu Bein. »Wir sollten schnell einchecken.«

Das Kingswood Hotel war ein gediegenes Haus der oberen Mittelklasse. Es strahlte den Charme eines Anwesens aus, das immer weiter ergänzt wurde und in dem sich langsam Möbel und Dekorationsgegenstände aus verschiedenen Epochen sammelten und mischten. In einer kleinen Ecke im Treppenhaus, die an einen Ticketschalter eines Dorfbahnhofs erinnerte, erfolgte das Einchecken.

Enya, Annie und Moira bekamen ein geräumiges Zimmer im Obergeschoss am Ende des Flurs. Mit Balkon. Mit Blick auf das Meer. Zumindest konnte man ahnen, dass es hinter den Bäumen auf der anderen Straßenseite sein musste. Vom Balkon aus konnte man das Meer hören und riechen. Vereinzelt kreisten Möwen über den Bäumen.

Die Teppiche waren tief und dämpften die Schritte, auch wenn im Obergeschoss die Dielen unter dem Teppich bei jedem Schritt knarzten. Zwei Anbauten waren leicht versetzt an den ursprünglichen Bau angebaut worden. Die Flure verliefen leicht versetzt. »Es wird eine Herausforderung sein, wenn man unter Alkoholeinfluss hier zum Zimmer laufen möchte«, bemerkte Enya.

Auf halbem Weg, zwischen zwei Anbauten, querten sie eine kleine Leseecke mit einem in die Jahre gekommenen Chesterfieldsofa in Braunrot. Tapeten mit gedruckten Buchrücken lieferten die oberflächliche Illusion einer Bibliothek. Abgegriffene Bücher aus der Region und Klassiker, die kein Gast aus Versehen einpacken wollte, lagen auf einem niedrigen Tisch und in einem Bücherregal.

Nach einem guten Abendessen ohne Experimente war der Abend noch lang. Zunächst wurde der Welpe gelüftet. Annie tollte mit Moira am Wasser über eine Sandbank. Enya blieb unterdessen im Zimmer und räumte ihre Sachen hin und her.

Als Annie mit Moira zurückkam, musste der Collie erst einmal gekämmt werden. Enya wollte sich schon beschweren, warum der Hund so streng nach totem Fisch roch. Aber der Ärger verflog schnell, nachdem sie in die hellblauen Hundeaugen schaute.

»Komm mit auf den Balkon«, dirigierte Enya den Hund nach draußen.

Moira ließ sich nicht gerne bürsten. Sie schüttelte sich und versuchte, sich vor Enya zu verstecken. Sie lief tapsig zu ihrem Körbchen. Enya kam hinterher. Moira versuchte, sich unter das Bett zu verstecken. Aber dort ging es nicht weiter.

Sobald Enya in die Dose mit den Leckerlis griff, kam die Moira wieder an. Dann gab es zunächst ein paar Streicheleinheiten, bevor Enya nach der Bürste griff. Am Ende der Prozedur hatte Enya ein großes Büschel Haare in der Hand. Sie wusste nicht wirklich, wo sie diese entsorgen sollte. Dann prüfte sie die Windrichtung und ließ die Haare vom Wind wegtragen. Langsam entspannte sich Enya, während sie am Geländer lehnte und den beleuchteten Passagierwagen der Bahn vor dem Hotel nachschaute. Ihr nächster Blick galt dem Himmel. Sterne sah sie keine. ‚Es ist hier wohl zu hell für Sterne‘, kombinierte sie.

Annie machte Krach. Die Sensibilität des Gehörs verriet Enya, dass Annie im Zimmer geschäftig war und irgendwie umräumte. Dennoch schaute Enya sich nicht um. Sie wollte Annie nicht stören. Die angelehnte Balkontür öffnete sich. Annie zwängte sich mit Decken und Kissen, die sie von den beiden Betten und Sesseln gesammelt hatte, durch die Tür. In einer geschützten Ecke des Balkons bereitete Annie ein kuscheliges Lager. »Wir können auch hier draußen schlafen«, meinte sie. Ohne auf eine Antwort zu warten, verschwand Annie wieder im Zimmer.

Moira war die erste, die das Lager in Besitz nahm. Sie ließ sich in die Kissen fallen, schnaufte einmal tief durch und begann zu schnarchen.

Enya lachte. »Was soll das Hotel dazu sagen, wenn der Hund in der Hotelbettwäsche schläft? ... Egal.«

»Wir verraten es nicht«, griff Annie den Gedanken komplizenhaft auf, nachdem sie mit Räucherwerk, Rotwein und Gin wiederkam. Sie hatte alle Hände voll.

»Ich nehme dir die Flaschen ab.«

»Und ich gehe noch Gläser und den Flaschenöffner holen.« Annie verschwand erneut. »*I am droofin'*[14].«

Mit Wein und Gin kam Enya langsam wieder zur Ruhe. Mittlerweile waren auch die ersten Sterne zwischen den aufbrechenden Wolken zu sehen. Enya kuschelte sich an Annie unter eine Decke.

Auf einem kleinen Unterteller, den sie irgendwo im Zimmer gefunden hatte, schüttete Annie eine Handvoll leicht feuchten

---

[14] *Ich verdurste*

Sand aus. »Den habe ich hier am Strand aufgesammelt. Nächstens nehme ich wieder unsere Jakobsmuschel anstatt Teller. Aber die habe ich zu Hause vergessen.«

Auf den Sand wurde ein kleines Stück Kohle gelegt. »Das ist die gute japanische Shisha-Kohle.« Annies Räucherkiste war mittlerweile perfekt ausgestattet. Mit einem kleinen Gasbrenner, wie er in der Küche zum Karamellisieren genutzt wurde, entzündete sie die Kohle. Es dauerte nur Sekunden, bis diese rot glühte. Annie nahm das Tellerchen hoch und blies sanft die Glut an.

Enya hatte zwischenzeitlich den Rotwein entkorkt. »Wo hast du denn schon wieder den Barolo her?«, fragte sie Annie.

Aber Annie lächelte nur.

Enya suchte einen sicheren Platz, an dem die Gläser nicht umfallen konnten und schenkte Wein ein. Moira hob den Kopf und schnüffelte.

»Rotwein ist nichts für Hundenasen.« Enya schob den vorwitzigen Hundekopf sanft zur Seite.

Enya reichte Annie ein Glas.

»*Slàinte mhath!*[15]«

Es bedarf nur wenig Harz beim Räuchern, um bei Windstille in der geschützten Ecke des Balkons eine intensive Duftwolke zu erzeugen. Zumindest nahmen die drei sensiblen Nasen dies so wahr. »Manchmal frage ich mich«, meinte Annie, »wer besser riechen kann. Hexen oder Hunde?«

Plötzlich platzte es aus Enya heraus: »Es ist alles so gut hier. Aber ich habe keine richtige Aufgabe.« Enya heulte fast. Sie hatte ihr inneres Gleichgewicht verloren.

»Du führst doch den Coven.«

---

[15] *Prost*

»Der führt sich selbst. Ein halbes Dutzend selbstständiger Menschen, die ihr Leben im Griff haben.«

»Was ist denn wirklich die Aufgabe des Covens? Das Buch ist fertig. Das Wissen ist niedergeschrieben. Wir treffen uns viermal im Jahr am Steinkreis und tanzen ein bisschen. Wir suchen dann mal die Magie. Ich sehe nicht, was ich noch zu tun habe? Man kann in Lewis and Harris noch nicht einmal am Strand liegen. Es ist zu kalt.«

»Du bist für den Collie da.«

»Oder sie für mich. Du hast nun wenigstens eine Aufgabe von Lady E. Und ich?«

»Bram hat doch den Coven involviert und du hast als Meisterin zugesagt. So ist es nun auch deine Aufgabe.«

Langsam beruhigte sich Enya. Sie musste feststellen, dass Annie Recht hatte.

»Komm, wir verziehen uns tief unter die Decken und kuscheln ein wenig. Morgen sieht sicher alles anders aus.«

Im Speisesaal des Hotels hatte alles ein Karomuster. Nur die Teller nicht. Von Tartan wollte Enya nicht sprechen. Die Karos der Teppiche hatten als Grundfarbe ein Olivgrün. Diese wurden von braunen und vermutlich ehemals schwarzen Linien durchzogen. Quer dazu verliefen graue und dunkelbraune Linien. Enya konnte sich nicht vorstellen, dass jemals ein Raumgestalter oder ein Inhaber dieses Hotels mit dieser Farbkombination zufrieden war. Später wurden Möbel ergänzt, deren Tartan in Dunkelrot gehalten war. Die Tische waren in Weiß-Rot gedeckt. Wie in Italien. Vor den Tapeten in Grün und Pink wirkte diese Kombination surreal. Enya beschloss zu ihrer Entschuldigung anzunehmen, dass der Besitzer des Hotels farbenblind war. Sie lag mit dieser Vermutung nicht falsch.

»Was gibt es zum Frühstück«, fragte Enya mit knurrendem Magen. Sie hatte sich nach Jahren noch immer nicht an das schottische Frühstück gewöhnt.

»Das Übliche«, entgegnete Annie.

»Also, was gibt es außer Haggis und Black Pudding?«

»Wie wäre es mit gebackenen Bohnen in Tomaten, Speck und gebackenem Schinken, Rührei oder Spiegelei, gegrillten Tomaten und Champignons? Square Sausages? Porridge?«

»Igitt.«

»Oder einfach nur Toast mit Marmeladen.«

»Also so wie immer.«

»Sage ich doch.«

Mittlerweile stand der Kellner am Tisch und wollte nach Sonderwünschen fragen. »Es ist alles am Buffet verfügbar«, erläuterte er. »Vielleicht alternativ ein Continental Breakfast mit Croissant und Marmeladen? Ansonsten fragen Sie einfach.«

Enya orderte Pancakes mit Ahornsirup.

»So wie in Kanada?«, fragte der Kellner nach und Enya nickte. »Bitte mit Kaffee und Orangensaft.«

Annie wählte fast alles und schwarzen Tee. Sie hatte Hunger.

Moira hätte den Speck gewählt, aber sie bekam lediglich Hundefutter.

Nach dem Frühstück zog sich Enya robuste Schuhe für eine Wanderung am Wasser an. Beim Verlassen des Zimmers nahm Enya ihren Rucksack mit. Sie war noch immer angespannt. Sie dachte gerne an die gestrigen Stunden auf dem Balkon zurück. Der Stress war noch nicht verflogen. Enya konnte ihre Gefühle und Gedanken nicht besonders schnell verarbeiten. Sie brauchte mehr Zeit für sich allein. Wenn andere ihre Gedanken lesen können, war es schwer, sich abzuschotten und zu schützen. Es ging, aber es erforderte Energie. Distanz half hierbei.

Allein Nachdenken bedeutete aber nicht, auch allein zu sein. Als sie aus dem Hotelzimmer gehen wollte, saß Moira bereits an der Zimmertür. ‚Sie zieht die Jacke an. Sie zieht die Schuhe an. Sie will raus!' Moira zog aus den Handlungen der beiden Zweibeiner mittlerweile ihre Schlüsse. Und hier hieß die Schlussfolgerung eindeutig: ‚Spazieren gehen.'

Enya konnte nicht Nein sagen, obwohl sie eigentlich nicht vorhatte, Moira mitzunehmen. Aber mit der Aufnahme des Welpen war Enya auch eine Verpflichtung eingegangen.

Moira tappte über den dicken Teppich voran durch den Flur. Enya folgte in Gummistiefeln und Regenjacke.

‚Scheinbar steht eine Arktisexpedition bevor', dachte Annie, als die Freundin das Zimmer verließ. ‚Aber es ist doch nur Schottland. *A little greetie*[16]. Aber sonst ist es trocken.'

Annie ließ Enya widerspruchslos ziehen. Sie nahm unterschwellig den Druck wahr, der auf der Meisterin des Covens lastete. Es war Enyas erste echte Herausforderung in dieser Rolle. Bei der Gründung des Covens wurde sie noch geleitet. Nun musste sie selbst führen.

Enya nahm Moira an die Leine und die beiden querten die Straße. Anschließend nahmen sie eine Fußgängerunterführung

---

[16] *Greetie im Sinne von Begrüßung, oder eine kleine Regenschauer*

unter dem Bahndamm hindurch, um zum Meer zu gelangen. Es roch nach Urin. Enya versuchte, schnell aus dem Tunnel zu kommen.

Es war Ebbe. Enya bückte sich zu Moira und ließ den Hund von der Leine.

Moira schnüffelte zunächst am Sand und sprintete dann im Welpentempo voran Richtung Brandung. Als Moira die Wasserlinie erreicht hatte und der Sand nasser wurde, stoppte sie. Das Wasser kam wieder. Moira wich irritiert zurück. Nach ein, zwei Metern blieb Moira stehen und drehte sich wieder in Richtung des Wassers. Es war wieder zurückgewichen. Moira wagte es erneut, zum Wasser zu laufen. Und sofort kam das Wasser wieder. Moira stutzte. Das Wasser wollte sicher mit ihr spielen. So ging es ein paar Mal hin und her.

Enya beobachtete das Spiel mit einem Lächeln. Moira verlor dann irgendwann das Interesse. Aber es gab sicher auch noch andere Orte am Strand, die für einen neugierigen Welpen interessanter sein konnten.

Gelegentlich kamen einzelne Felsen aus dem Sand zum Vorschein. Die meisten waren von klebrigen Algen überzogen. Enya lief um die Felsen herum. Sie achtete auf ihre Schritte. Schließlich wendete sie sich vom Wasser ab und kam dem Bahndamm wieder näher. Einige Bäume schirmten die Geräusche der Bahn und der Straße ab.

Enya suchte sich einen Felsen ohne Algenbewuchs, auf dem sie sich niederlassen konnte. Aus der Distanz schaute sie auf das Wasser hinaus. Enya stellte den Rucksack ab, nahm eine Picknickdecke heraus und breitete diese auf dem Felsen als Sitzkissen aus. Sie streckte den Rücken durch, bevor sie sich setzte. Dann kramte sie weiter im Rucksack und griff nach Liath. Vielleicht konnte ihr das magische Buch weiterhelfen. Enya legte zunächst ihre Hände auf den Einband. Sie verspürte keine Magie. Sie klappte das Buch auf und blätterte durch die Seiten.

Sie schloss die Augen und versuchte, mit den Elementen eins zu werden. Das Wasser war da. Die Erde. Die Luft wehte vom Meer den Geruch von Salz und Tang heran.

Liath blieb stumm. ‚Vielleicht fehlt nur das Feuer‘, vermutete Enya. ‚Oder der Ort hatte keine Magie, die geweckt werden konnte.‘

So kam Enya nicht weiter.

The Scotish Colourists:
Francis Campbell Boileau Cadell

Paris

Cadell stellte die Flasche Armagnac beiseite. »Blöder Leuchtturm«, dachte er. Der Maler sortierte gerade seine Bilder von der Insel Iona, die er so liebte. Er hatte die Insel in allen Facetten gemalt und würde es weiterhin tun.

Francis Campbell Boileau Cadell erinnerte sich daran, wie er auf einem Boot in den Moray Firth Richtung Inverness einfuhr. Auf halber Strecke verengte sich die Einfahrt auf eine Breite von etwa einem Kilometer, weil zwei Spitzen versetzt hintereinander die Zufahrt beherrschten. Auf der nördlichen Seite stand der Leuchtturm am Chanonry Point auf einer Landzunge. Diesen galt es damals zu umfahren und heute zu malen. Auf der gegenüberliegenden Seite befand sich seit langer Zeit das Fort George. Eine mächtige Festung. Wenn man sich Inverness von See aus näherte, musste man durch dieses Nadelöhr und hatte beides gleichzeitig voraus im Blick.

Cadell beschloss, diese Perspektive zu malen. Aber seine Zeit war heute begrenzt. Er erwartete Besuch.

Während sich die Duchesse de Vernon das fliederfarbene Mieder schnüren ließ, lag die Hirschkeule bereits in der Küche des Malers. Der Maler mischte einen Tropfen Karminrot in das Indigoblau, um den Übergang der Wellen auf Seiten des Forts malen zu können. Das Leuchtfeuer sollte sich an den dortigen Mauern spiegeln. Cadell betrachtete die frisch angemischte Farbe. ‚Wie Lavendel‘, dachte er. ‚Gibt es die Pflanze eigentlich auch in Schottland? Zumindest gibt es *Heather*[17].‘ Er hatte den Duft des frisch erblühten Lavendels in der Nase und dachte

---

[17] *Heidekraut*

daran, mit wenigen Pinselstrichen diese Gerüche einzufangen. ‚Sei's drum. Niemand weiß, was diese lavendelfarbene Fläche darstellen soll. Feuer? Eine Reflektion?'

Die Duchesse ließ sich von ihrer Zofe das Haar bürsten, während die Magd in der Küche des Malers den Korb mit den ersten Möhren der Saison für das Mahl entgegennahm. Dies entging dem Maler, als er darüber sinnierte, ob sich die Reihen des imaginären Lavendels am Horizont verlieren sollten, oder ob er einen Abschluss durch nahe Pinienwälder bevorzugte. ‚Lavendel? Pinien? Ich schweife wieder ab.' Cadell lehnte sich zurück. ‚Es soll ein schottisches Bild werden, keines der Provence.'

Ein paar Tropfen Patschuli verliehen dem Wildrosenduft des Parfums der Duchesse eine gewisse schwere, tiefe Note, die ihr eine geheimnisvolle Aura verleihen sollte.

Indes waren die Gerüche in der Küche deftiger. In der Küche des Malers wurden die Möhren gewaschen und in Würfel geschnitten. Getrocknete Steinpilze vom vorherigen Herbst wurden neben einem Streifen Speck, den Möhren und Kartoffeln, auf einem Holzbrett zusammengelegt, darauf wartend in einem großen eisernen Topf zu verschwinden.

Im Atelier legte sich zwischenzeitlich ein Dunstschleier über den Horizont des Bildes, an dem das Wasser in den Himmel überging. Langgezogene Pinselstriche trennten beide Flächen mit einem kräftigen Gelb-Rot. »Viel zu kräftig«, ärgerte sich Cadell und deckte die Farben des Leuchtfeuers mit Blau und Grau etwas ab. Die nassen Farben verschwammen ineinander und der Eindruck von Abendnebel über der Bucht wurde spürbar.

Als die Duchesse ihren Chauffeur rief, schmorten bereits die Schalotten und Karotten in Entenschmalz und etwas braunem Rohrzucker, bis sie karamellisierten. Dann folgten der Speck und die Pilze in den Topf.

Die Magd gab dunkelrosafarbene Würfel aus der Hirschkeule zum Anbraten hinzu.

Die Gedanken der Mademoiselle la Duchesse flogen dem Automobil voraus, während fein gewürfelte, kräftig gelbe Kartoffelwürfel die Casserole zentimeterweise füllten, sodass das Fleisch vom Hirsch zu verschwinden drohte. Nun löschte die Magd das Feuer im Topf mit einem Glas Armagnac, etwas Sahne und Wasser. Sie zügelte das Feuer im Ofen, indem sie die Glut verteilte.

‚Ich nehme Kräftiggelb für die Dünen und Rapsfelder an den Hängen des Moray Firth‘, dachte der Maler. ‚Überdeckt mit einigen wenigen Strichen in Ocker und Braun.‘ Während die Hitze im Ofen nachließ, zeigte das Gemälde ein anderes Bild. Cadell mochte kräftige Farben. Die Sonne versank in Orange links im Bild hinter Fort George. Von rechts strahlte das Licht des Leuchtturms über das Wasser. Cadell mischte noch mehr verschiedene Rottöne auf der Palette an und ließ die Wellen Rot widerschimmern. Das ganze Bild schien zu brennen.

Der heiße, gusseiserne Deckel der Casserole wurde abgenommen, als oben an der nie verschlossenen Haustür eine strahlendschöne Duchesse Einlass begehrte und Cadell zugleich seine Palette aus der Hand legte. Die restlichen Minuten sollte das Mahl offen im Ofen garen.

Gemeinsam begab man sich, nach gegenseitig ausgetauschten Begrüßungsfloskeln, in das sonnendurchflutete Atrium. Die Duchesse mit ihrem Lächeln und der Maler mit buntbeklecksten Händen.

Terrine de Chevreuil aux Cèpes et Armagnac

Der Maler drängte die Duchesse an die Fensterbrüstung. Die bunten Finger des Malers verhedderten sich in der viel zu engen Schnürung des Korsetts. Die Duchesse hatte ihre Taille nur für den Maler so eingezwängt, während sie zugleich– wie so oft zuvor – die Initiative ergriff und den Geschmack des Pinsels probierte.

Dem Maler standen die Haare zu Berge, der Duchesse die Röte im Gesicht und die Casserole im Ofen. Und da stand sie gut und lange, weil die Magd des Malers dem Treiben im Atrium lauschte und die Terrine im Ofen vergaß.

Daher gab es an diesem Tage kaltes Hühnchen anstatt eines Hirschbratens.

Museum

Scottish National Gallery of Modern Art, Edinburgh

Es war ein typischer Tag für einen Museumsbesuch. Unangenehm kühl. Regen hing in der Luft.

»Brrr ... *Oorlich*[18].« Selbst Annie schüttelte sich, als sie vor die Türe traten.

Moira war es egal. Sie hob die Nase und trottete auf den Parkplatz des Hotels, suchte den Weg in die nächsten Pfützen.

Enya verzichtete darauf, mit dem Auto nach Edinburgh zu fahren. Stattdessen nahmen die beiden die ScotRail Bahn. Unterwegs überlegte Enya plötzlich: »Sag mal Annie, dürfen Hunde ins Museum?«

Die beiden Frauen schauten sich erschrocken an. Niemand dachte daran, dass Moira wohl nicht mit ins Museum durfte.

»Und nun?«, fragte Enya.

»Dann wird wohl jemand mit Moira draußen warten müssen.«

»Oder wir schmuggeln sie in der Handtasche mit rein.« Enya meinte es ernst, aber Annie und Moira fassten es als Witz auf.

»Wir werden schon eine Lösung finden«, entgegnete Annie überzeugt.

Nach etwa vierzig Minuten erreichten beide das Zentrum der Stadt. Sie sparten sich den Weg bis zum Hauptbahnhof und stiegen bereits am Haymarket aus.

»Von hier aus ist es kürzer«, wusste Annie.

»Wo finden wir Sir Bram?«, fragte Enya.

»Direkt am Museum. Es ist nicht weit.«

---

[18] *Unerfreulich kalt*

»Es ist kalt und nass.« Auch wenn das Wetter nicht gerade freundlich war, schlenderten Enya und Annie Richtung Museum. Enya zog ihre Jacke zu.

»*It's smirr*[19]. So langsam musst du dich doch an das schottische Wetter gewöhnt haben.«

»Das verdrängt ihr Schotten immer. Ich glaube, insgeheim wollt ihr auch keinen Regen und keinen Sturm.«

Annie musste zustimmen. »Sonne ist schöner«, gab sie zu. »Wir mögen den Sommer. Im letzten Jahr fiel der Sommer auf einen Mittwoch.«

Sie betraten den Park des Museums von der Rückseite aus. Im Park standen diverse Objekte, mit denen weder Annie noch Enya viel anfangen konnten. Sie warfen lediglich flüchtige Blicke auf die Objekte. Nur Moira wusste, wozu diese Kunstwerke gut waren. Sie lief direkt zur erstbesten Statue und hockte sich hin und markierte die Kunst.

Enya blickte entsetzt, und Annie konnte sich ein Lachen nicht verkneifen. Enya wiederholte ihre Frage: »Und wo ist Sir Bram?«

»Sicher vor dem Gebäude. Dies ist die Rückseite.«

Der weitere Weg führte folglich um das Museumsgebäude herum.

»War das mal ein Schloss?«, fragte Enya.

»Hier kannst du zu jedem großen Gebäude Schloss oder Castle sagen.«

»Also ein Castle.«

»So wie du magst.«

Vor dem Museumsgebäude standen nur wenige Autos.

»Stark besucht ist das Museum nicht«, erkannte Enya.

---

[19] *Leichter Nieselregen*

»Es ist eben moderne Kunst. *Some kinda mince[20]*«, lachte Annie.

Auf dem Parkplatz konnten beide schon von Weitem den alten Jaguar von Sir Bram sehen. Enya freute sich und lief vor. Herzlich umarmte sie den alten Herren, als er aus dem Auto stieg.

»Du bist gar nicht älter geworden«, lächelte Enya.

»So ist das eben bei uns Hexen«, entgegnete Sir Bram. »Dennoch bin ich gebrechlich. Dennoch brauche ich meinen Stock.«

Als nächstes begrüßte Enya George. Er hatte den Jaguar gefahren. Der Diener des alten Herren hielt sich im Hintergrund. Würde man nicht gezielt nach ihm schauen, würde man ihn übersehen. Er vermied die Öffentlichkeit und kleidete sich so unauffällig wie möglich. Einfach war das nicht. George war über 1,90 groß. Der ehemalige Elitesoldat gehörte schon mehr oder minder zur Familie. Er musste nach menschlichem Ermessen knapp über Fünfzig Jahre alt sein. George war noch immer durchtrainiert. Hierauf legte er Wert. Die Grenzen zwischen Diener, Vertrauter und Leibwächter verschwammen. George gehörte ebenso zum Hexencoven wie sein Herr. So konnte er durchaus älter als Fünfzig sein. Enya wusste es nicht. Sie wusste wenig über George. Aber Sir Bram vertraute ihm hundertprozentig. Mehr musste Enya auch nicht wissen.

»Oh, ihr habt euren neuen Hund dabei«, stellte George irritiert fest. »Dann passe ich auf den Hund auf, während ihr im Museum seid.«

»Er möchte nur nicht mit ins Museum«, kommentierte Sir Bram. »Aber nun kommt. Gebt George den Collie in Obhut. Wir bekommen eine Privatführung.«

---

[20] *Irgendwie Unsinn.*

»Wie kommen wir daran?«, fragte Annie.

»Ach, ich habe in den vergangenen Jahrhunderten so meine Kontakte aufbauen können.« Sir Bram schien in Gedanken abzuschweifen. »Nun ja. James McEwan kenne ich erst seit ein paar Jahren. Er ist Fachmann für die Malerei des letzten Jahrhunderts.«

❦ ❦ ❦

Scottish National Gallery of Modern Art

Dr. McEwan erwartete seine Gäste im Foyer des Museums. Er sah fast ebenso alt wie Sir Bram aus, wirkte jedoch unkoordiniert und zerstreut. Wenn es Kunst war, ein hellblaues Hemd zu einer braunen Cordhose zu tragen, während ein roter Gürtel und dunkelbraune Hosenträger die Hose notdürftig auf den Hüften hielt, dann war McEwan ein Künstler. Oder eher ein Kunstwerk.

Der Wissenschaftler begrüßte seine Gäste herzlich. Nach dem Telefonat mit Sir Bram konnte er Annie und Enya sogar mit Namen begrüßen. So weltfremd, wie er erschien, war er wohl doch nicht.

»Schauen Sie«, meinte McEwan, »wir laufen erst einfach mal durch die Sammlungen und danach unterhalten wir uns.«

Enya und Annie ließen sich verschiedene Bilder erläutern. Immer wieder fragte McEwan nach ihren Eindrücken. Die beiden Frauen taten sich schwer, in vielen Bildern etwas Gegenständliches zu erkennen.

»Moderne Kunst ist … komisch«, stellte Annie für sich selbst fest. »Radge[21].«

---

[21] *Verrückt*

‚Das kannst du ruhig verallgemeinern', dachte Enya und Annie musste schmunzeln. ‚Ich stehe also nicht allein mit meiner Meinung.'

»Dabei sind diese Bilder auch schon älter als wir«, fuhr McEwan in seinen Erläuterungen fort.

‚Wenn der wüsste, wie alt die Hexe Annie ist', lachte Enya in sich hinein. McEwan sah nur ein verstecktes Lächeln. Annie konnte den Gedanken sofort aufgreifen. »Ich bin viel älter als die modernen Bilder.«

»Sicher nicht«, konterte McEwan.

‚He's a balloon[22]', dachte Annie. Später würde sie ihre Meinung revidieren.

‚Warum wollten wir eigentlich in dieses Museum?', fragte sich Enya wieder. ‚Wir wollten sicher nicht über das Alter einiger Bilder streiten.'

Annie schaute Enya fragend an. Auch Sir Bram hatte die nicht ausgesprochene Frage mitbekommen, ging hierauf aber nicht ein.

Im nächsten Ausstellungsraum wurden die Bilder gegenständlicher. Enya konnte in den Gemälden wieder Gegenstände und Personen identifizieren.

McEwan führte die kleine Gruppe weiter durch den Saal zu einem Bild des Leuchtturms am Chanonry Point.

»Dieses Bild muss ich Ihnen zeigen, nachdem mir Sir Bram Ihr Problem erläuterte.« Er selbst blieb zunächst seitlich neben einem unscheinbaren Bild stehen, um den Blick auf das Gemälde nicht zu stören. »Das Bild ist von dem schottischen Maler F. C. B. Cadell. Er hatte es im Rahmen eines kleinen Wettbewerbs unter Malern gemalt«, erläuterte der Wissenschaftler

---

[22] *Er redet zuviel. Oder: Wie ein Ballon voller heißer Luft*

und versank in sein Sachgebiet. »Das Bild entstand ironischerweise 1912 in Paris.«

Sir Bram blieb grübelnd im Hintergrund. ‚Ich hatte es befürchtet‘, dachte er. ‚Es gibt mehr Leuchtturmbilder als die beiden bei Lady E.‘

Annie schaute fragend zu dem alten Herrn rüber.

Sir Bram stützte sich auf seinen Stock und wirkte zerbrechlich. Sein schütteres, weißes Haar hing in Strähnen bis auf seine Schulter.

»Was hat es mit diesem Bild auf sich?«, flüsterte Annie ihm zu. Sir Bram ging einen Schritt zurück und setzte sich auf die ungemütliche Bank ohne Rückenlehne in der Mitte des Saals. Vermutlich galt diese Bank als Funktionskunstwerk. Annie leistete ihm Gesellschaft, während Enya vor dem Bild stehen blieb.

James McEwan stand direkt neben Enya. Er mühte sich ab, Enya noch weitere Details zum Bild zu erläutern. Für Enyas Reize hatte er keinen Blick, auch wenn sie an diesem Tag ihre Bluse ohne BH und recht offen trug. ‚Der interessiert sich nur für Bilder‘, erkannte Annie aus der Distanz. ‚Ich würde ständig auf Enyas Titties starren, anstatt auf die Ölschinken.‘

Enya lächelte. Sie hatte Annies Gedanken mitbekommen. Sie konzentrierte sich aber sofort wieder auf das Cadell-Bild. Zumindest versuchte sie es.

McEwans Erläuterungen kamen nur wie durch Watte an. »Colourist ... war in München ... und Venedig ... wieder Schottland ... Paris ...«

Enya scannte das Bild Zentimeter um Zentimeter. »Was ist mit dem Bild?«, fragte McEwan irritiert, obwohl er von Sir Bram über die beiden Leuchtturmbilder bei Lady E. informiert war. McEwan konnte sich nicht vorstellen, warum dieses Bild Enya in den Bann zog. »Eines unter vielen. Eigentlich nicht besonders. Und nicht eines seiner Besten.«

»Oder doch ein Besonderes?«, widersprach Enya mit einer Frage.

Sir Bram beobachtete Enyas Körpersprache. Sie hatte sich verändert, seitdem sie vor dem Bild stand. Enya war angespannt. Sie saugte irgendetwas aus diesem Bild auf. Sie verband sich mit der Vergangenheit. Auch Annie registrierte die Veränderungen. Aus Enyas Langeweile beim Betreten des Gebäudes wurde eine Anspannung, deren Ursache auch Annie nicht ergründen konnte.

»Cadell hat uns einen Hinweis hinterlassen«, erkannte Enya. »Ich glaube nicht, dass das Rot auf der anderen Seite vom Wasser der Widerschein des Leuchtfeuers ist. Es ist ein Feuer. Ein Brand«, kommentierte Enya. Annie und Sir Bram lenkten ihre Blicke auf das Bild. Der alte Mann nickte und hielt seinen Kopf nachdenklich gesenkt. »Es könnte sein.«

»Und warum hängt dieses Bild hier, wenn es nichts Besonderes ist?«, fragte Enya den Kunstwissenschaftler.

»Neben der Tatsache, dass es aus dem Wettbewerb der Maler heraus im selbstgewählten Exil in Paris gemalt wurde, ist es kunsthistorisch interessant. Die Ölfarben wurden nicht – wie üblich – mit Firnis behandelt. Es wurde nicht für die Ewigkeit oder für Sammler gemalt.«

»Vielleicht nur für den Wettbewerb unter Freunden.«

»...oder unter Konkurrenten«, stellte der Wissenschaftler klar.

»Aber was hat das mit dem Firnis auf sich?«

»Firnis ist ein finaler Schutzanstrich für ein Bild. Eine Versiegelung. Es schützt die Ölfarben und sorgt für eine gleichmäßige Glanzwirkung. Das Bild ist nicht mehr so empfindlich gegen Risse, die sich beim Trocknen der Farben bilden. Fehlt

Firnis, kann es verschiedene Gründe haben. Vielleicht war das Bild noch gar nicht fertig. Oder das Bild war nie für die Weitergabe vorgesehen.«

»Vermutlich war Cadell mit dem Bild nicht zufrieden, oder?«, folgerte Enya.

»Vermutlich. Die Pinselführung ist hektischer als üblich für Cadell. Der Maler kann kaum mehr als einen Tag für das Bild gebraucht haben. Lange waren wir nicht sicher, ob wir das Bild dem Maler zuordnen können oder ob es eine Fälschung ist. Nähere Untersuchungen zeigten aber, dass es echt ist.«

Enya nickte und fasste zusammen. »Kein Sammlerbild, aber im Museum, weil es eine historische Bedeutung hat.«

»Nicht nur. Das Bild ist auch eine Schenkung. Es hing lange auf der gegenüberliegenden Seite des Leuchtturms am Moray Firth im Offiziersclub des dortigen Bataillons. Niemand wusste, wer wirklich Eigentümer war. Irgendwie war das Bild ins Fort gekommen. Vermutlich von einem Offizier mitgebracht oder – unwissend über den schottischen Maler – entsorgt. Man wollte das Bild im vergangenen Jahr loswerden. Aber dann fragte man zum Glück zuerst das Museum. Seit etwa einem Jahr ist das Bild bei uns. Mittlerweile wissen wir, dass das Bild ebenfalls den McLymondts gehört. Wir haben es weiterhin als Leihgabe in der Ausstellung.«

»Ebenfalls den McLymondts?«, nahm Sir Bram den Gedanken erschrocken auf.

Enya und Annie erkannten die Gefahr: »Noch ein Bild? Noch eine Prophezeiung?«

Natürlich nahm McEwan die Befürchtungen auf. Er hielt inne, wollte einmal tief durchatmen, um dann den finalen Punkt zu setzen. »Dem Bild fehlt übrigens noch etwas.«

Enya sollte das Bild weiter analysieren. Der Wissenschaftler wartete auf Enyas Antwort, wie ein Dozent darauf hoffte, dass einer seiner Studenten die Lösung auf eine einfache Frage fand. McEwan wartete vergeblich. Zwischenzeitlich nestelte er an seinem Oberhemd und versuchte die Zipfel des Kleidungsstücks irgendwie in seine Hose zu stopfen. Seine Bemühungen waren bloß temporär von Erfolg gekrönt.

»Na, schauen Sie nochmals hin«, forderte der Wissenschaftler ungeduldig und wollte die Lösung vorwegnehmen. »Dem Bild fehlt eine Farbe.«

Enya schaute genauer hin.

»Dem Bild fehlt Grün!« McEwan gab die Antwort ungeduldig vor.

»Wie das? Ich sehe doch ...«

»Nein. Sehen Sie nicht. Das Grün ist durch feine Striche und Mischungen von Blau und Gelb auf der Leinwand schattiert.«

»Kann das eine Nebenbedingung des Wettbewerbs sein?«, wollte Enya wissen.

»Ich weiß es nicht. Ich kenne die anderen Bilder nicht real.«

Enya verbrachte noch einige Zeit vor dem Bild, bevor sie sich hiervon löste und McEwan mit einigem Abstand durch die weitere Ausstellung folgte. ‚Eine fehlende Farbe. Wie komisch‘, dachte Enya. Mittlerweile lauschten auch Annie und Sir Bram den Ausführungen des Wissenschaftlers nur noch halbherzig.

Moira saß vor George und schaute zu ihm auf. ‚Du willst auf mich aufpassen?‘, schien sie zu denken und legte den Kopf schief.

George blickte überfordert auf das kleine Fellknäuel hinunter. »Was mache ich nun mit ... so einem Hund?« Er machte ein paar Schritte in Richtung Wiese. Moira hüpfte hinterher. George ging weiter. Moira folgte erneut. Er bückte sich, hob ein Stöckchen auf und warf es mitten auf die Wiese.

Moira schaute dem Stöckchen hinterher, setzte sich und blickte wieder zu George. ‚Was soll das?', schien sie fragen zu wollen.

»Hol' das Stöckchen«, forderte George den Collie auf.

Moira ignorierte das Stöckchen. Stattdessen lief sie ein kurzes Stück, hockte sich hin und hinterließ ein kleines Häufchen.

George war ratlos und Moira zufrieden. Der große Mann schaute sich um und stellte fest, dass er keine Tüten für die Hinterlassenschaften hatte.

»Darf ich aushelfen?«, fragte eine ältere Dame, die plötzlich neben ihm stand. Sie hielt ihm einen Plastikbeutel vor die Nase und duldete keinen Widerspruch.

George nickte, sichtlich überfordert. Linkisch versuchte er, das Häufchen in die Tüte zu bekommen.

Moira stand unschuldig daneben und wedelte mit dem Schwanz, während George sich abmühte. Er entsorgte den Beutel in einem nahegelegenen Abfalleimer.

Moira hatte begonnen, George zu erziehen.

»Für einen ersten Eindruck über die schottische Moderne sollte dies reichen. Lasst uns in mein Büro gehen. Dann bekommt ihr einen kurzen Abriss über die Scottish Colourists.«

Enya schaute sich in McEwans Büro verblüfft um. Es passte nicht zum Erscheinungsbild des Wissenschaftlers. Es war aufgeräumt und strukturiert. Es gab nur wenige Gegenstände, die alle wohlarrangiert erschienen. Auf seinem Schreibtisch lagen einige aufgeschlagene Bücher mit Abbildungen des gleichen Leuchtturms. Das war kein Zufall. Der Wissenschaftler hatte sich auf seinen Besuch vorbereitet.

McEwan musste lachen. Er schien Enyas Gedanken zu erraten. »Ich kleide mich vielleicht ... nun ja ... ich bin Junggeselle und habe kaum Zeit für meine Kleidung übrig. Aber für die Arbeit. Die soll dann schon strukturiert sein.« Er grinste. »Ich bin Wissenschaftler. Kein Chaot.«

Enya lachte. Sie revidierte das Bild, das sie von McEwan hatte.

»*Gadgee*[23]«, grummelte Annie leise. Enya quittierte die Bemerkung, indem sie eine Augenbraue hochzog. Ein untrügliches Zeichen für Missfallen.

»Ich lasse Tee bereiten«, meinte McEwan zuvorkommend.

Nachdem Sir Bram ebenfalls eingetroffen war und die ersten Schwaden des aromatischen Earl Greys aus den Teetassen aufstiegen, kam McEwan zur Sache. »Sir Bram sprach von zwei Prophezeiungen in Bildern von Peploe und Fergusson, die Lady E. besitzt. Ich kenne die Bilder nur aus diesen Büchern. Schauen Sie!« McEwan zeigte die Bilder auf den aufgeschlagenen Seiten. Sir Bram nickte. »Das sind die Bilder von Lady E.«

»Ich kann keine Prophezeiungen erkennen. Weder sehe ich das Mädchen bei den Delfinen noch die schreiende Person im Leuchtturm. Die von Ihnen angesprochenen Vorhersagen kann ich nirgends erkennen.« Sir Bram war irritiert.

Annie, Sir Bram und Enya beugten sich über die Bilder und betrachteten diese nachdenklich.

»Moment«, meinte Sir Bram. »Ich telefoniere kurz.«

Nach wenigen Minuten erhielt McEwan von Lady Elizabeths Butler hochaufgelöste Fotos der beiden Bilder per E-Mail. Gespannt betrachtete der Wissenschaftler die gesendeten Bilder.

---

[23] *Komische, verschrobene Person*

»Ihr habt recht«, erkannte er verblüfft. »Die Bilder unterscheiden sich in Details von den dokumentierten Darstellungen in den Katalogen. Hier in dem Fergusson-Bild erkenne ich auch das Mädchen bei den Delfinen. Im Katalog fehlt das Mädchen im Bild.«

Er hielt kurz inne. »Und bei Peploe ist scheinbar eine Kopie der schreienden Person von Edvard Munch im Leuchtturm.« Er kratzte sich nachdenklich am Kinn. »Wie seltsam. Wie seltsam.«

»Vielleicht Fälschungen?«

»Irgendwie glaube ich nicht daran. Wer fälscht denn zweitklassige Wettbewerbsbilder, die sowieso nicht gehandelt werden?« Der Wissenschaftler hatte keine Vorstellung, wie er diese Erkenntnisse oder Sichtweise verarbeiten sollte. »Auf jeden Fall anders.«

Er erläuterte, wie die Welt der Maler damals funktionierte. »Die Maler Cadell, Peploe und Fergusson gehörten alle drei zu einer Künstlergruppe aus der Edinburgher Schule des vergangenen Jahrhunderts. Man nannte sie die Scottish Colourists. Vermutlich hatten sie nicht allzu viele Gemeinsamkeiten. So dachten wir bis dato. Aber alle haben eine Zeit lang in Paris gearbeitet und sich gegenseitig angestachelt. Aus dieser Zeit, etwa 1912, stammen auch die drei Bilder vom Chanonry Point-Leuchtturm. Man hatte ihnen vieles angedichtet. Vielleicht müssen wir nach ihrer Entdeckung die wissenschaftliche Sicht auf die Arbeiten nochmals überdenken.«

McEwan hielt inne. Enya und Sir Bram bemerkten, dass McEwan noch nicht alles ausgesprochen hatte, was er mitteilen wollte.

»Die Gruppe hatte *vier* Mitglieder. Das vierte Mitglied hieß George Leslie Hunter.«

Enya wollte aufspringen, aber McEwan hielt sie zurück. »Da wäre noch etwas.«

Enya setzte sich wieder.

»Bei den drei bekannten Bildern fehlt jeweils Grün. Dies wäre das nächste Rätsel ... Thema ... für eine Doktorarbeit in Kunstgeschichte.«

»Es ist wohl kaum davon auszugehen, dass alle Maler auf die Farbe Grün warteten«, grübelte Sir Bram und wusste selbst nicht, ob er diese Bemerkung ernst meinte.

McEwan dachte kurz nach. »Sicher nicht. Wir vermuten einen Wettbewerb zwischen den Malern ... unter erschwerten Bedingungen.«

»Aber jeder weiß doch, dass man alle Grüntöne aus Blau und Gelb mischen kann«, widersprach Enya.

»Es ist spekulativ. Aber ich habe keine andere Erklärung«, meinte McEwan schulterzuckend.

Annie, Enya und Sir Bram verabschiedeten sich und waren froh, diese neuen Informationen nochmals bei frischer Luft vor dem Museum überdenken zu können.

»Ich wette«, begann Enya ihre Eindrücke unsicher zusammenzufassen, »das Feuer in dem Cadell-Bild ist auch eine Prophezeiung. Das macht mir Angst. Wir müssen uns darum kümmern.«

»Ich bin überzeugt«, ergänzte Sir Bram mit kühler, sachlicher Stimme, »es gibt ein viertes Bild ohne Grün.«

»... von dem Maler Hunter«, kombinierte Annie.

Sir Bram nickte. »Dieses Bild müssen wir auch finden. Und zwar schnell. Wir kennen seine Botschaft nicht.«

»Wir haben es also mit zwei erfüllten Prophezeiungen, einem großen Feuer als offene Vorhersage und einer unbekannten Bedrohung zu tun.«, fasst Annie zusammen.

Und da wäre noch ein Rätsel«, ergänzte Enya. »Ist es bedeutend, dass die Farbe Grün fehlt?«

»Schau an. Schau an. So etwas schimpft sich Elitesoldat.« Sir Bram zeigte ein schelmisches Lachen. Wäre es nicht seinem Status als *Laird*[24] entsprechend, hätte er wohl auch laut losgelacht.

»Und hat sie auch *Poo and Pee*[25] gemacht?« Annie lachte dafür umso lauter. »Moira hat George um den Finger gewickelt.«

Enya konnte ihre Augen von dem Bild auf der Wiese nicht lösen.

George lag auf dem Rücken im Gras. Moira mühte sich ab, immer wieder auf Georges Bauch zu springen. Konnte George Moira packen, hob er sie himmelhoch, um sie dann wieder im Gras abzusetzen. Und das Spiel begann von vorne. Dabei sprudelten die Koseworte nur so aus George heraus. George schien gar nicht zu realisieren, dass das Gras noch feucht war und seine Jacke am Rücken schon deutlich durchnässt war.

Sir Bram, Enya und Annie schauten sich das Spiel von der Treppe des Museums aus an. Irgendwann realisierte Moira die Zuschauer. Sie machte einen kurzen Satz in deren Richtung, um sich dann wieder anders zu entscheiden.

---

[24] *Laird: Schottische Form für Lord, oder auch Landedelmann.*
[25] *„ihre Geschäfte"*

Im Zentrum von Edinburgh

Nachdem George mitbekommen hatte, dass er Zuschauer hatte, war es ihm zunächst peinlich. Aber nicht für lange.

Moira suchte sich einen Platz zwischen Enyas Füßen und fiel unvermittelt in den Schlaf. Sie begann laut zu schnarchen.

Annie fing sofort an zu lachen, als sie Moira hörte.

Enya musste einstimmen.

»Ich bin mir noch nicht sicher, wie wir am besten weiterkommen«, stellte Enya in den Raum.

Sir Bram stützte sich auf seinen Stock. »Ich muss auch darüber nachdenken. Wir werden einen Ansatz finden. Ich diskutiere das mal mit George.«

Der Angesprochene schaute kurz auf. »Vielleicht hat er noch eine frische, neue Sicht auf die Situation. Vermutlich werden wir Fionn noch mit einbinden, wenn wir mehr Informationen haben.«

»Ich möchte shoppen gehen.« Annie schweifte komplett vom Thema ab. Die anderen schauten sie irritiert an.

»Vielleicht keine schlechte Idee, um den Kopf freizubekommen.«

Man trennte sich auf dem Parkplatz und verabredete sich am Grassmarket, unterhalb des Edinburgh Castle, in einigen Stunden.

Annie schnappte sich Enyas Hand und zog sie in Richtung Innenstadt. »*Let's skedaddle aff.*«

»Was?«

»Komm! Lass uns loslaufen.«

»Du meinst nicht rennen?«

»Nein, laufen. Gehen.«

Moira sprang sofort auf und wollte hinterher.

»Du bleibst bis heute Abend bei George.« Der Colliewelpe legte den Kopf schief. Sie schien zu verstehen. Moira lief zurück zu George und setzte sich auffordernd mit wedelndem Schwanz vor ihn. „Spiel mit mir!", sollte das wohl heißen.

୫ ୬ ୨

Zunächst liefen Annie und Enya ziellos durch die Innenstadt von Edinburgh. In der Victoria Street trafen sie auf viele Touristen. Es war eng, und die beiden Frauen versuchten, der Hektik zu entkommen.

»Was wollen wir eigentlich kaufen?«, fragte Annie.

»Du hattest doch die Idee zum Shoppen«, entgegnete Enya. »Was hast du dir vorgestellt?«

»Schuhe, Klamotten, Dessous gehen immer.«

Enya nickte zustimmend.

Auch wenn auf der High Street nicht weniger los war, war die Situation hier entspannter. Die Fußgängerzone bot viel Platz, und man konnte sich gut aus dem Weg gehen. Die Frauen liefen kreuz und quer von Schaufenster zu Schaufenster und unterschieden sich nicht von Touristen oder Edinburghern beim Schaufensterbummel. Nach einer Stunde hatten sie noch immer keine Beute gemacht.

»Lass uns erst einmal Kaffee trinken gehen«, schlug Enya vor. »Meine Füße tun weh.«

»Ein Grund mehr, unbequeme Schuhe zu kaufen.« Annie wollte weitersuchen.

»Unbequem?«

»Ja klar, High Heels fürs Bett. Oder für unser Schafsfell vor dem Kamin.« Annie brach ins Lachen aus. »Dann musst du nicht mehr immer diese alten *baffles*[26] tragen.«

»Gleich nach dem Kaffee.« Enya setzte Prioritäten.

Ein Café war schnell gefunden. In einem der alten viktorianischen Häuser fanden die beiden einen freien Tisch.

»Zwei Kaffee, zwei Wasser, zwei Gin«, orderte Annie bestimmt.

»Habe ich ein Mitspracherecht?«, meinte Enya mit gespieltem Groll.

»Und die Speisekarte, bitte.«

»Du hast auch immer Hunger«, erwiderte Enya grinsend.

»Na und?«

Aus dem Kaffeetrinken wurde ein spätes Mittagessen.

»Was haben wir nun an Beute?«, fragte Annie nach dem Essen.

»Außer einem vollen Magen und Gin in der Blutbahn nicht viel«, entgegnete Enya kichernd.

»*I'm a little hammered.*[27]« Annie atmete einmal tief durch.

»Aber nicht von dem einen Gin? Komm, nun machen wir aber ernst.«

Enya und Annie hielten die Augen offen. »Schuhe!«, schrie Enya gespielt enthusiastisch. »Ich sehe Schuhe.«

»*Let us pop in!*[28]«

Einige Passanten drehten neugierig oder irritiert die Köpfe in Richtung der beiden Frauen. Enya zog bereits an Annies Handgelenk. Sie zerrte in Richtung eines Schuhgeschäftes. Sie

---

[26] *Hausschuhe*

[27] *Ich bin schon etwas betrunken*

[28] *Etwa: Lass' uns mal reinspringen*

blieb vor den ausgestellten sündigen Pumps in allen möglichen Farben stehen. »Das Passende für uns«, stellte sie überzeugt fest.

Annie folgte Enya auf dem Fuß. Nach endlos langer Zeit in diesem Paradies kamen die Frauen mit ersten Taschen zurück ans Tageslicht.

Das Jagdfieber war erwacht. »Folgendes Tagesziel ...«, gab Enya vor. »Komplett neu einkleiden.« Enya übernahm langsam das Kommando bei der Aktion.

Die Aufgabe war herausfordernd. Es ging von Boutique zu Boutique weiter. Zuletzt fehlten noch neue Dessous. Aber auch diese Aufgabe wurde mit Bravour gelöst.

»Und was können wir davon zu Hause auf Lewis and Harris tragen?«, stellte Annie grübelnd fest.

»Na ja. Wenig. Aber unsere neuen Dessous können wir doch immer tragen«, stellte Enya klar. »Sieht doch keiner.«

Sie hielt kurz auf der Cowgate vor einer Kirche an und setzte die Taschen ab. »Es ist für unsere Seele. Ganz gleich, was wir alles Überflüssiges gekauft haben. Es tut der Seele gut.«

Annie verstand sofort: »So war es auch gedacht, als ich es vorgeschlagen habe. Ein Pflaster für die offenen Seelen-Wunden.«

Langsam schlenderten die beiden Frauen zurück Richtung Treffpunkt am Grassmarket. George würde sicher schon auf die beiden Frauen warten.

»Wir brauchen noch etwas für Moira«, erkannte Enya.

»Stimmt. Die Dame darf nicht leer ausgehen.« Annie versuchte, die Taschen neu zu fassen, bevor sie ihr aus der Hand glitten. »Woran denkst du?«

»Halsband. Brillanten. Mindestens Swarovskis. Anhänger für das Halsband. Oder so.«

Annie schaute Enya fragend an. »Meinst du das jetzt ernst?«

Enya hielt inne. »Einerseits haben wir nun die tollsten Dessous gekauft ...«

»... sieht aber keiner«, konterte Annie wieder.

»Doch ich«, widersprach Enya.

»Das hier ist Schottland und nicht ein Pariser Laufsteg.«

»Aber Halsband geht schon, oder?«

»Lass uns mal schauen.«

Wenig später stöberten die Frauen unter erschwerten Bedingungen durch einen kleinen Tierladen. Irgendwie schlängelten sie sich mit dem Ballast der Tüten in den Armbeugen durch die Regalreihen.

»Passt Rosa zu Moiras Fell?« Enya ließ verschiedene Halsbänder durch ihre Finger gleiten.

»Nix da. Moira ist ein richtiger Hund. Kein Rosa.«

»Leder?«, fragte Enya erneut. Wieder schob sie die Halsbänder am Ständer hin und her.

»Auf jeden Fall einfach.«

»Aber dennoch schön.«

Es war nicht so einfach, ein Hundehalsband zu finden. Nach langer Zeit nahm Enya ein helles Naturlederband von einem Präsentationsständer. Annie kaufte unterdessen noch eine Auswahl an Leckerlis und überflüssiges Tierspielzeug. Und eine Ente aus robustem Stoff, die sie Rory taufte.

Northumbria Connection II

Die Fenster des nicht mehr ganz neuen Industriebaus am Südufer gegenüber des DFDS-Anlegers waren trotz Klimatisierung geöffnet. Der Club mit alten Chesterfield-Möbeln wirkte wie ein Fremdkörper in der Hafenumgebung zwischen Fähranleger, Werften und kleinerer Industrie. Die Northumbria Connection hatte diese Räumlichkeiten bereits vor einem Jahrzehnt bewusst hier in South Shields, etwa 10 Kilometer östlich des Stadtzentrums von Newcastle-Upon-Tyne, gewählt. Es herrschte ein Kommen und Gehen. Fremde Autos fielen nicht auf, und die Menschen kümmerten sich nicht darum, was in den Nachbargebäuden geschah.

Manchmal schlief eines der Mitglieder der NoCo in einem Gästezimmer des Clubs oder bezog sogar temporär dort ein Apartment. Die Gründe waren vielfältig: Der eine oder andere wollte vielleicht ein paar Tage untertauchen oder brauchte einen diskreten Treffpunkt. Die Regularien schlossen allerdings Besuche über Nacht aus, um das Risiko zu minimieren, dass der Club kompromittiert werden könnte.

Die Stimmung der Zusammenkunft war gereizt, wie bei den letzten Treffen auch.

»Im letzten Jahr hat sich John als würdiges Mitglied erwiesen. Wir können seiner Vollmitgliedschaft zustimmen«, eröffnete Henriette die Diskussion.

»Stimmt. Er hat in seinem Umfeld ein wenig aufgeräumt. Schwester unter Vormundschaft, Geschäftspartner war mit Betonschuhen tauchen und kam nie wieder ...«, ergänzte Edward, der Glatzkopf. »Ich habe ihn ein wenig beim Anmischen des Schnellbetons unterstützt. Er wollte schon normalen Beton nehmen. Aus Kostengründen.« Er brach in ein schallendes Lachen aus.

Die Zuhörer stimmten mit Schmunzeln bis Lachen offensichtlich zu.

»So konnte er auch endlich seine Aufnahmegebühr aus selbsterworbenen Mitteln begleichen.«

Der Buchhalter meldete sich aus dem Hintergrund. »Eine halbe Million Pfund wurde letzte Woche unserem Konto gutgeschrieben.«

Dezentes Klatschen als Zeichen der allgemeinen Zustimmung erfüllte den Raum. John hatte es geschafft.

Carl Colin hasste John. John war klein, untersetzt, unscheinbar. Unterlegen in allen Belangen. Und ausgerechnet John sollte es nun geschafft haben?

Carl Colin versuchte, sich unsichtbar zu machen. Er hatte seine Aufgaben noch nicht erfüllt. Er wurde in der Northumbria Connection als Aspirant geführt, war aber noch kein Mitglied. Nicht so wie John, der es erreicht hatte. Erst wenn CC den Zugriff auf das Familienvermögen vorweisen konnte, würde er sich seinen Einstand in diesem Kreis leisten können und ebenfalls eine halbe Million Pfund einzahlen können.

Henriette fixierte Carl Colin mit einem durchdringenden Blick. »Es bleibt nicht mehr viel Zeit, deine Aufgabe zu erfüllen und die Aufnahmegebühr zu begleichen.«

»Ich weiß«, entgegnete der Angesprochene mit Schweißperlen auf der Stirn. »Und wenn ich das Geld anders besorge?«

»Wir haben das oft genug diskutiert. Wir akzeptieren ausschließlich Blutgeld als Zeichen der gegenseitigen Treue.«

»Und wenn ich es nicht in der vorgegebenen Zeit schaffe?«

»Wir können noch viel voneinander lernen«, wendete sich Henriette mit kalter Stimme an Carl Colin. »... insbesondere du von mir. Aber ich bin bereit, dir ein wenig Unterstützung zu gewähren. Edward wird dich anleiten, wenn du es nicht selbst hinbekommst. Oder lieber John?«

Carl Colin versuchte erneut, unsichtbar zu werden. Er dachte an Harry Potter und den Zauberumhang. Sein erster Versuch schien nicht erfolgreich gewesen zu sein. »Dann lieber Edward«, meinte CC. Es war ihm egal, ob er sich nun gegen John stellte oder nicht.

»Ich dachte, die Regeln sind klar. Eigentlich wäre es Johns Aufgabe, nun als Adjutant tätig zu werden. Aber seine Mitgliedschaft ist noch zu frisch. Vielleicht hat er auch bereits eine Polizeiakte, um die wir uns zuerst noch kümmern müssen«, meinte die Brünette eiskalt und ohne sichtbare Regung. »Ich stimme zu. Edward wird dein Adjutant. Er war ja auch schon in dieser Angelegenheit tätig. Wir werden einen kleinen zusätzlichen Obolus – sind weitere zweihunderttausend Pfund angemessen? – für diese Dienstleistung in Rechnung stellen.«

Henriette schaute kurz zu Edward rüber. Edward nickte mehr oder minder gezwungen zustimmend, bevor Henriette sich wieder an CC wandte: »Du hast dich unseren Regeln unterworfen. Solltest du die Aufgaben nicht lösen, bezahlst du eben nicht mit dem Blut deiner Familie, sondern mit deinem eigenen Blut.« Henriette wandte sich an John. »Nicht wahr, John? Das Blut deiner Familie hat dich hier eingeführt.«

John nickte stolz. Er wusste nicht, ob er antworten durfte. Aber er gehörte ja jetzt dazu.

Stattdessen antwortete Edward: »Gut. Ich werde mich des Problems annehmen. Um zwei Hinweise in Bildern habe ich mich ja schon vorausschauend gekümmert.« Edward lehnte sich zufrieden in seinem Stuhl zurück.

93

George stand schon einige Zeit mit dem Jaguar am Grassmarket und wartete auf die beiden Shopping Queens. Natürlich kamen die Frauen zu spät. Viel zu spät. Beim Näherkommen sahen sie, dass Moira auf dem Beifahrersitz thronte.

George war mit seiner Beifahrerin beschäftigt. Es konnte George beim Warten nicht langweilig geworden sein.

Annie und Enya stellten ihre Beutetaschen neben dem Auto ab und klopften an das Fahrerfenster. George schreckte hoch. Er fühlte sich erneut ertappt und sprang aus dem Auto. »Moment! Moment! Lasst mich die Taschen verstauen.«

George öffnete den Kofferraum der Limousine. »Wie viele Taschen sind das denn?«, fragte er sichtlich irritiert.

»*Only some messages*[29]«, antwortete Annie.

»Einige Nachrichten?«, fragte Enya verwundert.

»Nun ja. Messages nutzen wir auch für unsere Einkäufe«, entgegnete Annie. »Es sind ja nur ein paar Kleinigkeiten.«

»Wer soll denn da noch die Schotten verstehen«, beschwerte sich Enya. »Wir hatten ja nicht viel Zeit zum Shoppen.«

»Moment! Moment!«, rief Enya, bevor George die Kofferraumklappe schließen konnte. Er hielt die Klappe offen. Enya begann in den diversen Tüten zu wühlen. Sie fand das gesuchte Halsband. Enya öffnete die Fond-Türe des Jaguars. Moira fand schnell den Weg zwischen den beiden Vordersitzen hindurch und sprang ihr entgegen. Enya versuchte, dem Welpen das Halsband anzulegen. Moira sträubte sich leidlich.

---

[29] *Schotten bezeichnen ihre Einkäufe oft mit Messages, wohingegen dieses Wort in England „Nachrichten" bedeutet.*

»Ich habe etwas Besseres«, neckte Annie. Dann zog sie Rory, die Stoffente, hinter ihrem Rücken hervor. Die Ente weckte eher Moiras Interesse. Das Halsband war vergessen.

Während Moira neugierig die Ente beschnupperte und Rory unvermittelt quietschte, sprang Moira überrascht und erschrocken zurück. Dann überwältigte wieder die Neugierde den Welpen. Moira näherte sich vorsichtig der Stoffente Rory.

Enya nutzte die Gelegenheit, um Moira das Halsband anzulegen. Widerwillig ließ Moira es zu. Die Ente war wichtiger.

Alle waren müde. Die beiden Frauen saßen auf der Fahrt zum Hotel im Fond des Jaguars und schliefen innerhalb weniger Minuten ein. Moira kuschelte sich zwischen die Frauen und schlief dort in wenigen Sekunden ein.

∽ ∾ ∾

Newcastle-Upon-Tyne

Carl Colin dachte an sein erstes Treffen mit Henriette zurück. Damals, vor einem Jahr, wirkte sie in einer Bar im Londoner Szeneviertel Soho ganz anders als nun in diesem Club. CC suchte ein schnelles, unverbindliches Abenteuer, während Henriette sich offensichtlich am Rande eines Businessmeetings langweilte. In einem Cocktailkleid, dem kleinen Schwarzen, erschien sie ihm als die schönste Frau, die er je gesehen hatte. Ihre Beine schienen endlos, die Brüste wohl vom teuersten Schönheitschirurgen in London gestylt, soweit er es in dem gedämpften Licht beurteilen konnte. Ihr ebenmäßiges Gesicht und die langen, seidenglänzenden braunen Haare, die in weichen Wellen über ihren Rücken fielen, vervollständigten das Bild.

Carl Colin winkte den Barkeeper heran und deutete diskret auf Henriette. Er wollte Gewissheit, doch der Barkeeper zuckte nur mit den Schultern. Scheinbar kannte er Henriette nicht. CC fragte nach ihrem Drink und bestellte einen weiteren für sie und denselben für sich. Dabei realisierte er, dass er gerade den teuersten Champagner aus dem Keller der Bar geordert hatte. CC schluckte kurz. ‚Für den Preis der beiden Gläser kann ich mir auch eine billige Nutte für die Nacht kaufen', dachte er.

Henriette nahm den Drink an und prostete ihm zu, was CC als Aufforderung interpretierte. Er stand auf und ging zu ihr an die andere Seite der Bar. Henriette folgte der Regel, entweder Beine oder Brüste zu zeigen, nie beides zugleich. Es sei denn, dachte CC, in meinem Hotelbett. Gleich. Unverzüglich.

Carl Colin tat alles, um sich nicht zu verlieben und fand tausend gute Gründe, die gegen eine feste Beziehung sprachen. Andererseits wollte er diese Frau besitzen. Zumindest für eine Nacht. Vielleicht auch für zwei oder drei. Vielleicht für länger. Für immer. CC wehrte sich gegen diese Gedanken. ‚Eine Nacht reicht vorerst.' Er wusste nicht, ob er Henriette für ein teures Callgirl, das er für die nächste Nacht kaufen konnte, halten sollte, oder ob sie zu der Gruppe der viel zu lauten Banker gehörte, die vor einer Stunde in die Bar eingefallen waren.

CC wurde sich seines Fehlers schnell bewusst. An der Bar prahlte er gegenüber Henriette mit dem Vermögen und dem Adelstitel seiner Familie, erwähnte aber auch, dass es nicht sein Vermögen war. Noch nicht.

Henriette überhörte dies nicht, sondern wurde gerade dadurch neugierig. Sie entlockte CC die Information, dass er in der Erbfolge hinter seinen beiden Brüdern stand. Unter Alkohol und Kokain erzählte CC seine Familiengeschichte. Henriette hatte eine Lösung für Carl Colins Problem.

»Wir können die Erbfolge ein wenig ändern«, meinte sie vage, während CC nur auf Henriettes Beine schaute, wo der Rand der echten Nylons besondere Reize versprach. Henriette spielte bewusst diese Karte aus.

»Lass uns in mein Hotel fahren«, schlug Henriette vor.

»Sofort!« Ohne nachzudenken, warf CC zwei Fünfzigpfundnoten auf den Tresen, nahm Henriettes Arm und verließ mit ihr die Bar.

Kurze Zeit später saßen sich Henriette und CC in einer Hotelsuite gegenüber. CC öffnete die Krawatte und sein Hemd, während Henriette ihren Mantel ablegte. CC dachte an eine kurzweilige Nacht, doch sie verlief anders als erwartet. Ein weiterer Mann, den CC später als den Buchhalter kennenlernte, kam hinzu. Man bot ihm an, sein Problem gemeinsam zu lösen. Er bekäme die notwendige Rückendeckung und tatkräftige Unterstützung einer Gesellschaft, die er noch nicht kannte.

CC wurde schlagartig wieder nüchtern. Nach und nach erkannte er, dass der Einstieg in die Northumbria Connection nicht einfach nur ein Deal mit Auftragskillern war, sondern eine gegenseitige Verpflichtung auf Lebenszeit. Es kam ihm vor wie eine Londoner Variante der Mafia, eben mit mehr Stil und Eleganz, aber genauso tödlich und konsequent.

Carl Colin wurde zum Teil eines Spiels. Viel zu spät realisierte er, dass er in diesem Spiel der Spielball war.

Mit Henriette hatte er nie geschlafen.

Burntisland

Der Einfachheit halber war das Abendessen im Kingswood Hotel verabredet worden. George half den Frauen, ihre Shoppingbeute aufs Zimmer zu bringen. Geflissentlich übersah er das Chaos im Zimmer und stellte die Taschen an der Garderobe ab.

»Ich fahre Sir Bram abholen. Er hat hier einen Tisch reservieren lassen. Die Küche im Hotel ist ausgezeichnet.«

Enya nutzte die Zeit, um nochmals mit Moira eine kurze Runde zum Wasser zu laufen. Annie duschte inzwischen und ging schon einmal vor in die Bar des Hotels, um vorab einen Aperitif zu nehmen.

Enya benötigte ein paar Minuten für sich, um die Eindrücke vom Museumsbesuch zu verarbeiten. Sie setzte sich ans Meer. Das Fehlen einer Farbe beschäftigte sie besonders. Sie fand keine Erklärung. Auf dem Rückweg zum Hotel dachte Enya: »Sir Bram muss mir da wohl etwas erklären.«

Enya kam verspätet zurück. Der Jaguar stand bereits wieder vor dem Hotel neben ihrem Alfa Romeo. Ein ruhiger Tisch am Fenster war für vier Personen und einen Hund gedeckt.

Annie saß bereits mit Sir Bram und George am Tisch. Für manche mag es befremdlich erscheinen, wenn der Diener mit seinem Herrn am gleichen Tisch saß. Sir Bram genoss es sogar, mit seinen Vertrauten und Gästen zusammen zu essen. Auf seinem Schloss Caisteal an Siùna saßen dann auch der Gärtner und manchmal auch die Küchenmagd mit am Tisch.

Annie war mittlerweile beim dritten Gin als Aperitif. Sir Bram trank einen 18er MacAllen Whisky. »Mein Standard.« Er prostete Enya zu, als sie Moira zum Tisch folgte. »*Slainte Mhath!*[30]«

Nach einigem Smalltalk über das Essen, das Wetter, das heutige Shopping und über Edinburgh fragte Enya: »Bram, hast du eine Idee, wie es weitergehen könnte? Wir stehen bei der offenen Prophezeiung des Cadell-Bildes und möglicherweise einer weiteren – noch unbekannten – Vorhersehung in einem Hunter-Bild, das wir noch nicht kennen.«

Sir Bram stocherte in seinem Boeuf Bourguignon herum. Dann nahm er noch einen kräftigen Schluck Rotwein, bevor er antwortete: »Wir verschiedene Aufgaben parallel zu lösen. a) Wir müssen ein Feuer verhindern, ohne zu wissen, was es entzünden wird. b) Wir müssen Lady Elizabeth schützen, ohne

---

[30] *Prost, oder: zum Wohl*

zu wissen, wer sie bedroht, wie sie bedroht wird und ob überhaupt eine Gefahr besteht.«

»Nichtstun ist hier keine Option«, erkannte Annie.

»c) Es wird vermutlich ein viertes Bild geben. Wir müssen es finden, ohne zu wissen, ob es existiert.«

Enya versuchte, die Information einzuordnen. »Das ist alles so vage.«

»Und dennoch erscheint es mir sehr real«, schätzte Sir Bram die Lage ein. »Ich glaube nicht an Zufälle mit Peploe- und Fergusson-Vorhersagen. Da ist schon Substanz dahinter.«

»Ich erkenne die Zielrichtung noch nicht«, grübelte Annie. »*It's gleickit.*[31]«

George mischte sich ein: »Es sei denn, jemand möchte bewusst dem Clan McLymondt schaden.«

»Es sieht so aus«, musste Sir Bram gestehen. »Aber warum?«

»Rache vielleicht?«, vermutete Enya.

Niemandem schmeckte das Essen wirklich, obwohl es vorzüglich war. Lediglich Annie hatte Appetit. »*Great scran*[32]«, stellte sie fest.

»Und hat dieser Kunstwissenschaftler etwas damit zu tun?«, wollte Annie wissen.

»James McEwan? Vermutlich nicht. Aber er weiß vieles über die Bilder. Mehr kann ich dazu noch nicht sagen.«

»Wie gehen wir weiter vor?«, fragte Enya.

»Das ist unser Dilemma.« Sir Bram war ratlos. »Wir haben zu viele Aufgaben. Wir können uns schlecht trennen und individuell die Aufgaben bearbeiten. Wir würden uns verzetteln.

---

[31] *Not very clear. Unklar*

[32] *Ein gutes Mahl*

Andererseits, wenn wir uns auf einzelne Aufgaben konzentrieren, vernachlässigen wir andere und das große Ganze.«

»Wir brauchen Unterstützung!«

»Ich werde doch Fionn Napier hinzurufen. Hoffentlich ist er abkömmlich.«

»Gute Idee«, kommentierte Annie. »Er gehört ja auch zum Coven.«

»Lasst uns zu Ende essen. Ich muss kurz die Situation überdenken«, überlegte Enya. »Schließlich muss ich für den Coven die Entscheidungen treffen.«

Enya zersäbelte mehr oder minder lustlos ihr Lammcarrée. Aber sie hatte Hunger. Der Tag war anstrengend genug.

»Falls keiner eine bessere Idee hat, verfahren wir wie folgt: Bram, kannst du dich zusammen mit Annie um Lady E. kümmern? Vielleicht hat sie Platz im Ormond House für uns alle. Dann haben wir zugleich eine Basis.«

»Und ich könnte mich schon mal – nomen est omen – am Fort George umschauen«, schlug George vor. »Als ehemaliger Soldat habe ich auch noch Zugang zu der Anlage.«

»Mach das.« Enya stimmte zu. »Ich werde mich mit Annie am Leuchtturm umsehen.«

Enya und Annie waren zwischen den Aufgaben, den drohenden Gefahren und den Gelegenheiten, aus diesem Kreis auszubrechen, hin und her gerissen. Beide suchten Ventile.

An diesem Abend war der Ausgleich eine improvisierte Modenschau mit viel Gin und Pink Lemonade auf dem Balkon des Hotelzimmers.

Die neuen Kleidungsstücke ergänzten den bisherigen Inhalt der Koffer und bildeten einen großen, ungeordneten Berg auf dem Bett in Enyas Zimmer.

Moira versuchte, auf das Bett zu springen und einzelne Kleidungsstücke zu stibitzen und in ihr Körbchen zu bringen.

Enya saß halbnackt zwischen den neuen Beutestücken. Systematisch entfernte sie Etiketten, während sie andererseits Annie beobachtete, wie sie nach und nach BHs und Höschen wechselte. Schließlich blieb sie in einem dunkelblau-schwarzen-Set vor Enya stehen und presste ihre Fäuste herausfordernd in die Hüften. »Und was passt dazu?«

»Latzhose und Gummistiefel.« Enya versuchte, ernst zu bleiben.

»*Hackit'*!33«, kommentierte Annie.

Enya hielt Annie die geöffnete Ginflasche unter die Nase.

»Gin passt auch«, erkannte Annie und nahm einen großen Schluck direkt aus der Flasche. »*I'm druth34*.«

Enya trug einen dünnen String und ein Hemdchen. Sie verzichtete oft auf einen BH. Die Knospen der Brüste drängten sich durch den Stoff.

»Gin für die beiden *titties35*?«, fragte Annie. Sie schüttete Gin in die hole Hand und verstrich die Flüssigkeit auf das Hemdchen. Sie griff fest, fast schmerzhaft zu. Der dünne Stoff klebte sofort auf der Haut.

»Brrrrr. Das ist kalt.« Enya schüttelte sich. »Mir ist kalt.«

»Dann muss ich dich wärmen.« Annie sprang auf Enya zu. Sie verlor das Gleichgewicht zwischen den Kleidungsstücken

---

33 *Schrecklich*

34 *Ich habe Durst*

35 *Brüste*

und verhedderte sich. Annie stürzte auf Enya. Sie umfasste Enya sofort fest.

Beide kippten nach hinten auf den Wäscheberg. Annie verschloss Enyas Mund und ließ Gin zwischen Enyas Lippen laufen.

»Schläfst du heute bei mir?«, wollte Enya fast schon flehend wissen.

Annie nickte. »Aber erst, wenn wir unter den Klamotten irgendwo ein Bett finden.«

»Es muss irgendwo da unten sein.«

Solstice

Oban

Stornoway war der Heimathafen der Solstice. Die nicht besonders luxuriöse Yacht war eine Mischung aus einem Forschungsschiff, einer Segelyacht, einem mobilen Eigenheim und dem Spielplatz des Physikers Fionn Napier. Fionn war ein Nachfahre des schottischen Mathematikers John Napier, dem Namensgeber der Universität von Edinburgh. Wenn Fionn nicht gerade auf See war, entwickelte er Elektronik zur Schiffssteuerung für eine kleine Firma in Stornoway, an der er finanziell beteiligt war.

Fionn war einer der Hexen und hatte eine besondere Beziehung zu Enya und Annie. Außenstehende würden die Beziehung nicht verstehen. Vor vielen hundert Jahren war Fionn lange mit Annie liiert. Aber das war vorbei. Nun war er eher mit beiden Frauen bei Gelegenheit zusammen.

Fionn hatte beruflich in Oban zu tun und präsentierte dort Weiterentwicklungen der Schiffselektronik. Die Solstice lag etwas abseits in der Nähe des Fährhafens. Fionn fühlte sich zwischen den Booten der Fischer wohler als zwischen den Segelyachten der Sportbootausflügler, obwohl letztere seinen Lebensunterhalt sicherten. Fionn putzte sein Boot. Das machte er regelmäßig. Sein Boot war eigentlich immer sauber. Er musste immer irgendetwas mit den Händen machen. Einfach nur dazusitzen und auf das Meer hinauszuschauen, konnte er auch. Aber diese Momente waren selten.

Der Physiker kroch gerade mit einer Wurzelbürste in der Hand auf den Knien über das Vordeck, als sich sein Mobiltelefon laut im Salon des Bootes bemerkbar machte. ‚Ich muss hier erst einmal klar Schiff machen. Der Anrufer kann warten. Ok, es könnte ein Kunde sein.‘ Ohne Eile legte er die Bürste beiseite. Er richtete sich auf, streckte sich und musste erst einmal durchatmen. Ein Herzfehler hinterließ Spuren. Langsam richtete er sich ganz auf. Erst dann ging er in den Salon hinunter. Das Klingeln des Telefons war mittlerweile verstummt.

Als Fionn das Telefon in die Hand nahm, sah er einen Anruf in Abwesenheit und eine kurze Nachricht, die mit der Zahlenfolge 1 – 3 – 5 – 6 – 13 unterzeichnet war. Dies war ein Erkennungszeichen – eine Signatur – des Coven. Es war also dringend, dass er sich meldete. ‚Die Leichtmatrosen brauchen wohl einen Skipper, der ein Ruder fest in der Hand halten kann‘, dachte er. Fionn hielt kurz inne. Eigentlich hatte er keine Lust, sich zu melden. Der Telefonanruf würde sicher Stress bedeuten, den er am liebsten vermeiden wollte und musste. Er kämpfte körperlich gegen viele Einschränkungen an. Schließlich rief er doch zurück. Sir Bram meldete sich sofort.

»Wir haben Erkenntnisse zu einer Gefahrensituation um Lady Elizabeth«, begann Sir Bram.

»Wer ist Lady Elizabeth?«, wollte Fionn wissen. »Ich habe sie nicht auf dem Radar.«

»Stimmt auch wieder. Du kannst die Zusammenhänge noch nicht kennen. Details bekommst du später. Es geht um ein komplexes Rätsel ... ein tödliches Rätsel. Kannst du nach Inverness kommen?«

»Wieso ausgerechnet Inverness?«

»Die Rätsel haben mit Bildern vom Leuchtturm zu tun.«

»Fotos vom Leuchtturm als Teil eines Rätsels?«

»Keine Fotos. Gemalte Bilder der Scottish Colourists aus dem vergangenen Jahrhundert.«

»Ich kenne die Maler vage. Hast du noch mehr?«

»Alles ist diffus. Dennoch habe ich die Befürchtung, dass die Gefahr real ist. George schickt dir später eine Zusammenfassung unseres Wissens per E-Mail.«

Nach einer kurzen Pause fragte Sir Bram: »Wo bist du eigentlich gerade? In der Firma wusste man nur, dass du zu einer Präsentation unterwegs bist.«

»Oban. Ich stelle gerade einen neuen Autopiloten ein paar Kunden vor.«

»Wie schnell kannst du in Inverness sein? Enya, Annie, George und ich sind noch in Edinburgh und werden von hier nach Inverness fahren. Vermutlich werden wir im Ormond House in Avoch bei Lady Elizabeth unterkommen. Du kannst ja mal zwischenzeitlich schauen, was du im Internet zum Clan der McLymondt of Millbuie and Findon herausfinden kannst. Lady Elizabeth ist der Clan Chief. Also, wann kannst du hier sein?«

Nachdem Sir Bram nun schon zum wiederholten Male danach fragte, wann Fionn zu den anderen stoßen konnte, wurde Fionn immer klarer, dass die Aufgabe dringend war. Allerdings war Sir Bram nicht der Meister des Covens. Das war Enya und formal konnte nur sie seine Anwesenheit einfordern. Auf der anderen Seite wusste Fionn, dass Sir Bram dies nicht ohne Enyas Einverständnis tat. Und insgeheim freute er sich auf das Wiedersehen.

»Nun ja«, begann Fionn, »wenn ich mit einem Mietwagen fahre, vielleicht morgen. Ansonsten wäre ich mit dem Boot in etwa vier Tagen in Inverness.«

Sir Bram dachte kurz nach. »Ich glaube, es reicht zeitlich, wenn du mit dem Boot kommst. Deine technischen Spielereien können vielleicht hilfreich sein. Dann hätten wir zugleich eine versteckte Operationszentrale vor Ort, falls wir von Ormond House aus nicht sinnvoll agieren können.«

»Ich hatte sowieso nicht vor, hier lange Anker zu werfen. Morgen werde ich hier ablegen. Ich werde den Weg durch den Kanal nehmen.«

Fionn legte das Telefon beiseite, ging wieder zum Vordeck und fuhr mit dem Reinigen des Decks fort. Nicht, dass er das

Telefonat verdrängen wollte. Aber er war nervös und wollte das Gespräch zunächst irgendwie einordnen. Fionn war nicht dafür bekannt, durch besondere körperliche Fähigkeiten Aktionen unterstützen zu können. Auf der anderen Seite war er ein Genie, wenn es um organisatorische oder strategische Fragen ging. ‚Wenn Sir Bram mich in Inverness braucht, kann es kritisch sein‘, dachte er zu Recht.

Cadells Feuer

Fort George, an der Einfahrt zum Moray Firth

In der sternenlosen, schwarzen Nacht lag Ruhe über dem Fort. Auch der Mond war hinter den Wolken verschwunden. Lediglich die alten, gelben Quecksilberdampflampen leuchteten das militärische Gelände des Forts aus. Regelmäßig zogen die Streifen ihre Runden an den Außenmauern und auf festen Routen zwischen den Gebäuden. Die Wachen hassten diese Aufgabe in der Nacht. Die kaltnasse Luft am Meer zog schnell durch die Tarnanzüge. Manchmal fragten sich die Männer, wer bei der Armee die Ausrüstung beschaffte, wenn man nicht einmal in der Lage war, die eigenen Leute für das heimatliche Klima auszustatten. Die Muskeln wurden steif und die Aufmerksamkeit ließ schnell nach.

Spät in der Nacht, während der Hundewache, der Stunde zwischen drei und vier Uhr, änderten sich die Farben über dem Fort. Neben den Reflektionen der orangefarbenen Lampen im Dunst ergänzte ein dunkles Rot und ein ungewöhnliches helles Grün die dünne Farbpalette der Nacht über dem Wachgebäude. Es roch nach Alkohol.

William Clancy McLymondt war in dieser Nacht der zuständige Wachoffizier der Black Watch, dem 3rd Battalion des Royal Regiment of Scotland. Es sollte eine seiner letzten Wachen sein. William McLymondt stand kurz vor seiner Pension. Er zählte die Tage schon rückwärts, bis dass er das traditionsreiche königliche Battalion verlassen würde.

Das Rot über dem Fort wurde kräftiger. Das Grün verblasste wieder. Der Himmel über Fort George begann zu leuchten. Das Feuer breitete sich schnell und unerwartet aus. William realisierte erst viel zu spät, dass die Wache im Gebäude vom Feuer eingeschlossen war. Der Wachhabende hatte zwischenzeitlich Alarm geschlagen und seinen Wachoffizier durch laute »Feuer!

Feuer!« Rufe aus dem Schlaf gerissen. Die Wachen griffen schnell und routiniert nach ihren Waffen. Nicht, dass man mit Gewehren ein Feuer bekämpfen konnte. Aber es war immer wieder geübte Routine, dass bei jeder Bedrohung zunächst Schutzausrüstungen und Waffen anzulegen waren. Keiner konnte voraussagen, welche Bedrohungen neben dem Offensichtlichen auf die Männer warten würden.

Das Fort erwachte zum Leben. Die Alarmrufe und die Sirenen weckten das Battalion sofort. Lichter gingen in den Fenstern der Gebäude an. Es war dem Feuer egal. Es fraß sich schneller unter den Türen ins Wachgebäude durch, als die Männer fliehen konnten. Die Fenster der Wache waren aus Sicherheitsgründen vergittert. Am Haupteingang drang das Feuer ins Gebäude. Der Weg der Flammen war vorgegeben. Eine gelegte Spur aus Alkohol und Öl gab dem Feuer ständig Nahrung.

»Zur Nottüre«, kommandierte Major William McLymondt sachlich kühl. Zwei junge Wachsoldaten rannten zum Hinterausgang. »Kontrolliert. Keine Hektik«, wies William sie an. Dennoch rissen die beiden Männer die hintere Türe auf. Sie wollten ins Freie. Kaum war die Türe offen, zog ein starker Luftzug ins Gebäude hinein. Mit der Luft kamen die Flammen nun auch aus der entgegengesetzten Richtung.

Es wurde heiß. Unerträglich heiß.

Die Standortfeuerwehr traf innerhalb weniger Minuten ein. Die nur behelfsmäßig ausgestatteten Rettungskräfte mühten sich redlich, Wasser und Löschmittel ans Feuer heranzubringen. Als Sanitäter ausgebildete Soldaten kamen zur Unterstützung; blieben aber im Hintergrund, weil sie noch nicht eingreifen konnten. Es dauerte unendlich lange Minuten, bis die ersten Wasserstrahlen ins Gebäude drangen. Nach weiteren Minuten wurden die Flammen kleiner. Die Rettungskräfte konnten zu den eingeschlossenen Männern vordringen.

Was sie sahen, war für viele der erfahrenen Soldaten zu viel. Die eingeschlossenen Wachsoldaten waren nicht verbrannt. Ein Dutzend Männer lagen mit verkrampften Gliedmaßen im Flur des Gebäudes verteilt. Manche klammerten sich an ihre Waffen. Andere schienen in den Ecken Schutz zu suchen. Die Männer starben an Sauerstoffmangel.

Es war der schwerste Unfall der Black Watch seit Jahren. Man verlor mehr Männer als im Falklandkrieg oder im Irak.

Zuerst dachte die Militärpolizei an einen Unfall. Dann roch man den Alkohol. Hatten die Männer der Wache im Wachgebäude getrunken? Der Verdacht verflüchtigte sich so schnell, wie der Alkohol am Brandort verdunstete. Später fand man Kanister mit Methanol und leicht entzündlichem Öl in der Nähe. »Methanol verbrennt mit grünen Flammen«, murmelte ein Feuerwehrmann nebenbei. »Es zündet sehr schnell. Äußerst professionell, wenn man sich damit auskennt.«

Der Blick auf den Tod der Kameraden schlug schlagartig um. Spätestens als man feststellte, dass das Feuer an beiden Zugängen zum Gebäude gleichzeitig ausbrach, fokussierte man sich auf Mord, Sabotage, Terrorismus und alles, was man sonst noch mit dieser Situation verbinden konnte.

Der oder die Täter mussten hochprofessionell sein. Sie kannten die Begebenheiten vor Ort und hatten die Schwachstellen des Wachgebäudes analysiert. Entweder hatten sie Hilfe von einem Innentäter – was in der Black Watch wohl auszuschließen wäre – oder sie konnten ungehindert das Fort betreten und verlassen. Letztendlich kannten sie keine Skrupel, eines der schwierigsten Ziele innerhalb der militärischen Anlage anzugreifen: den einzigen Ort, der niemals schlief.

Als die unauffällige, zivile Limousine mit dem Militärkennzeichen die private Allee entlangfuhr und vor Ormond House hielt, stand Lady Elizabeth bereits am Fenster. Sie hatte die Besucher erwartet.

Zwei Offiziere in den Uniformen der Black Watch stiegen aus und zogen den Seilzug der Türglocke. Lady Elizabeth blieb im Obergeschoss am Fenster stehen. Der Butler öffnete die Tür und ließ die beiden Männer eintreten. Er führte die Soldaten in die Bibliothek.

»Darf ich Wasser, Kaffee oder Tee anbieten? Ich werde Lady Elizabeth über ihren Besuch informieren.«

Die Offiziere warteten im Stehen und unterhielten sich flüsternd.

Als der Butler Lady Elizabeth die Tür aufhielt, hielt er sich noch einen kurzen Augenblick im Hintergrund, bis er mit einem Kopfnicken seiner Herrin entlassen wurde.

Die Offiziere wussten über den kürzlich erlittenen Verlust ihres Sohnes William Clancy im Leuchtturm Bescheid. Umso schwerer fiel es den gestandenen Männern, die nächste Trauerbotschaft zu überbringen. Sie waren jedoch überrascht, dass ihnen nicht – wie erwartet – eine alte gebrochene Frau entgegentrat, sondern voller Kraft und Stolz das Clanoberhaupt der McLymondts.

Nachdem die Soldaten die Nachricht überbracht hatten und Lady Elizabeth allein in der Bibliothek zurückblieb, bröckelte ihre Fassade. Die starke Frau wurde schwach. Sie sank in einen Sessel und verharrte dort lange Zeit.

»Zuerst Victoria vor langer Zeit. Dann John Adam im Leuchtturm. Und nun überlebe ich auch noch William Clancy.«

Der Butler stand schweigend in der Tür zur Bibliothek und hörte still zu.

»Liegt ein Fluch über dem Clan McLymondt?«

Der Butler räusperte sich. Ein Zeichen dafür, dass er einen Vorschlag machen wollte. »Sie müssen Sir Bram informieren.«

Lady Elizabeth nickte wortlos. Der Butler reichte der alten Dame das Telefon und zog sich diskret zurück.

ᥫ᭡ ᥫ᭡ ᥫ᭡

Das Telefon klingelte nicht lange in Edinburgh, wo Sir Bram in einem Innenstadt-Hotel residierte.

»Abraham Scobie«, meldete sich Sir Bram knapp.

Lady Elizabeths gebrochene Stimme war zunächst schwer zu verstehen.

»Es gibt einen weiteren Trauerfall im Clan McLymondt.«

Sir Bram schwieg einen Moment. Als Lady Elizabeth keine weiteren Details preisgab, fragte er: »Darf ich fragen, um wen es sich handelt?«

»Mein Sohn William Clancy. Major der Black Watch.«

Sir Bram hatte eine dunkle Vorahnung, und das von McEwan vorgestellte Cadell-Bild mit dem Feuerschein über dem Moray Firth kam ihm sofort in den Sinn. »Was ist passiert?«

»Er wurde Opfer eines Brandes im Fort George.«

Nun hatte Sir Bram Gewissheit.

Lady Elizabeth kannte das Cadell-Bild und die Prophezeiung darin nicht. Er zögerte, ob er dieses Wissen direkt weitergeben sollte, entschied sich jedoch dagegen. »Lady E., nicht dass Sie mich falsch verstehen, aber wie standen John Adam und William Clancy in der Erbfolge?«

»Eins und Zwei ...«

Sir Bram ließ sich die Details schildern, wie die Militärpolizei diese Lady Elizabeth mitgeteilt hatte. Die hohe Professionalität und Skrupellosigkeit der Täter überraschte Sir Bram nicht. ‚Darüber hinaus mussten sie die Wachpläne genau kennen, wenn sie ausgerechnet William Clancy auf der Wache erwischen wollten. Die Gefahr wird immer konkreter und kommt schnell näher.'

Sir Bram traf seine Entscheidung, ohne zu zögern. »Wir kommen sofort, noch in dieser Nacht, nach Inverness. Haben Sie temporär Platz für uns im Ormond House? «

»Für wie viele Personen insgesamt?«

»Mein Diener und ich würden zur ihrer Sicherheit noch im Laufe des Nacht ankommen. Annie und ihre Freundin Enya ...« Er wollte Enyas Rolle im Coven noch nicht offenlegen. »Weiterhin ... nicht zu vergessen ein Collie werden im Kürze folgen.«

»Ich werde alles Notwendige veranlassen.«

Nachdem das Gespräch beendet war, wandte sich Sir Bram an George, der in der Nähe wartete. »Wir müssen sofort nach Inverness. Informiere Annie und Enya. Wir fahren nach Ormond House.«

George nickte und rief umgehend Enya an. Sir Bram blieb einen Moment stehen, in Gedanken versunken. Die Ereignisse überschlugen sich, und es wurde immer schwieriger, die Bedrohung rechtzeitig zu erkennen und zu stoppen. Aber sie hatten keine andere Wahl. Sie mussten sich der Herausforderung stellen. Sir Bram war schnell reisefertig. Zusammen mit George machte er sich noch in der Nacht auf den Weg nach Inverness.

Highland Roads

Enya und Annie konnten nach der Nachricht nicht mehr schlafen. Die beiden Frauen packten ebenfalls in der Nacht ihre Sachen und schlummerten noch ein paar Stunden, bis dass sie frühestmöglich zum Frühstück im Restaurant des Hotels erschienen.

Moira sprang aufgeregt umher, spürte die angespannte Stimmung ihrer Menschen.

Wenige Minuten später saßen die Frauen in der Giulia, bereit für die Fahrt nach Inverness. Die Straßen waren noch still, als sie Burntisland verließen.

Während der Fahrt dachte Enya über das Gespräch nach, das sie mit Lady Elizabeth geführt hatten. »Was denkst du, Annie?« fragte sie leise. »Wie können wir die Prophezeiungen deuten und verhindern, dass noch mehr passiert?«

»Wir müssen die Zusammenhänge besser verstehen«, antwortete Annie ernst. »Aber zuerst müssen wir Lady Elizabeth schützen und die Wahrheit über diese Bilder herausfinden.«

Enya nickte beim Fahren zustimmend. »Es gibt in dieser Sache keine Zufälle. Wir sind Teil von etwas Größerem. Wir müssen herausfinden, was es ist.«

Der schnellste Weg von Edinburgh nach Inverness führte über die A9 nach Norden. Die reine Fahrzeit betrug etwa dreieinhalb Stunden. Die Frauen hatten die Nachricht von Sir Bram, dass die beiden Männer bereits im Ormond House angekommen waren und es keiner Eile mehr bedarf.

Enya und Annie fuhren gemütlich und kamen schon nach kurzer Zeit an einem magischen See vorbei. Enya hielt kurz am Loch Leven an, obwohl die Fahrt gerade erst begonnen hatte. Der See lag zwischen saftigen Wiesen. Wildblumen blühten. Überall surrten und schwirrten Insekten.

Moira tobte kurz durch die nassen Wiesen und kam mit einem nassen Fell von ihrem Ausflug zurück.

Annie nahm den nassen Hund auf. »*Manky wet dog.*[36] So können wir nicht weiterfahren.«

Annies Finger glitten durch die nassen Hundehaare. »a *beestie!*[37]«

»Was?« Enya wollte wissen, was Annie so aufregte.

»Beestie … so wie Biest? Nicht etwa Moira?«

»Naw!«, beschwichtigte Annie. »Eine Zecke. Ich hole das Vieh aus dem Fell.« Annie lachte wieder ansteckend. »Ich rette nun Moira.«

»Wir werden viele kleine Pausen machen«, erkannte Enya. »Hoffentlich bekommen wir nicht noch mehr Regen.«

»Ach, der Regen von heute ist der Whisky von Morgen«, kommentierte Annie.

Die Giulia fraß die nächsten Meilen schnell. Bis Perth gab es keine nennenswerten Abwechslungen am Motorway 90. Kurz

---

[36] *Schmutziger, nassser Hund*
[37] *Alle kleinen Tiere sind beesties.*

vor Perth wechselte Enya auf die A9. Die Straße wurde schmaler, war aber weiterhin gut zu fahren. Immer mal wieder streiften sie den River Tay. Man dachte über eine weitere kurze Pause am Fluss nach, verwarf den Gedanken aber schnell. Etwa nach der halben Strecke verließen sie das Tal des Tay. Dafür begleitete sie nun der Tummel River. Die Täler wurden enger, die Flüsse kleiner. Gelegentlich gab es auch wieder Wälder. Die Highlands kündigten sich an. Nach dem Tummel River kam der River Garry, der nicht mehr als ein kleiner Bach war.

Enya und Annie kamen an diversen Distillen vorbei. Zunächst bemerkte Enya Blair Atholl.

»Wollen wir Sir Bram eine Flasche Whisky mitbringen?«, wollte Enya von Annie wissen. »Hier ist eine Distille.«

»Wenn ... dann einen Single Malt.«

»Nicht einen Whisky?«

»Doch. Doch.«

»Aber du sagtest ... lieber Single Malt, oder so.«

»Du musst noch viel lernen«, lachte Annie. »Ein Single Malt ist ein Whisky. Einer, der ausschließlich aus einer Distille kommt und nicht geblendet wurde.«

»Verblendeter Whisky? Ihr Schotten seid ein komisches Volk.«

»Geblendet heißt, nicht mit Whiskys anderer Distillen verschnitten ... oder gemischt.«

»Ich weiß nicht so recht ... weiß nicht, was Sir Bram so trinkt ... aber sicher Single Malts. Die haben Charakter.«

Bevor die Frage ausdiskutiert war, lag Blair Atholl auch schon hinter den beiden.

»Wir haben die Chance verpasst«, ärgerte sich Enya.

Annie lächelte. »Distillen gibt es hier wie Sand am Meer. Es gibt hier im Speyside kaum eine Straße ohne Distille.«

Als nächste Distillery sahen sie Dalwhinnie in schneeweißen Gebäuden mit Kupferdach am Weg liegen.

»Wollen wir hier ...?« Enya sprach die Frage gar nicht erst aus.

»Nicht hier«, meinte Annie. »*Boring*[38]. Langweiliges Zeug. Die Speysides sind alle sehr mild. Zu mild für viele Kenner.«

Also fuhr Enya weiter. Längst hatte der River Truim den River Garry abgelöst.

»Irgendwie haben wir immer Wasser neben der Straße«, erkannte Enya.

»Oder Wasser im Glas.«

»Wir sprachen über Whisky. Und nun kommst du mit Wasser um die Ecke?« Enya schüttelte sich theatralisch und wackelte zur Bestätigung auch noch am Lenkrad.

Annie freute sich, dass die Stimmung wieder etwas auflockerte. »Whisky ist ein uraltes Wort für Wasser des Lebens. Passt also. So ist eben unser Schottland. Wasser gehört immer wieder dazu.«

Der River Spey war der nächste Begleiter der Frauen.

»Wir sind im Speyside angekommen«, erläuterte Annie überflüssigerweise. Enya hatte schon längst das entsprechende Welcome-Schild gesehen.

»Nirgendwo auf der Welt wird so viel Whisky gekocht, wie hier im Speyside.« Annie kannte ihr Land und gab so viel wie möglich von diesem Wissen an Enya weiter.

---

[38] *Langweilig*

Ruthven Barracks, Kingussie

Bei Kingussie sah Enya von der A9 aus eine mächtige Ruine über dem Tal thronen. »Lass uns hier anhalten und Pause machen«, schlug sie vor.

»Aye«, stimmte Annie zu. »So kommen wir nie an. Aber das ist gut so. Nur ist dies der Ort des Feindes.«

Enya hatte keine Vorstellung, was Annie meinte. Sie dachte an die neuen Entwicklungen und Gefahren und kam in der Gegenwart wieder an.

»Nicht, was du meinst. Feinde unserer Geschichte.«

»Was meinst du?«

»Du wirst es gleich sehen.«

Es war nicht einfach, die richtige Zufahrt zur Ruine zu finden. Sie sahen zwar eine Zufahrtsstraße zur Ruine führen, konnten dort aber nicht von der A9 abfahren, weil diese unter der Fernstraße hindurchgeführt wurde. Enya fuhr notgedrungen weiter. Sie verlangsamte das Tempo und suchte eine Möglichkeit, die Straße zu verlassen. Diese bot sich dann im nächsten Ort. In Kingussie. Direkt hinter dem Ort konnte Enya die Fernstraße verlassen. Sie fuhr langsam über die Hauptstraße in den Ort. Die Strecke zur Ruine war nicht offensichtlich ausgeschildert. Sie durchquerte suchend den Ort. Erst, nachdem sie fast wieder am anderen Ende den Ort verlassen hätte, bemerkte Annie die Möglichkeit, an einem Park abzubiegen. »Hier links«, rief sie Enya urplötzlich zu.

Enya war langsam genug, um noch kontrolliert abbiegen zu können. Nun fuhr sie Richtung Bahnhof. Sie war zudem auf der Zufahrtsstraße, welche sie von der Fernstraße aus gesehen hatte. Wenige hundert Meter auf einer gewundenen Straße führten dann zu einem Parkplatz in der Nähe der Barracks. Es waren so nur noch etwa fünfzig Meter zu Fuß entlang eines

Weidezaunes zu den sich auf einer Anhöhe befindlichen Gebäuderesten.

Die Ruine war frei zugänglich. Es waren keine anderen Touristen in der Nähe. Scheinbar gehörte diese Ruine nicht zum sogenannten *beaten path*, den ausgetretenen Wegen, die alle Touristen liefen. Auf dem Weg sprang Moira munter voraus über den Schotter. Mit einem lauten »Mooooo« wurde sie am Gatter kurz vor den alten Mauern aufgeschreckt. Zwei zottelige Highlandrinder lagen in unmittelbarer Nähe und beobachteten gelangweilt wiederkauend die beiden Frauen und ihren Collie.

»Wäre es ein wenig wärmer, könnte man ein paar Bilder machen«, ärgerte sich Enya.

»Na komm. Das holen wir dann in Inverness nach.«

Enya studierte eine Hinweistafel. »Schau mal, die hatten nur dreißig Betten für sechzig Soldaten. Und kochen mussten die auch selbst.«

»Aber nur für die einfachen Soldaten. Die Offiziere hatten oben eigene Räume.«

»Kein einfaches Leben.«

»Egal«, kommentierte Annie. »Das waren alles Rotröcke. Engländer. Besatzer. Sassanacks. Geschah ihnen recht.«

»So kann man es auch sehen«, erkannte Enya.

Annie gab Enya einen kurzen Abriss über die schottische Geschichte, die verlorenen Schlachten und die englischen Besatzer. »Die *Sassanacks*[39] waren immer Besatzer, wenn sie hier in den Highlands waren. Das war bereits im 13. Jahrhundert so, dann im 14. und 16. Jahrhundert und es geht bis heute. Wir werden von London regiert. Wir haben nur eine begrenzte Unabhängigkeit.«

»Gut, dass heute vieles anders ist.«

---

[39] *Schottisches Schimpfwort für: Engländer*

»Ist es nicht! Und nun überfallen sie uns jeden Sommer mit ihren Wohnmobilen. Viele Schotten haben noch immer ein gestörtes Verhältnis zu den Engländern.« Annie senkte die Stimme. »*All Eejits.*[40] Viele zumindest. Die meisten.«

Weiter, Richtung Inverness

Nach einer ausgiebigen Pause zwischen Ruinen und Highland-Rindern tauschten Enya und Annie die Plätze am Steuer der Giulia. Annie fuhr das linksgesteuerte Auto gelegentlich und kam mittlerweile mit dem Alfa Romeo auch gut zurecht. Es ging schnell vorwärts. Schneller als erlaubt. Enya und Moira schliefen. Bevor Annie die Region Speyside verließ, hielt sie doch noch an einer Distillery: Tomatin.

Enya wurden sofort wach, als der Motor der Giulia erstarb.

»Sind wir schon da?«, fragte Enya gähnend.

»Nein. Aber wir stehen vor einer Distillery. Die haben einen ganz weichen Whisky.«

»Ist das wirklich etwas für Sir Bram? Hat der Charakter?«

»Wer? Sir Bram?«

»Nein. Natürlich der Whisky. Die uralten Whiskys sind schon eine Herausforderung.«

Enya ließ es sich nicht nehmen, ein halbes Vermögen für einen alten Tomatin zu bezahlen. »Manchmal muss das einfach sein.«

Es war nicht mehr weit bis zu ihrem Ziel nördlich von Inverness. Die Stadt lag zum Greifen nahe. Um zum Ormond House zu gelangen, musste Annie durch die Stadt fahren, über die

---

[40] *Alles Idioten*

Kessock Bridge den Moray Firth überqueren und dann noch wenige Meilen am Wasser entlang bis Avoch fahren.

Sir Brams Jaguar stand schon seit längerem vor dem Anwesen. Annie parkte die Giulia neben dem Jaguar. Die Frauen stiegen aus. Moira quetschte sich aber voran.

»Das werde ich ihr noch abgewöhnen müssen«, dachte Enya.

Ihr Ankommen wurde bereits wahrgenommen. Lady Elizabeths Butler kam hilfsbereit zum Auto. George folgte ihm. Die beiden Männer wollten mit dem Gepäck behilflich sein.

Als Moira George erkannte, sprang sie direkt auf ihn zu. George lächelte nicht nur. Er lachte.

»Ich zeige Ihnen das Anwesen«, meinte der Butler geflissentlich. »Lady Elizabeth ist unpässlich. Sie werden sie aber beim Abendessen gegen 18 Uhr kennenlernen. Bitte seien Sie pünktlich.«

Der Butler führte sie durch das imposante Gebäude. Hohe Decken, elegante Möbel und kunstvolle Gemälde zierten die Räume. Er zeigte ihnen ihre Zimmer, die mit allem Komfort ausgestattet waren. Enya und Annie bedankten sich.

»Ich hoffe, Sie fühlen sich hier wohl«, sagte der Butler, bevor er sich zurückzog.

»Das wird schon«, antwortete Enya, während sie sich auf das weiche Bett setzte. »Aber wir müssen uns beeilen, wenn wir rechtzeitig beim Abendessen sein wollen.«

Annie nickte. »Lass uns frisch machen und dann runtergehen. Wir sollten Lady Elizabeth nicht warten lassen.«

Millbuie & Findon (Black Isle)

Lady E.

Ormond House, nahe Avoch

Es war ein distanziertes Wiedersehen nach vielen Jahren. Als spät adoptiertes Familienmitglied war Annies Kontakt zu ihrer Oma nie besonders eng. Als Kind und Erbe von Helen Tempest und ihrem verstorbenen Mann hatte Annie nie wirklich zum Clan der McLymondt gehört.

Annie war überrascht, dass sich Lady E. ausgerechnet an sie erinnert hatte, als sie Hilfe benötigte. Sicher hatte sie doch genügend Unterstützung im eigenen Clan. Aber sie war ja auch ein Mitglied eben dieses Clans. Lady Elizabeth musste verzweifelt sein, auch wenn sie es nie zeigen würde. Andererseits hatte Annie Verständnis dafür, dass Lady E. ausgerechnet sie – auch wenn es über den Umweg von Sir Bram war – um Hilfe bat.

Nachdem Enya ihr Zimmer im Ormond House bezogen hatte, lief sie schnell zu Annie rüber. Das Zimmer beziehen bedeutete in diesem Zusammenhang, dass Enya schnell ihre Tasche aufs Bett geworfen hatte und das Körbchen für Moira neben ihr Bett gestellt hatte.

»Was weiß die alte Dame über den Coven?«, wollte Enya von Annie wissen.

»Vermutlich nicht allzu viel. Vermutlich gar nichts. Sie weiß nur von meiner Hypersensibilität.«

Enya blieb ruhig und hörte einfach zu. Annie erkannte, dass Enya auf weitere Erläuterungen wartete.

»Ich gehe davon aus, dass auch Sir Bram nichts vom Coven erzählt hat. Alles andere würde mich wundern.«

»Dann sind wir offiziell nichts weiter als Freunde, oder Bekannte von Sir Bram«, stellte Enya fest.

»Und dabei soll es auch bleiben.«

Enya schaute in Ermangelung einer Uhr auf ihr Handy. »Wir sollten runtergehen. Es wird Zeit zum Abendessen. Wird eine Kleiderordnung erwartet?«

Annie schüttelte den Kopf. »Die Zeiten sind vorbei, dass man sich zum Abendessen in Frack und Abendkleid umzog.«

»Dann ist es gut.«

Die beiden Frauen gingen die Treppe hinunter in den prächtigen Speisesaal. Lady Elizabeth erwartete sie. Sie wirkte gefasst und würdevoll, trotz der schweren Last der Trauer, die auf ihr lag.

Sir Bram und George hatten sich bereits im Esszimmer bei Lady E. eingefunden. Die drei standen mit einem Aperitif zusammen im Esszimmer. Der Tisch war mit altem Porzellan festlich gedeckt. Lady E. unterbrach das Gespräch mit Sir Bram, nachdem sie Annie eintreten sah.

»Es freut mich, dich hier begrüßen zu dürfen.« Lady E. blieb förmlich. Entsprechend antwortete Annie: »Die Freude ist ganz auf meiner Seite.«

‚Von Freude kann wohl keine Rede sein‘, dachte Enya. Direkt erntete sie von Sir Bram einen strafenden Seitenblick für diese Gedanken. Enya merkte immer wieder, dass ihre Gedanken für Annie, Sir Bram und Fionn lesbar waren, wenn sie sich nicht anstrengte, sie zu verbergen.

»Und dies ist Enya?«

Die Angesprochene nickte. »Und Moira.«

Enya erkannte, dass das Bild, welches Lady Elizabeth abgab, nicht dem entsprach, welches sie hinter den Kulissen wahrnahm. Lady E. war zerrissen zwischen Pflicht und Trauer. Lady

Elizabeth musterte Enya kurz, bevor sie wieder ihre kühle Fassade aufsetzte.

»Setzen wir uns doch«, sagte Lady E. und deutete auf den festlich gedeckten Tisch.

Sie nahmen Platz und der Butler begann, die Vorspeise zu servieren. Das Essen verlief größtenteils schweigend, die Stimmung war angespannt und bedrückt. Es war spürbar, dass alle Anwesenden mit ihren eigenen Gedanken und Sorgen beschäftigt waren.

Nach dem Hauptgang nahm Sir Bram einen Schluck seines Weins und räusperte sich. »Lady Elizabeth, wir sind hier, weil sie uns um Hilfe gebeten haben. Aber wir benötigen alle Informationen, die Sie uns geben können.«

Lady E. seufzte tief und legte ihr Besteck beiseite. »Ich habe schon vieles erzählt, Sir Bram. Was genau möchten Sie noch wissen?«

»Wir müssen verstehen, warum diese Angriffe geschehen. Was könnten die Motive sein? Haben Sie Feinde, die Ihnen oder Ihrem Clan schaden wollen?«

Lady E. schüttelte den Kopf. »Ich kann mir niemanden vorstellen. Natürlich gibt es immer wieder kleinere Fehden und Konflikte, aber nichts von solcher Tragweite.«

Annie lehnte sich vor. »Vielleicht sollten wir uns die alten Familienaufzeichnungen ansehen. Es könnte Hinweise geben, die wir bisher übersehen haben.«

Lady E. nickte langsam. »Das ist eine gute Idee. Die Aufzeichnungen sind im Archiv im Westflügel. Der Butler wird Ihnen den Zugang ermöglichen.«

Enya hob die Hand. »Und was ist mit dem Leuchtturm? Hat er einen Bezug zur Familie?«

Lady E. sah Enya direkt an. »Der Leuchtturm hat nur bedingt eine Bedeutung. Victoria verstarb dort in den Wellen und John Adam im Licht. Ansonsten kenne ich keinen Bezug.«

»Wir werden morgen früh mit den Aufzeichnungen beginnen«, sagte Sir Bram entschlossen.«

Oban

Fionn war ein Mann, der sich gut allein beschäftigen konnte. Er war Einzelgänger. Meistens. Zumindest dann, wenn er nicht mit Enya oder Annie zusammen sein konnte. Überflüssigerweise schaute er mal wieder auf der Solstice nach dem Rechten. Sie war seefertig und konnte sofort ablegen. Fionn dachte nochmals an seinen Herzfehler. Eine Klappe schloss nicht mehr richtig und bald würde sie ersetzt werden müssen. Die Operation war unvermeidlich. Ansonsten würde er bald nicht mehr segeln können.

»Ich kann zwar nicht die Richtung des Windes ändern. Aber ich kann meine Segel so setzen, dass ich den Wind bestmöglich ausnutzen kann«, rief er in den Wind hinein.

Es dauerte nur wenige Minuten, um Segel zu setzen und abzulegen. Der Wind ergriff die Segel und trieb die Solstice voran. Fionn fühlte sich lebendig, als er das Ruder in die Hand nahm und das Schiff aus dem Hafen steuerte. Das Meer war ruhig, die Wellen schienen ihn zu begrüßen.

Während er den Kurs auf Inverness setzte, dachte er über die letzten Gespräche mit Sir Bram und den anderen nach. Die Prophezeiungen, die Gemälde, die Bedrohungen - es war ein kompliziertes Geflecht, das nur schwer zu entwirren war. Fionn war dankbar, dass er seinen Beitrag leisten konnte. Auch wenn seine Gesundheit nicht die beste war, wusste er, dass er gebraucht wurde.

Die Solstice glitt über das Wasser, während die Küstenlinie langsam hinter ihm verschwand. Fionn konzentrierte sich auf den Horizont. Die frische Seeluft füllte seine Lungen und für einen Moment vergaß er den bevorstehenden Eingriff.

Delfine

»Wir sollten uns mal vor Ort am Leuchtturm umschauen.«
Enya wendete sich nach einer kurzen Nacht an Annie und ging
davon aus, dass sie sofort mit dabei sein würde.

»Was versprichst du dir davon?«

»Ich weiß es nicht, gehe aber davon aus, dass es nicht
schadet, wenn wir wissen, was man von dort aus sehen kann.
Vielleicht erkennen wir weitere Gefahren.«

»Es kann nicht schaden. Immerhin haben wir zwei Todesfälle in der gleichen Familie, zwei Bilder, aber in beiden Fällen
den gleichen Leuchtturm. ... nicht zu vergessen das Feuer im
Fort auf der gegenüberliegenden Seite des Moray Firth.«

Kurz nach dem Frühstück fuhren Enya und Annie raus zum
Leuchtturm. Sie hatten Glück, einen Parkplatz am Leuchtturm
zu bekommen, nachdem ein anderes Fahrzeug gerade aus einer
Parklücke herausfuhr. Bereits am Morgen war der Ort ein
Magnet für Touristen. Enya nahm die Kamera aus dem Auto.
Annie trug einen Picknickkorb und zwei Decken. So sahen sie
aus wie jeder andere Tourist auch.

Der Parkplatz war nun wieder bis auf den letzten Platz
belegt. Enya las das Hinweisschild mit den Preisen und musste
schlucken. »Die Delfine tanzen hier kostenlos und die Menschen machen ein Geschäft daraus.« Sie schaute sich um und
sah bereits sicherlich fünfzig bis einhundert Menschen am
Strand stehen und warten. Viele hatten Kameras mit langen
Objektiven auf das Meer gerichtet. Andere suchten mit Fern-
gläsern das Wasser ab. Während die Erwachsenen warten
konnten, wurde es für die Kinder langweilig. Sie spielten nicht
lange mit Muscheln oder Treibgut, von dem hier wenig angeschwemmt wurde. Bald begannen sie zu quengeln. »Mama, wo

bleiben die Delfine?« oder »Dauert es noch lange?« hörte man regelmäßig.

Eltern versuchten, die nervenden Kinder ruhig zu halten. »Es dauert nicht mehr lange« oder »Gleich kommen sie«, antworteten die Erwachsenen unisono, natürlich ohne zu wissen, ob dem auch so sein würde. Manchmal ließen sich die Delfine überhaupt nicht sehen. Manchmal schwammen sie auf der anderen Seite, vor Fort George, in den Moray Firth ein. Dann konnte man ihre Anwesenheit nur erahnen.

Enya klippste den Schutzdeckel wieder auf das Objekt der Kamera. Sie war nervös. Sie lief hin und her. Sie nahm die Schwingungen des Ortes auf und meinte, versteckte Magie zu spüren, die aber von den vielen Schaulustigen stark gestört war. »Die Menschen verdrängen die Magie. Sie zieht sich in die Erde und in das Meer zurück«, resümierte Enya enttäuscht.

Die beiden Freundinnen suchten sich einen geschützten Platz in den Dünen. Sie hatten über das Seegras hinweg freie Sicht auf den Leuchtturm, auf Fort George und auf den Strand. Sie sahen, wie sich immer mehr Schaulustige einfanden, welche den Tanz der Delfine beobachten wollten. Enya setzte sich neben Annie und kuschelte sich an die Freundin. Eine Picknickdecke bedeckte den Boden, eine weitere die Schultern. Es war noch kühl und man gab sich gegenseitig Wärme und Schutz vor dem Meerwind.

Moira lief ohne Leine umher. Sie entfernte sich nicht weit von ihrem Rudel. Das Jagen von Kaninchen hatte sie zum Glück noch nicht für sich entdeckt. Dennoch schnüffelte sie überall im Umfeld herum. Sie brachte ständig neue Geschenke an. Einen Ast. Ein Stück angespültes Fischernetz. Einen alten, verlorenen Golfball vom naheliegenden Golfplatz. Moira wurde schnell müde. Sie suchte sich dann einen Platz bei den Frauen unter der Decke und ließ sich mit einem hörbaren Schnaufen einfach niederplumpsen.

Enya und Annie beobachteten weiter das Wasser und warteten auf die Delfine. Heute würden sie pünktlich kommen. Etwa eine Stunde vor Tiefststand der Ebbe folgten die Meeressäuger den wandernden Lachsen. Und dann kamen sie. Man konnte die Säugetiere nahe am Ufer jagen sehen. Einzelne Sprünge deuteten Aktivitäten direkt unter der Oberfläche des Meeres an. Irgendwann schienen sie satt zu sein. Dann fingen die Delfine an, miteinander zu spielen. Sie sprangen immer wieder. Sie waren wie kleine Kinder. »Zumindest die Delfine haben sich einen kleinen Teil der Magie bewahren können«, nahm Enya bedingt zufrieden wahr.

Nach etwa einer halben Stunde verschwanden die Delfine so schnell, wie sie erschienen waren. Die Menschen zerstreuten sich. Sie packten ihre Kameras, ihre Picknickdecken und Körbe zusammen und liefen zum Parkplatz. Es dauerte nicht lange, und es wurde auf dem Parkplatz so leer, wie nun am Strand. Einige Menschen blieben noch ein wenig sitzen und genossen den Moment. Es fühlte sich kühler an, obwohl es real langsam wärmer wurde. Das lange Warten in unbeweglicher Haltung hatte die Muskeln versteifen lassen.

Auch Enya und Annie blieben. Enya versuchte, Kontakt mit der Magie des Ortes aufzunehmen. An diesem Ort war es nicht so einfach, eine Verbindung herzustellen. Vielleicht gelang es Enya, die Magie an die Oberfläche der Erde zu locken, wenn die Touristen weg waren.

Irgendwann begann Enya zu reden. »Ich kann gut verstehen, wenn ein kleines Mädchen versucht, mit den Delfinen zu spielen.« Enya beobachtete die Brandung sehr nachdenklich. Sie schien durch die Wellen hinweg in weite Ferne zu schauen. »Die junge Familie sitzt irgendwo hier – wie wir jetzt – beim Picknick. Man kümmert sich um die Speisen. Um Getränke. Man lacht ausgelassen. Vielleicht trinkt man Champagner, Rotwein oder anderen Alkohol. Die Stimmung ist ausgelassen. Es ist nicht so kalt, wie es sich jetzt anfühlt.«

Annie hörte aufmerksam zu. Sie erkannte, dass Enya in ihrer Sensibilität etwas aufnahm, was ihr diese Erkenntnisse gab. Vor allem erkannte Annie, dass Enya in der Gegenwart sprach, als ob sie als Beobachter dabei wäre. »Es muss so gewesen sein«, dachte Annie. »Sie hat eine Verbindung zur Vergangenheit bekommen und ist in die Situation eingetaucht.«

»Irgendwann fehlt die kleine Victoria. Niemanden wird aufgefallen sein, dass das Kind nicht mehr am Strand spielt. Muscheln sammeln ist langweilig geworden. Die spielenden Delfine nahe dem Ufer sind wesentlich interessanter. Victoria muss dort hin. Sie wird unweigerlich angezogen. Sie will mitspielen.« Enya wechselte die Zeitformen. Sie entfernte sich von den Geschehnissen. »Magie konnte auch grausam sein und Opfer fordern.«

Enya und Annie waren sehr ruhig. Beide stellten sich diese Situation vor, als wären sie als Beobachter vor Ort, die nicht eingreifen konnten. »Es war ein tragischer Unfall. Ein Opfer an die Elemente.«

Die Worte wirkten lange nach. Annie konnte das Bild aufnehmen, welches Enya vermittelte. Über Enya gelang es Annie, Zugang zu den Geschehnissen zu bekommen. »Aber es erklärt nicht, warum Fergusson es fünf Jahrzehnte vorher malen konnte.«

»Darauf habe ich auch noch keine Antwort. Zumindest hat das Fergusson-Bild keine Magie. Die Erklärung muss eine andere sein.«

Nach einer Zeit des Innehaltens meinte Annie: »Und der Tod von John Adam im Leuchtturm hinter uns?«

Enya blickte mit gerunzelter Stirn über ihre rechte Schulter zum Leuchtturm, der schlafend über den Dünen stand und darauf wartete, erst am Abend zur Nachtschicht zu erwachen. Irgendwie assoziierte Enya das Bild mit einem Partygänger, der am Tage wenig mit sich anfangen konnte.

Enya konzentrierte sich wieder und suchte einen Zugang zu der Situation. »Das ist für mich schwer zu fassen«, stellte sie angestrengt fest. »Der Leuchtturm ist ohne Magie. Dieses technische Menschenwerk wurde über die Magie des Ortes hinweg gebaut. Der Turm ist ein Fremdkörper an diesem Ort der Begegnung der Elemente.«

Annie lauschte aufmerksam. Sie spürte, dass Enya den Zugang zu diesem Gebäude suchte.

»Andererseits ... mein Bild ist so unklar. Es gibt hier das Wasser des Meeres. Die Luft des Meerwindes, die Erde, auf der wir sitzen, und den Geist, den wir spüren. Und der Turm ergänzt das fehlende Feuer. Damit sind die Elemente alle zusammen. Wieso ergänzt der Mensch mit diesem Turm, was der Natur fehlt?«

»Wir tun das auch, wenn wir räuchern«, erwiderte Annie. »Auch wir ergänzen die Natur ... dann zumeist um das Feuer.«

»... und um den Geist.«

Enya revidierte ihren Zugang zur Magie. »Auch in diesem Sinne muss ich noch viel lernen«, erkannte sie. »Ich probiere es anders. Ich muss das Feuer mit einbeziehen.«

Nach langen Minuten der Neuorientierung konnte Enya ihre Gedanken aussprechen. »Es war dunkel. Der Leuchtturm war in Betrieb. Vielleicht noch nicht lange. Vielleicht wurde das Licht gerade erst angezündet.« Sie kam aus ihren Gedanken zurück und schaute sich um. »Nun ist es hell. Tag. Das Licht ist aus.«

Annie verstand. Es war schwerer, in diese Situation einzusteigen. »Vielleicht wurde Adam überrascht, als das Licht aufleuchtete.«

»Das kann ich mir kaum vorstellen. Er betreute den Turm schon seit vielen Jahren.«

»Stimmt auch wieder. Dann war er bewusst dort oben, als das Licht aufflammte.« Enya schaute zum Leuchtturm auf.

»Und warum ist er nicht gegangen, als es zu heiß wurde?«, wollte Annie wissen.

»Vermutlich, weil er es nicht konnte. Etwas, ... oder irgendjemand ... hinderte ihn daran.«

»Die Polizei hat Fremdverschulden ausgeschlossen«, erinnerte sich Annie ernst.

»Ich denke an ... Mord.« Enya schreckte vor dem Gedanken zurück. »Da war mindestens noch eine Person.«

Annie nickte nachdenklich. »Vielleicht jemand, der wusste, wie man die Polizei täuschen kann.«

Enya überlegte. »Wenn es Mord war, dann gibt es jemanden, der wusste, wann und wie er zuschlagen muss. Jemand, der John Adam und seine Routinen gut kannte.«

»Ein Insider?« Annie fragte sich, wer das sein könnte.

»Möglicherweise. Oder jemand, der gezielt Informationen gesammelt hat. Es muss jemand sein, der Zugang zum Leuchtturm hatte.«

»Und die Polizei hat nichts gefunden? Keine Hinweise?«

Enya schüttelte den Kopf. »Nichts, was auf Fremdverschulden hinweist. Aber wenn der Täter geschickt genug war, konnte er alle Spuren verwischen.«

»Vielleicht sollten wir mit jemandem sprechen, der den Leuchtturm besser kennt. Einen Techniker oder jemanden, der dort gearbeitet hat.« Annie schlug vor.

Enya nickte. »Das ist eine gute Idee. Wir sollten herausfinden, wer Zugang hatte und wer John Adam kannte.«

Enya und Annie saßen lange zwischen den Dünen. Langsam liefen die Zeiger der Uhr auf Mittag zu. Beide waren noch von ihren Gedanken gefangen.

»Wir sollten etwas essen.« Annie war hungrig.

»Du hast auch immer Hunger«, kommentierte Enya lachend.

Annie schaute sich um. »Ich frage einfach mal die anderen hier.« Sie sprang auf und lief auf ein älteres Ehepaar zu, welches am Strand entlangspaziert kam.

»Wir suchen einen Pub.«

Der ältere Herr schaute ungläubig. »Dafür benötigen Sie ortsansässige Hilfe? Google kennt doch alle Pubs der Welt.«

»Wir suchen einen Pub für einen guten Snack zwischendurch.«

»Das ist etwas anderes.«

Nun hatte Annie die Aufmerksamkeit des Ehepaars. »Und Hunde müssen dort erlaubt sein.«

Die ältere Dame lächelte. »Edward«, wendete sie sich an ihren Mann, »ist da nicht der Pub in Rosemarkie, wo wir manchmal zum Dinner oder auf ein Bier hingehen?«

»Also nicht so weit?«, kombinierte Annie.

»Nein, nein. Rosemarkie liegt mehr oder minder am anderen Ende des Campingplatzes, der dort hinten beginnt. Selbst gemütlich geht man keine Stunde dorthin.«

»Irgendwas mit einem Ackergerät im Namen«, ergänzte Edward.

»Stimmt«, bestätigte seine Frau, »Plough Inn!«

Enya hatte sich zu den Dreien gesellt und bedankte sich ebenfalls. »Komm Annie. Zum Plough Inn. Aber wir fahren.«

⊷ ⊷ ⊷

Newcastle-Upon-Tyne und andere Orte in Großbritannien

Langsam baute sich auf dem großen Monitor das Bild auf. Mosaikartig erschienen nach und nach die Gesichter von etwa einem Dutzend Männern und wenigen Frauen. Die Teilnehmer der Konferenz trugen auch vor der Kamera ihre Businesskleidung. Die Hintergründe waren fast immer sachlich: Bücherwände, Kopien bekannter Gemälde – oder vielleicht doch die Originale – und neutrale Tapeten. Kein Business-Meeting hätte ein anderes Bild abgegeben können.

»Wieso treffen wir uns nicht wieder in Newcastle?«, fragte einer der Teilnehmer aus dem Hintergrund.

»Weil wir nicht immer in den Norden pendeln wollen.« Henriette moderierte das Gespräch der Northumbria Connection. »Die heutige Diskussion ist ... außerhalb des Protokolls.«

Lediglich Edward und Carl Colin befanden sich in Newcastle-Upon-Tyne im Club.

»Wie kommen wir denn in der schottischen Angelegenheit weiter?« Eine sonore Stimme, vermutlich der Schatzmeister, forderte einen Sachstand ein. Sein Monitorbild war etwas verschwommen. Man erkannte, dass er wohl ein kleinerer, schmächtiger Mann sein musste. Er justierte seine Kamera. Das Bild wurde nicht wesentlich besser. Die Stimme aus dem Lautsprecher des Monitors passte überhaupt nicht zu ihm.

»Es gibt Fortschritte«, konnte CC mit etwas Stolz – oder eher Erleichterung – berichten. »Mit etwas Unterstützung – von Edward – habe ich einen weiteren Meilenstein setzen können.«

»Einen kleinen Schritt, keinen Meilenstein«, kam eine Entgegnung.

»Nein, einen Meilenstein. In der Erbfolge des Clans fehlen nun die ersten beiden Positionen. Ich bin nun der Erbfolger.«

»Weiterhin führt aber die alte Dame den Clan, habe ich mir sagen lassen.« Der kleine Mann mit der sonoren Stimme ließ nicht locker. »Also noch eine weitere Person, bevor wir an die Ressourcen der Familie kommen.«

Bei zwei Mitgliedern der Konferenz schien das Videobild eingefroren zu sein. Rauschen gab es auf einem dritten Kanal.

»Wir sollten uns doch eher wieder vor Ort treffen.«

»Nicht wegen solcher Lappalien«, legte Henriette ein Veto ein. »Wir alle haben auch einen Job, den wir kaum vernachlässigen können.«

CC gefror das Blut. ‚Die ersten beiden Morde waren Lappalien?‘

»Dann geben wir CC noch eine Frist von ... sagen wir einmal vierzehn Tage.« Die sonore Stimme wurde schneidend.

»Und nicht vergessen. In den Bildern steht geschrieben ... nun ja ... gemalt ... wie es zu geschehen hat«, ergänzte Henriette. »Die Bilder sind die Gebrauchsanleitung zum Spiel.«

Langsam wurde klar, dass Henriette eine eiskalte, machtbesessene Frau war. »Solange die Einlagen des kommenden Mitglieds Carl Colin nicht eingegangen sind, ist die Situation offen. Gegebenenfalls suchen wir Ersatzlösungen.«

CC fühlte sich nicht wohl in seiner Haut. ‚Erst die Lappalien. Nun die Ersatzlösungen.‘

Er fragte sich, ob die anderen Teilnehmer der Videokonferenz die Schweißperlen auf seiner Stirn sehen konnten. Sachlich versuchte er, klarzustellen: »Meine weiteren Vorbereitungen laufen bereits.«

Enya hatte Hunger. Moira sicher auch. Sie fuhr die kurze Strecke nach Rosemarkie viel zu schnell. Den Plough Inn in Rosemarkie fanden die Frauen schnell. Am Ende der Hauptstraße fuhr man genau auf das Gebäude zu. Gegenüber des Parkplatzes stand allein, ohne Anschluss an andere Häuser, ein altes, wohlgepflegtes Haus aus Bruchstein. Zwei kleine Türmchen mit Erker wirkten nicht bedrohlich, eher niedlich.

»Direkt davor gibt es Parkplätze«, erkannte Annie. »*Noo jist haud on.*[41]«

»Was soll ich?« Enya war bereits am Pub vorbeigefahren.

»Ich meinte, du hättest dort anhalten und parken können.«

Enya wendete und parkte nahe dem Pub. Sie war müde und fühlte sich nach den langen Stunden am Leuchtturm unterkühlt. Annie sah das Schild "Food served all week 12 – 9" und bemerkte, dass sie seit dem Frühstück nichts mehr gegessen hatte. Die Frauen überquerten die Straße und zogen an den Messinggriffen der zweiflügeligen Tür.

Nun hatte auch Annie Hunger. Sie ging voran ins Gebäude. Enya folgte mit Moira auf dem Arm. Im vorderen Bereich des Gebäudes befand sich die Theke. Lediglich zwei Männer tranken dort zusammen mit dem Wirt ihr Bier. Ihre Blicke wendeten sich sofort den Neuankömmlingen zu. Ein Grinsen breitete sich aus, als man erkannte, dass auf Enyas Arm ein kleines schlafendes Fellknäuel lag. Aber das Grinsen war wohl eher den Frauen als dem Welpen geschuldet.

»Können wir hier etwas zu essen bekommen?«, fragte Annie, weil sie lediglich zwei Tische im Schankraum sah. Der Wirt deutete an der Theke vorbei zu einem kleinen Flur. »Das Restaurant ist hinten im Haus.«

---

[41] *Nun kannst du hier halten*

Es war nicht selten, dass die Bar vom eigentlichen Restaurant getrennt war. So konnte man – einerseits – Kinder im Gastbereich zulassen, ohne dass – andererseits – an der Theke die Männer bei ihren frivolen Späßen gestört wurden. Oder umgekehrt.

Die hinteren Räumlichkeiten waren in einem hellen Blau und Weiß gestrichen. Das Mobiliar war einfach. Man konnte es kinderfreundlich nennen. An den Wänden standen Bänke, in der Raummitte vier zusätzliche Tische mit Stühlen aus einem schwedischen Möbelhaus. Der Raum hatte einen Teppich mit Tartanmuster in Blau und Dunkelgrün. Dies wiederum war weniger kinderfreundlich. Ein junges Ehepaar saß mit zwei lauten, nervenden Kindern an einem der Tische mitten im Raum. Chips, Chicken Nuggets und frittierter Fisch lagen in verschiedenen roten Plastikkörbchen auf Papierunterlagen. Auch das Essen war kinderfreundlich. Man benötigte kein Besteck. Es war genug für alle da. Dennoch stritten sich die Kinder um die Nuggets.

Enya bestellte zum Warmwerden schwarzen Tee. Dazu nahm sie Scampi & Chips.

»Scampi and Tatties?«, wiederholte die etwas gemütliche Bedienung. Enya schaute sie fragend an. »With chips, please.«

»Ok. With tatties.«

Enya schaute Annie fragend an. Sie hatte "*Titties*[42]" verstanden und Annie vermutete dies. Sie konnte ein Lachen nur schwer unterdrücken. Sie bestätigte stattdessen für Enya: »Yeah, tatties please.«

Scampi & Chips war eines der vier Hauptgerichte auf der Karte. Daneben gab es Fish & Chips, Ham & Chips oder Chicken & Chips. Enya wusste längst, dass Chips hier die Bezeichnung

---

[42] „*Titten*"

für zumeist grob geschnittene Fritten war. Annie entschied sich für Ham & ... tatties, einer dicken Scheibe Schinken mit Fritten.

Als die Bedienung gegangen war, schaute Enya Annie fragend an. »*What the heck are tatties?* [43]«

»Tatties ... Kurzform für *potatoes*[44]. Also ... Engländer würden Chips sagen. Wir distanzieren uns. Hier sind es ... keine Titten.«

Nun erkannte auch Enya, wie nahe die Aussprache der beiden Worte war. »Tatties are no titties.«

Enya sprach die Erkenntnis viel zu laut aus. Sie erntete sofort von der genervten Mutter der jungen Familie einen bösen Blick. Mehr aber auch nicht, denn sie musste ihr Rudel irgendwie zur Ordnung rufen.

Als die Kinder der jungen Familie den Welpen entdeckten, hatten sie ihr Essen und den Streit um die Chicken Nuggets vergessen. »Mama, Mama, darf ich das Hundchen streicheln gehen?«, quengelte das Mädchen und zupfte an Mamas Bluse. »Please, please, pleeeeease ...«

Der Junge wollte eher zeigen, dass er ein Mann war und tat so, als würde er Moira ignorieren. Natürlich wollte er auch zum Welpen, aber sollte doch seine kleine Schwester erst einmal die Diskussion mit der Mama führen. Die Mutter schaute hilflos zu Enya hinüber. Enya nickte aufmunternd. Das hatte die Tochter bereits mitbekommen. Ohne auf das OK der Mutter zu warten, rannte das Mädchen zu Moira. Der Junge kam direkt hinterher. Seine Überlegenheit als Mann hatte sich schnell erledigt. Die Mutter schaute entnervt den Kindern hinterher. Der Vater hielt sich heraus, als ob ihn das alles nichts anging. Annie registrierte aber sehr wohl, dass er die beiden Frauen einen Augenblick zu

---

[43] *Was um Himmels willen sind „Tatties"?*

[44] *Potatoes: Kartoffel. Tatties sind üblicherweise frittierte Kartoffel.*

lang musterte und seine Blicke auf ihren Brüsten – und nicht auf dem Welpen – fixiert waren.

Moira gefiel die Aufmerksamkeit nicht. Sie versuchte, sich unter Annies abgelegter Jacke zu verstecken.

»Blöder Köter«, kommentierte der Junge, nachdem Moira nicht mehr zu sehen war. Er drehte ab.

»Kommt das Hundchen wieder?«, fragte seine Schwester wehmütig.

»Sie möchte schlafen«, erklärte Enya. »Aber du darfst sie mal streicheln.« Das Mädchen streckte zaghaft ihre Hand aus. Annie hob ihre Jacke an und das Mädchen konnte Moira streicheln. Unterdessen ärgerte sich der Junge, dass er so schnell aufgegeben hatte.

Zwischenzeitlich wurden Enyas und Annies Gerichte serviert. Natürlich beide mit Remoulade und der sauren HP-Soße aus der rechteckigen Flasche. Das Essen würde nicht in Erinnerung bleiben, aber man wurde satt.

Nach dem Essen meinte Enya: »Lass uns noch ein paar Schritte durch den Ort laufen, bevor wir zurückfahren.«

Enya und Annie liefen die kurze Hauptstraße von Rosemarkie auf und ab, um sich einen Überblick über den kleinen Ort zu verschaffen. Moira war wieder munter. Schließlich waren die beiden kleinen Monster aus dem Restaurant wieder vergessen. Sie trottete zwischen den beiden Frauen.

»Meinst du, wir finden weitere Hinweise?«, fragte Annie skeptisch.

»Man weiß nie, was man findet. Aber ehrlich ... besonders optimistisch bin ich nicht.«

Es gab ein kleines Museum mit lokaler Kunst und Erinnerungen an die piktische Geschichte des Ortes. Durch die Fenster konnte man verschiedene Fundstücke aus Ton, oder Ornamente in Stein sehen. Das Museum öffnete gerade, als die Frauen vorbeilaufen wollten. Spontan entschlossen sie sich zu einem Besuch. Sie betraten das Museum. Es wurde privat betrieben. Der Leiter, der zugleich Eigentümer war und die Rezeption besetzte, schaute anfangs fragend, als er Moira auf Enyas Arm sah.

»Hunde sind hier nicht ...«

Enya setzte ihren bittenden *Hundeblick* auf.

»Nun denn. Ich mache dann mal eine Ausnahme, wenn der Hund auf dem Arm bleibt.«

Die Frauen benötigten nicht mehr als eine halbe Stunde für den Rundgang. Neben der Rezeption gab es einen kleinen Souvenirladen. Einige Postkarten erregten Annies Aufmerksamkeit: Bilder vom Chanonry Point Leuchtturm.

Der Museumsleiter registrierte das Interesse. »Dies ist zwar ein piktisches Museum, aber ohne den Leuchtturm und seine Besucher würde es das Haus gar nicht erst geben.«

Annie sammelte einige Postkarten. »Das sind doch die Bilder der Colourists?«, erkannte Annie aufgeregt. Enya kam sofort hinzu. »Die Bilder von Peploe, Fergusson, Cadell ... und Hunter.«

»Sie kennen sie alle?« Der Museumsleiter war verblüfft. »Die waren wohl alle zu Beginn des letzten Jahrhunderts hier in Rosemarkie. Es gab hier wohl ein Treffen. Aber die Bilder ...«

»... wurden in Paris als Wettbewerb gemalt«, ergänzte Enya den Satz. »Ich kenne drei der vier Originale.«

Der Museumsbesitzer kam aus dem Staunen nicht mehr heraus.

Enya warf einen kritischen Blick auf die Karten. Keine der Bilder zeigte die Prophezeiungen, wenn man mal von dem roten Himmelsleuchten im Cadell-Bild über Fort George absah.

Kein Mann im Leuchtturm. Kein Mädchen in den Fluten bei den Delfinen. Enya verstand es nicht.

»Gibt es auch Poster, oder so?« Enya hatte die Hoffnung, ein größeres Bild von Hunter zu bekommen.

»Leider nein.«

Annie kaufte gleich drei Sätze Postkarten. Enya ließ Annie die Giulia zurück zum Ormond House fahren. Unterwegs studierte Enya die Postkarte mit dem Hunter-Bild. Nun hatte sie eine Vorstellung, wonach sie suchten. Sie drehte die Karte hin und her. »Mir macht Angst, dass auf dem Bild so viele fröhliche, tanzende Menschen zu sehen sind. Wie bei einem großen Fest.«

Caledonian Canal

Corpach am Loch Linnhe

Fionn kam auf dem Loch Linnhe unter Segeln schnell vorwärts. Der stetige Westwind trieb die Solstice vor sich her. Bis zur Einfahrt in den Kanal musste er etwa dreißig Kilometer zurücklegen. Hierzu benötigte er gerade einmal zwei Stunden. Für die Solstice war dies eine kurze Zeit.

Der Segler ließ es sich nicht nehmen, vor der Einfahrt in den Caledonian Canal noch eine Schleife an einem alten Wrack vorbeizuziehen, das seit vielen Jahren am Ufer vor den Schleusen lag. Er startete den Motor und nahm die Segel runter. Die schmalen Streckenabschnitte des Kanals und die Schleusen waren zum Fahren unter Segel nicht geeignet.

Nachdem Fionn die beiden Abschlussschleusen zum Loch Linnhe bei Corpach durchquert hatte, musste er die Solstice im Kanalbüro anmelden. Für die Durchfahrt durch den Kanal benötigte er von den British Waterways Scotland eine Sieben-Tage-Lizenz.

»So lange werde ich wohl nicht brauchen«, scherzte er mit den Mitarbeitern am Tresen. »Ich habe nicht vor, irgendwo unterwegs Anker zu werfen.«

»Im Kanal ist das auch verboten. Es sei denn, Sie werden unterwegs vom Monster von Loch Ness gefressen. Sie wären nicht der erste, der unterwegs verschollen wäre.«

Fionn schaute die beiden Mitarbeiter skeptisch an. »Ich bin Schotte. Also für Monster unverdaulich. Und die Hälfte der Verschollenen wollte sich wohl eher vor der Bezahlung zusätzlicher Tage drücken.«

»Na wenn das so ist. ... Dann wünschen wir gute Fahrt. ... Sie kennen die Regeln im Kanal?«

Fionn bejahte die Frage. Es war nicht seine erste Durchquerung der Highlands mit einem Boot. Man drückte ihm noch eine kostenlose Gewässerkarte in die Hand und wünschte gute Fahrt.

Zurück an Bord legte Fionn die Karte auf den Stapel der älteren Karten der Kanalbefahrungen. Er klärte kurz mit dem Schleusenwärter, wann er in den Kanal einfahren konnte. Direkt hinter dem Wartebecken der ersten Doppelschleuse folgte eine Schleusentreppe mit drei weiteren Schleusen.

»Wir warten noch auf eine andere angekündigte Yacht. Sobald diese da ist, können Sie gemeinsam einfahren. Das wird in etwa zehn Minuten sein.«

Als Fionn die andere Yacht ankommen sah, kehrte er wieder zur Solstice zurück. Für eine Kanalfahrt brauchte man Zeit. Entlang des Kanals und der natürlichen Seen braucht man mit dem Auto nur etwas mehr als zwei Stunden. Auf dem Wasser kalkulierte Fionn sogar mit drei Tagen.

Bereits nach der ersten Kanalbiegung kam es zur nächsten Unterbrechung: Eine Treppe mit gleich acht Schleusenstufen. Für diesen einen Kilometer Kanalstrecke benötigte die Solstice genauso lange wie zuvor für die offene Strecke über den Loch Linnhe.

Fionn nutzte die Zeit in den Schleusen, um über die bevorstehende Aufgabe nachzudenken. Die Hinweise auf den Prophezeiungen der Bilder beschäftigten ihn. Er musste eine Lösung finden, um Lady Elizabeth und den Clan McLymondt zu schützen. Der Kanal führte ihn durch das Herz der Highlands, eine Strecke, die er gut kannte.

Als die Schleusentreppe hinter ihm lag, setzte Fionn die Fahrt fort. Die Solstice glitt ruhig durch den Kanal, vorbei an malerischen Dörfern und beeindruckenden Landschaften. Die Ruhe des Wassers half ihm, seine Gedanken zu ordnen.

Parallel zum River Lochy auf dem Caledonian Canal

Die nächsten zehn Kilometer auf dem Kanal verliefen mit einem ständigen Blick auf den Ben Nevis ruhig und ereignislos. Der Kanal verlief nördlich vom natürlichen Lauf des River Lochy im gleichen Tal. Fionn musste aufmerksam bleiben. Gelegentlich kamen ihm andere Schiffe entgegen, und man grüßte sich freundlich. Gefährlich wurde es, wenn Schwimmer oder Schlauchbootfahrer im Kanal unterwegs waren.

Am späten Nachmittag erreichte Fionn die Schleusen von Gairlochy. Diese schlossen den Loch Lochy, den ersten der großen Binnenseen, durch der der Kanal führt, vom nächsten Kanalabschnitt ab. Fionn wollte noch bis zum Nordende des Sees durchfahren und dort anlegen. Er kannte einen Pub, der auf einem ausgedienten Binnenkahn untergebracht war. Früher war der Kahn auf dem Rhein unterwegs. Irgendwie gelangte das Frachtschiff nach Schottland und fand seinen letzten Liegeplatz an der Schleuse.

Es gab einige Außentische und einen Pub unter Deck. Die Solstice war schnell in der Nähe vertäut. Nachdem Fionn klar Schiff gemacht hatte, lief er zum Eagle Barge Pub. Das Schild „Come In & Get Warm" lud zum Bleiben ein. Fionn hatte Hunger. Er hatte nicht bemerkt, dass er, über den Tag verteilt, lediglich zwei Schokoriegel gegessen hatte. Nun würde er gerne etwas Herzhaftes essen. Wenn man es vorher angemeldet hätte, konnte man sich hier auch ausführlich bekochen lassen. Fionn hatte hierauf verzichtet, oder anders gesagt: er hatte es vergessen.

Es gab immer noch die üblichen Bar-Gerichte. So begnügte er sich mit einer doppelten Portion Chicken Nuggets und Chips. Dazu trank er zwei oder drei Bier, während er sich mit Will, dem Wirt, über alles Mögliche, Unrelevante unterhielt. Will war ein freundlicher, älterer Mann mit einer Vorliebe für Geschichten aus der Region und einer unerschöpflichen Sammlung von Anekdoten über die vielen Reisenden, die den Kanal passierten.

»Das letzte Mal, als ich hier war, war es ruhiger«, meinte Fionn zwischen zwei Bissen.

Will lachte. »Ja, der Sommer bringt immer mehr Leute. Aber ich beschwere mich nicht. Mehr Besucher bedeuten mehr Geschichten und, na ja, auch mehr Bier, das ich verkaufen kann.«

Fionn nickte und genoss die warme, herzliche Atmosphäre des Pubs. Die Gespräche mit Will lenkten ihn für eine Weile ab. Als er später auf die Solstice zurückkehrte, war der Himmel bereits dunkel, und die Sterne spiegelten sich im ruhigen Wasser des Kanals.

Leuchttürme

Ceann Loch Schleusen

Nach einer ruhigen Nacht, ein paar Spiegeleiern und einem schnell inhalierten Frühstück folgte ein kurzer Morgenspaziergang. Da auf der Ostseite des Kanals die A82 verlief, entschied sich Fionn, auf der anderen Seite des Kanals über die Felder zu laufen. Er überquerte den Kanal über ein Schleusentor und nahm einen Weg um eine Farm herum zu einem felsigen Flussbett, dem er einige hundert Meter bergan folgte. »Von dort oben habe ich sicher einen tollen Ausblick auf den Kanal und Loch Ceann«, dachte er.

Auf der Westseite waren die Berge nicht so steil wie auf der anderen Seite des Kanals. Dies kam Fionn entgegen. Nach kurzer Zeit bemerkte er, dass er zu schnell losgelaufen war. Er spürte, wie sein Herz immer heftiger schlug, fast als würde es gegen seinen Brustkorb trommeln. Aus falschem Ehrgeiz strengte er sich an, das Tempo zu halten. Das war verkehrt und ein sinnloses Unterfangen. Sein Kreislauf sackte in Sekundenschnelle ab. Zunächst bekam er schlechter Luft. Jeder Atemzug fühlte sich an, als würde er durch einen Strohhalm atmen. Stress kam auf und verschlimmerte die Situation. Unvermittelt begann er zu husten und krümmte sich leicht, um den Druck von den Lungen zu nehmen. Fionn versuchte, tief durchzuatmen, aber es war, als wären seine Lungen aus Stein.

Sein Herz raste jetzt unkontrolliert, schickte Schockwellen durch seinen Körper. Die Hände rutschten von den Hüften auf die Oberschenkel. Fionn krümmte sich. ‚Jetzt nur nicht an Land Schiffbruch erleiden!‘ Das Husten wurde unerträglich, jeder Hustenstoß war wie ein Messerstich in die Brust. Seine Beine fühlten sich an, als wären sie aus Gummi. Er suchte Halt. Er wollte sich setzen. Aber die Schwerkraft war schneller und zog ihn zu Boden. Die Welt begann, sich um ihn zu drehen, die

Farben verschwammen vor seinen Augen. Sein Herz schien aus dem Takt zu geraten, und er spürte, wie eine dunkle, kalte Welle über ihn rollte.

Mit letzter Kraft dachte er: ‚Nebel auf der See!‘, bevor er das Bewusstsein verlor und reglos auf dem felsigen Boden liegen blieb, sein Körper ein schlaffer Haufen inmitten der kargen Landschaft.

❧ ❦ ❧

Ormond House

Enya war nervös. Nach dem Frühstück mit Lady Elizabeth und Sir Bram war sie mit Moira und Annie an den Moray Firth gelaufen. Enya hatte ihren Rucksack lässig über eine Schulter gehängt.

»Was hast du in der Tasche?«, fragte Annie neugierig.

»Liath.«

Annie schaute Enya fragend an. »Warum das?«

»Ich weiß es nicht genau. Vielleicht möchte ich ein wenig darin lesen. Aber das war es nicht wirklich. Ich hatte das Verlangen, das Buch mitzunehmen. ... oder anders gesagt ... das Buch wollte mit.«

Für andere mag es befremdlich klingen, einem Buch einen eigenen Willen zuzuordnen. Für Enya und Annie war es normal. Annie realisierte zudem, dass Enya wieder begonnen hatte, an den Fingernägeln zu kauen.

»Liegt es an den Erkenntnissen über die Bilder?«, wollte Annie wissen. Scheinbar färbte die Unruhe ab. Annie nahm Enyas Hände. »Nicht die schönen Fingernägel«, sagte sie.

»Was soll ich machen? Ich rauche ja nicht mehr.«

»Also ... sind es die Bilder?«, wiederholte Annie die Frage.

»Nein. Ich meine, zu spüren, dass Fionn eine geistige Verbindung sucht. Irgendetwas stimmt nicht mit ihm. Ich spüre eine unwirkliche Gefahr.« Enya spielte unbewusst mit den Riemen des Rucksacks und umklammerte sie verkrampft. Sie suchte Kontakt zu Liath. Oder zum Hexenwissen in diesem Buch.

»Also doch die Bilder?«

Enya schüttelte den Kopf. Sie setzte sich auf eine Parkbank mit Blick auf den Meeresarm.

»Warte, ich sage dir gleich Bescheid, worum es geht.« Enya war in der Realität angekommen. In ihrer Realität. Sie entnahm das Buch und legte es sich auf den Schoß. Achtsam legte sie beide Hände auf das Buch. Sie schloss die Augen. Langsam begannen Buchstaben, Worte und ganze Sätze in Enya zu fließen. Sie musste nicht im Buch lesen, um das Wissen wieder aufzunehmen. Sie sah dabei wenig Neues. Es waren die bereits bekannten Bilder, die sie damals selbst dem Buche anvertraut hatte. Aber in neuen Facetten.

Enya tauchte in die Welt der Colourists ein. Sie reiste gedanklich in das Paris der vergangenen Jahrhundertwende. Sie sah wie durch eine Röntgenbrille durch die Farben. Sie sah die Colourists in Paris vor einem Café sitzen. Sie konnte die vier Männer hören, während sie sich über das Sinken der Titanic unterhielten. Enya hörte sie lachen. Sie neckten sich. Sie forderten sich heraus. Man wollte Bilder und ihre Sichtweisen und Maltechniken vergleichen. Irgendeiner sagte noch zum Abschied: »Alles ohne Grün.« Plötzlich wusste Enya, wie die Bilder entstanden.

Enya schaute kurz zu Annie auf. »Vielleicht doch die Bilder.«

Auch wenn Annie ebenfalls eine Hypersensibilität hatte, fehlten ihr doch einige Fähigkeiten, die Enya scheinbar mit in die Wiege gelegt wurden. Oder wiedergeboren wurden. Annie zog es vor, sich nicht in die Verbindung mit einzubringen und zu stören. Zumal fehlte ihr der Zugang zum Buch Liath. Enya würde Annie hinterher sowieso alles berichten.

Annie wartete. Sie nahm Moira auf und setzte den Welpen auf ihren Schoß. Die Frauen sahen von Weitem auf der Bank aus wie Spiegelbilder. Allerdings schlief auf Annies Schoß der Welpe, während auf Enyas Schoß das magische Buch lag.

Enya zog einen Satz Postkarten aus der Tasche und legte die vier Bilder vor sich auf das Buch. Sie wendete sich gedanklich an Fionn: »Fergusson und Peploe oben ... beide zeigen die Prophezeiungen nicht, die in den Originalen zu sehen sind ... unten links Cadell ... aus dem Museum ... mit Feuerschein ... und Hunter unten rechts ... wir kennen das Original noch nicht ... wissen nicht, wo es ist.«

Fionn betrachtete die Postkarten durch Enyas Augen. Und durch Enyas Hände las er die Einschätzungen des Buchs Liath.

»Die Bilder haben ein neues Leben«, teilte Fionn aus der Ferne mit.

»Die Bilder sind nun anders«, erfuhr Enya über das magische Buch.

»Ihr müsst die Bilder untersuchen lassen. Sie tragen alle Geheimnisse. Sie wurden nachträglich geändert. Zumindest Peploe und Fergusson.«

»Wir haben bereits zwei Tote gesehen«, nuschelte Enya.

Annie verstand.

»Lasst die Bilder untersuchen. Ihr müsst die Manipulationen finden. Sie sind der Schlüssel.«

Enya hatte Sir Bram über Fionns Sicht informiert. »Wir brauchen Gewissheit, was mit den Bildern ist.«

Sir Bram stimmte zu. »Ich werde Lady E. bitten, einer Untersuchung in Edinburgh zuzustimmen.«

Kurze Zeit später hatte Sir Bram die Gelegenheit, Lady Elizabeth zu fragen. »Ich würde gerne die beiden Bilder von Peploe und Fergusson sehen«, wandte er sich an Lady Elizabeth.

»Folgt mir in die Bibliothek«, lud Lady Elizabeth ihre Gäste ein. Die Besucher und Lady Elizabeths Butler folgten der alten Lady. Das Licht im Raum war gedämpft. Die dunklen Wände und Einbände der alten Bücher schluckten viel Licht.

Die beiden Bilder lagen nebeneinander auf einem alten Kartentisch.

Zum ersten Mal sah Enya die beiden Bilder in natura. »Die sind so groß wie das Cadell-Bild im Museum«, erkannte Enya. Sie beugte sich über die Bilder.

»Können wir mehr Licht haben?«, wandte sich Sir Bram an Lady Elizabeth.

»Können wir.« Lady Elizabeth deutete auf eine große Stehlampe mit Schwenkarm in einer Raumecke. »Das ist eine spezielle Lampe für das Kartenstudium. Ob Karte oder Bilder, sie wird gute Dienste bei der Analyse leisten.«

Der Butler brachte die Lampe und positionierte den Schwenkarm. Modernes, kaltes LED-Licht flammte auf Knopfdruck auf und lieferte genügend Licht für eine erste Bewertung.

»Ich erkenne die schreiende Person im Leuchtfeuer«, stellte Annie aufgeregt fest und zeigte auf das Peploe-Bild.

»Und hier läuft das kleine Mädchen zu den Delfinen«, fügte Sir Bram hinzu und deutete auf das Fergusson-Bild.

Enyas Interesse galt den Farben. »Beide Bilder ohne Grün.«

»Wir kommen der Sache näher«, stellte Sir Bram fest. »Lady Elizabeth, haben Sie etwas dagegen, wenn die Bilder kurzfristig von einem Wissenschaftler untersucht werden?«

»Alles, was hilft«, stimmte Lady Elizabeth zu.

Mit wenigen Worten beschrieb Annie abschließend das Cadell-Bild für Lady Elizabeth. Lady Elizabeth erinnerte sich schwach daran, dass dieses Bild ebenfalls im Besitz der Familie war. Ihr Vater hatte es vor Jahrzehnten gekauft. Nach und nach erinnerte sie sich auch daran, dass dieses Bild mit ihrem Sohn William Clancy McLymondt den Weg über den Moray Firth in das Fort George gefunden hatte.

»Drei Bilder. Drei Prophezeiungen, die eingetreten sind.« Lady Elizabeth konnte die Zusammenhänge sofort erkennen.

Annie schaute Sir Bram an. Der alte Herr nickte.

»Gran'maw[45]«, sagte Annie zögerlich. Es fiel ihr schwer, dieses Wort gegenüber einer Frau zu benutzen, die sie so selten gesehen hatte. Zudem nutzte Annie bewusst die schottische Form des Wortes. »Es gibt vermutlich ein viertes Bild. Eine weitere Prophezeiung.«

---

[45] Großmutter

Fionn wusste nicht, wie lange er zwischen den Felsen am Berghang gelegen hatte. Langsam kam er wieder zu sich und musste sich orientieren. Es war nicht sein erster Blackout. Das Wiedererwachen brauchte seine Zeit. Zunächst versuchte Fionn, sich zu orientieren. Er wollte sich aufrichten, aber es war noch zu früh. Es fehlten Kraft, Koordination und Orientierung. Der Druck auf seinem Brustkorb machte das Atmen schwer. So blieb er noch einige Atemzüge lang liegen, bevor er einen weiteren Versuch unternahm.

Fionn lehnte sich gegen einen Felsen, die Arme schützend vor der Brust. Er blickte auf den Caledonian Canal hinunter. Seine Orientierung kam langsam zurück. ‚Der Nebel lichtet sich. Ich kann bald wieder Fahrt aufnehmen.' In der Ferne sah er die Solstice friedlich am Steg dümpeln und hatte einen Orientierungspunkt.

Zunächst hatte er keine Erinnerungen an die Zeit des Blackouts. Er schaute auf seine Uhr. Er konnte nicht lange hier gelegen haben, Minuten vielleicht. ‚Es wird wohl nicht so schlimm gewesen sein', redete er sich ein. Wie immer, wenn solche Ausfälle auftraten. ‚Ich war wohl wieder zu schnell.' Insgeheim musste er Sir Bram Recht geben. So war er keine Hilfe für Enya und Annie. ‚Es wäre wohl an der Zeit, einen Arzt zu konsultieren. Ich habe es zu lange hinausgezögert.'

Etwas irritierte Fionn beim Wiedererlangen des Bewusstseins. Er hatte Enya präsent vor Augen. Das Bild war in seine Wachphase hinübergerettet worden. Es erschien ihm, als ob man sich gerade intensiv unterhalten hätte. Enya war weit weg. Er konnte die Gedanken noch nicht fassen, obwohl er sich bemühte. Im Laufe der letzten Jahre hatte sich diese Gedankenbrücke immer weiter aufgebaut. Ihre Gedanken konnten sich direkt miteinander verbinden, wenn es der jeweils andere zuließ.

Fionns Gedanken kreisten um Leuchttürme. Je mehr er sich darauf konzentrierte, desto klarer wurde ihm, dass es immer wieder der gleiche Leuchtturm in verschiedenen Varianten war. ‚Was soll das? Wovon habe ich geträumt?', fragte er sich grübelnd. ‚Die Bilder sahen gemalt aus. Mehr oder minder surreal. Mal mit brennendem Leuchtfeuer. Mal aus der Ferne mit Delfinen.' Fionn konnte die Zusammenhänge nicht mehr rekapitulieren. ‚Irgendwie muss es mit Enya zu tun haben. Die Bilder kamen von ihr', erinnerte er sich aber noch.

Mittlerweile stand er wieder auf eigenen Beinen und versuchte sich mit ersten Schritten. Fionn balancierte hin und her. Er stellte fest, dass sein Kreislauf langsam zurückkam und setzte in dem schwierigen Gelände vorsichtig Fuß vor Fuß.

Es ging abwärts.

Edinburgh

Früh am Morgen machte sich George mit den Bildern von Peploe und Fergusson auf den Weg von Inverness nach Edinburgh. Bereits gegen zehn Uhr traf er auf McEwan in der National Gallery. Obwohl es Sonntag war, sagte der Wissenschaftler zu, die Bilder sofort zu begutachten. McEwan bat George, die beiden Bilder in das Labor des Museums zu bringen. Das Cadell-Bild lag bereits auf einem Untersuchungstisch.

»Nun zeigen Sie schon her«, meinte McEwan aufgeregt.

George packte vorsichtig die beiden Bilder aus. »Gleiche Größe«, stellte McEwan bereits beim Auspacken fest. »Bitte zeigen sie mir die Rückseiten.«

George drehte die mitgebrachten Bilder um.

McEwan tat gleiches mit dem Cadell-Bild. »Die gleiche Leinwand. Die gleiche Größe. Die Vorgaben an den Künstler-Wettstreit waren wohl noch enger gesteckt, als ich angenommen habe.«

McEwan drehte die Bilder wieder um. »Die Rahmen sind aber unterschiedlich«, erkannte George.

»Die kamen erst später zu den Bildern. Die haben mit den eigentlichen Arbeiten nichts zu tun.«

Der Kunsthistoriker zog eine große Lupe auf einem Ständer zu sich heran und prüfte alle drei Bilder. »Alle Bilder wurden ohne Grün gemalt. Aber das war zu erwarten.«

George wusste nur ansatzweise von der fehlenden Farbe. McEwan erläuterte ihm diese Rahmenbedingung des Wettbewerbs.

Als nächstes widmete sich McEwan den Prophezeiungen. »In unserem Cadell gehört der Feuerschein fest zum Bild. Ich vermute, das war aber anders gedacht. Es könnte auch die Morgensonne sein, die über Fort George aufgeht. Die Interpretation Feuer ist nicht zwingend.«

George stimmte zu. »Das muss kein Feuer sein. Im Feuer sehen wir auch keine Menschen brennen. Man hat es naheliegend interpretiert.«

»Kommen wir zu Peploe. ... Das Bild ist etwas anders als in den Katalogen beschrieben. Ja, ich sehe hier auch diese schreiende Figur direkt neben der Lampe. Wie von Edvard Munch kopiert. Sein Bild stammt von 1893. Es konnte auch bereits Peploe bekannt gewesen sein. ... Moment ... Das muss ich mir genauer anschauen.«

George wartete geduldig, während McEwan, assistiert von einem Techniker, mit UV-Licht das Leuchtfeuer näher untersuchte. »Ohne Firnis. Und nachgearbeitet. Vermutlich im Rahmen einer Restauration ... oder eher ... nein ... keine Restauration.«

McEwan richtete sich auf und schaute George an. »Richten Sie Sir Bram aus, dass das Bild nachträglich manipuliert wurde. Die Figur wurde erst vor Kurzem eingefügt. Sehr gute Arbeit. Kaum zu erkennen. Aber unter UV-Licht zeigt sich die Wahrheit.«

George war entsprechend überrascht. »Und das andere Bild mit dem Mädchen?«

»Fergusson? Moment. Ich schaue gleich nach.«

McEwan unterzog das Fergusson-Bild der gleichen Untersuchung. Er kam schnell zu einem Ergebnis. »Auch das kleine Mädchen wurde nachträglich in die Brandung hineingemalt.«

George nickte. »Kann ich die Bilder hierbehalten?«, fragte McEwan, obwohl er die Antwort bereits kannte.

»Leider kann ich das nicht entscheiden. Ich werde die Frage an die Eigentümerin weiterleiten. Bis dahin werde ich die Bilder auf jeden Fall mitnehmen müssen.«

Nach einer gemeinsamen Tasse Tee machte sich George wieder auf den Weg nach Inverness. Bereits unterwegs informierte er Sir Bram über die Feststellungen.

»Noch ein Grund mehr, schnell das vierte Bild zu finden.« Sir Bram war sehr nachdenklich.

Fionn erreichte den Liegeplatz der Solstice ohne weitere Komplikationen. Die Kreislaufprobleme kamen und gingen. Es war beinahe planbar. Impulsbelastungen aus der Ruhe heraus führten zu diesen Problemen. Mit Stress zusammen war er dieser Situation dann nicht mehr gewachsen. Er hätte es wissen müssen.

Fionn ließ die Solstice langsam mit Motorkraft durch die Schleusen in den nächsten kurzen Kanalabschnitt einlaufen. Am Übergang vom Kanal in den nächsten See – Loch Oich – musste er wieder warten. Die Masthöhe der Solstice war für die dortige Brücke zu hoch. Nach kurzer Zeit schwang die Brücke auf und er konnte zusammen mit weiteren wartenden Booten in den schmalen See einfahren. Der See war flach und an manchen Stellen nur einhundertfünfzig Meter breit. Andererseits hatte die Segelyacht mit ihrem Kiel einigen Tiefgang. Es fehlte wieder der Platz auf dem See, um unter Segeln zu manövrieren. Die Solstice musste mit Motorkraft weiterlaufen.

Linkerhand kam er an zwei Ruinen vorbei. Invergarry Castle und Glengarry Castle. Vom See aus dachte er, dass sich ein Besuch nicht lohnen würde. Andererseits lag am Ufer vor Glengarry Castle ein Fischkutter vor Anker, der längst eine andere Funktion hatte. Bunte Blumenkästen deuteten darauf hin, dass dieses Boot nun als Hausboot genutzt wurde. Fionn verglich in Gedanken die Solstice – seine mobile Immobilie – mit diesem Boot. Der Vergleich hinkte. Die Solstice war im ständigen Betrieb und vorzüglich in Schuss. Der dort am Ufer liegende Kahn ist wohl längst auf Grund gelaufen.

Mit dem Loch Oich hatte Fionn den höchsten Punkt des Kanals erreicht. Von nun an ging es in Stufen wieder runter Richtung Nordsee.

Wieder durchquerte die Solstice Schleusen und es ging im ausgebaggerten Kanal weiter, der parallel zum River Oich angelegt war. Immer wieder drängten sich die Gedanken an die überstandene Ohnmacht auf. Immer präsenter wurde der Eindruck, er hätte sich intensiv mit Enya unterhalten. »Was ist eigentlich geschehen, als ich bewusstlos war?«, fragte er sich selbst. Er vermutete, als Antwort zu hören: ‚Es gab Diskussionen über die Suche von Hinweisen in Bildern und die Notwendigkeit, schnell zu sein'.

Nach der Kytra-Schleuse wurde der Kanal schmaler und erforderte volle Aufmerksamkeit. Fionn verdrängte die Gedanken an die Bilder. An einigen Schmalstellen war der Kanal gerade einmal etwa zwölf Meter breit. Dort musste sich Fionn mit einem entgegenkommenden Motorboot arrangieren. Jeder wollte dem anderen die Vorfahrt gewähren. Jeder wollte höflich warten. Letztendlich fuhr doch Fionn als erster durch die Passage und winkte freundlich den Menschen auf dem anderen Boot zu.

Bevor er die vorletzte Schleusentreppe innerhalb des Kanals bei Fort Augustus erreichte, legte Fionn nochmals an einem der Wartestege an. Er meldete sich beim Schleusenwächter an. Auf der gegenüberliegenden Seite der Schleusentreppe hatte gerade ein kleiner Lastkahn den Weg zum Oberwasser durch die Schleusen angetreten. Es gab in den Schleusen keinen Platz für den Gegenverkehr.

Wer den Caledonian Canal fuhr, musste Zeit haben. Fionn überschlug kurz die Zeit, die er weiterhin bis Inverness benötigen würde. Allein bis Inverness waren es noch über fünfzig Kilometer, davon auch wieder einige Kilometer durch den Kanal, der sich in die Stadt hineinzog. Er stellte fest, dass er unterwegs zu viel Zeit verloren hatte und er erst nach Einbruch der Dunkelheit die letzten Kanalkilometer fahren würde. Vielleicht würde es für die letzte Schleusentreppe in Inverness zu spät sein. Er würde es an diesem Tag nicht mehr schaffen.

Fionn telefonierte kurz mit Annie, um sich anzukündigen. Mittlerweile hatte er mit der Schleusentreppe begonnen und ließ sich Schritt um Schritt abwärts schleusen.

»Ich komme einen Tag später als geplant«, meldete sich Fionn am Telefon. Annie blieb einen Augenblick ruhig. »Sir Bram hatte angekündigt, dass du hinzugezogen wirst.«

»Ich werde morgen da sein und in Inverness festmachen.«

»Enya hatte heute Nachmittag angedeutet, dass du näher kommst. Sie wusste es irgendwie. Aber sie wusste nicht, wie nahe du bist.«

Fionn überraschte diese Nachricht nicht. Er dachte daran, dass er während der Ohnmacht Kontakt zu Enya hatte.

»Müssen wir ein Zimmer für dich buchen?«, wollte Annie wissen.

»Nicht notwendig. Ich komme mit meiner eigenen Suite durch den Kanal.«

»Hätte ich mir eigentlich denken können.«

Fionn bemerkte, dass Annie einige Worte mit Enya wechselte. Dann war Enya am Telefon: »Wo bist du jetzt?«

»Ich bin gerade in Augustus in den Schleusen ... ich muss aber nun Schluss machen. Die Schleuse benötigt meine Aufmerksamkeit. Ich melde mich morgen gegen Mittag, wenn ich in Inverness bin.«

Fionn beendete die Schleusenfahrt und konnte am Loch Ness View Point anlegen. Heute Abend würde er sich selbst versorgen und an Bord kochen. So schön die Fahrt durch den Kanal auch war, wenn man allein für das Boot und für sich selbst verantwortlich war, war die Fahrt auch anstrengend.

Der Tag war eben nicht erledigt, wenn das Boot wieder fest am Steg vertäut war. Dann wurde der Skipper zur Hausfrau und zum Büroangestellten. Er hatte Hunger. Zunächst erledigte er aber einiges an Papierkram. Er führte ein Logbuch auf der

Solstice. Penibel hielt er die Erlebnisse und Besonderheiten des Tages fest. Zum Glück gab es an diesem Tag nicht viel zu berichten. So beschränkte er sich darauf, seine Route festzuhalten.

,Was soll ich essen?', fragte er sich. Er schaute kurz durch die Pantry-Küche. Er hatte weder Zeit noch Lust, lange auf sein Essen zu warten. Letztendlich entschied er sich zum wiederholten Male, eine Dose Chunky Baked Beans in Tomato Sauce zu erwärmen. Er öffnete noch ein Glas Siedewürstchen und legte zwei mit in die Bohnen. Er würzte mit Pfeffer und Salz. Viel mehr hatte er auch nicht zum Würzen an Bord. Vielleicht noch Paprika. Irgendwo.

Wortlos aß er sein Essen.

Avoch

Erde

Avoch

Bereits zum zweiten Mal innerhalb weniger Tage traf sich eine kleine Gemeinde um Lady Elizabeth in der Avoch Parish Church. Zum zweiten Mal trug sie einen ihrer Söhne zu Grabe.

Doch es war eine ungewollt große Feier. Gleich zwei Gruppen wollten die Totenwache halten und den Sarg tragen. Dem Major William Clancy McLymondt of Millbuie and Findon stand ein Begräbnis mit allen militärischen Ehren zu. Immerhin verstarb er im Dienst. Eine Abordnung der Black Watch, dem 3rd Battalion des Royal Regiment of Scotland, marschierte in Paradeuniformen in Avoch auf. Weitere Soldaten aus dem Battalion kümmerten sich um logistische Aufgaben, wie die Verkehrsführung in dem kleinen Ort.

Die andere Gruppe, die den Sarg tragen wollte, waren die Familienoberhäupter des Clans McLymondt of Millbuie and Findon. Sie trugen zwar keine Paradeuniformen, aber traditionelle Kleidung mit Kilt in den Farben der Familie. Diese Gruppe wurde von Carl Colin angeführt. Zum Kilt trugen die Männer den Sporran, eine fellbezogene Tasche für all die Kleinigkeiten. Eine schwere Anstecknadel am losen Ende des Kilts verhinderte einerseits das Hochfliegen des Stoffs und zeigte andererseits das Wappen des Clans und den Wahlspruch. Ironischerweise zeigte das Wappen einen springenden Delfin. In den dicken Wollsocken steckten kleine Dolche, Sgian Dubh genannt. Die Männer trugen schwarze Jacketts mit Schwalbenschwanz und quadratischen Knöpfen. So gesehen war es doch eine Art Uniform, die die Sargträger gleichartig machte.

Das Battalion wollte zur Beerdigung Salut schießen. Den Soldaten mit ihren Salutschüssen stand ein einzelner Dudelsackspieler und Trommler gegenüber. Man einigte sich im Protokoll darauf, dass nach dem Salut der Dudelsackspieler übernehmen sollte. Er spielte "Amazing Grace" und "Going Home", während der Sarg in die Erde abgesenkt wurde. Es wurde still in der Trauergemeinde. Später, wenn die Trauergäste den Friedhof verlassen würden, würde er noch "Highland Cathedral", die neue, heimliche Hymne Schottlands, spielen. Ironischerweise stammte das Lied von zwei deutschen Komponisten: Ulrich Roever und Michael Korb.

Lady Elizabeth hielt sich wieder tapfer und stolz. Ganz so, wie der Clan sie kannte. Es war die Fassade, die der Clan von einem starken Anführer erwartete. Manche ahnten, wie es hinter dieser Fassade aussah. Wenige wussten es.

Annie traf bei der Beerdigung ihre Stiefmutter Helen Tempest wieder. Helen war eine Tochter von Lady Elizabeth. Schon lange lebte sie zurückgezogen irgendwo im Nordosten des Landes. Annie und Helen stützten Lady Elizabeth als die nächsten anwesenden Angehörigen, während Carl Colin sich um die Sargträger kümmerte.

Die kleine, verbliebene Gruppe um Sir Bram stand etwas abseits. Er gehörte nicht zur Familie. Neben ihm beobachteten Enya und George die Trauerfeier aus etwas Distanz. Direkt nach der Beisetzung verschwand Carl Colin wieder. Es fiel auf.

»Der dritte Sohn fehlt«, wandte sich Sir Bram flüsternd zu Enya.

»Dieser Carl Colin?«

»Habe ich auch schon bemerkt. Wir sollten uns mal darum kümmern. Wo ist er hin? Ohne Anstand. William ist keine fünf Minuten in der Erde. Verwerfungen in der Familie? Andere Gründe?«

Auch wenn der Moment unpassend war, nahm Sir Bram Lady Elizabeth beiseite. »Ich vermisse Ihren Sohn Carl Colin? Ich hätte da noch Fragen...«

Lady Elizabeths Gesicht verfinsterte sich. »Es gibt immer wieder Reibereien in der Familie. CC wollte gar nicht erst zur Beerdigung kommen. Aber ich habe ihn her zitiert.«

»Ich verstehe.« Sir Brams Gedanken schienen weiter zu wandern. »Er hätte sich doch hier in eine Dunstglocke mit eigenen Freunden zurückziehen können?«

»Freunde?«, antwortete Lady Elizabeth sarkastisch. »Jemand wie CC hat keine Freunde. Nur Menschen, die ihm nützlich sein könnten. ... also hier keine.«

Der alte Herr bedankte sich mit einem Kopfnicken und entschuldigte sich für die Störung. »Ich werde mich darum kümmern.« Er zog sich zu Enya und George zurück. Sir Bram winkte Annie zur kleinen Gruppe hinzu. Sir Bram gab den dreien kurz den Inhalt des Gesprächs weiter.

Enya zog ihre eigene Schlussfolgerung: »Dann liegt die Lösung der Prophezeiungen bei Carl Colin.«

»This *bampot*! [46]«

Die beiden Männer stimmten zu. Sir Bram wandte sich an seinen Diener: »George, siehe mal zu, was du dazu herausfinden kannst.«

---

[46] *Bampot: Einer der vielen ausdrücke für „Idiot"*

Loch Ness

Fionn setzte Segel. Über das etwa 37 Kilometer lange Loch Ness wollte er segeln, sofern seine Segel zwischen den steilen Bergrücken genügend Wind fangen konnten. Der See lag in einem riesigen Riss zwischen den Bergen. Der Legende nach musste ein Riese versucht haben, die Highlands von England wegzureißen. ‚Eigentlich war das eine gute Idee‘, dachte Fionn. ‚Später hatten Menschenhände die verbliebenen Landbrücken zum Caledonian Canal aufgebrochen. Vom Meer aus ist dann sicher das Ungeheuer von Loch Ness in diesen Kanal reingeschwommen. Manchmal frisst es Touristen. Lieber jedoch Engländer, die versuchten, über den Kanal in die Highlands zu kommen. Schotten hingegen sind unverdaulich.‘

Etwas pragmatischer denkende Menschen pflegten die Mystik, weil man damit gutes Geld verdienen konnte. Viele Touristen wollen über den See geschippert werden. Manch einer meinte, auch das Ungeheuer gesehen zu haben. In der Regel hatten diese Menschen wohl eher in das Antlitz ihrer Ehepartner geschaut.

Fionn würde nicht allzu viel kreuzen müssen. Er hatte weiterhin Westwind und konnte sich lange vom Wind treiben lassen. So war sein Plan.

Die Zeiten waren vorbei, als er auf dem See nach Nessie Ausschau hielt. Natürlich hatte er das Monster nie gesehen. Nur hatte er immer mal wieder andere Hindernisse, denen er ausweichen musste. Schlauchbootfahrer, Anglerkähne. Auch mal lebensmüde Schwimmer, die meinten, die anderthalb Kilometer Strecke zwischen den Ufern schwimmen zu können. ‚Für solche Idioten macht die Legende von Nessie Sinn. Verschollene Schwimmer sind vermutlich die bevorzugten Opfer von Nessie.‘ Beim Blick auf die Uhr musste Fionn feststellen, dass er viel Zeit für wenig Strecke benötigte.

Nach etwa zwei Stunden konnte er Backbord voraus die Ruine von Urquhart Castle erkennen. Er war früh an diesem Morgen losgesegelt. Fionn entschied, auf die Urquhart Bay zuzusteuern. Von Weitem erkannte er, dass der Parkplatz vor der Ruine voller Autos stand. Er hatte keine Lust, sich zwischen die Touristen zu zwängen. Er drehte ab und segelte vorbei.

Bis zum Nordostende des Sees waren es noch elf Kilometer, oder noch eine Stunde Fahrt. Bezeichnenderweise hieß der dortige kleine Ort Lochend. Etwas weiter östlich wies das Bona Lighthouse den Weg zur Einfahrt in den River Ness. Dort verlief der Kanal weiter.

Fionn holte die Segel ein und startete den Motor. Nach knapp einem Kilometer öffnete sich der River Ness fast übergangslos in einen kleinen See, Loch Dochfour. Der See war zu klein, um hier nochmals Segel zu setzen. Fionn hielt daher seinen Kurs mit Motorkraft bei. Er musste sich auf die Backbordseite orientieren. Am Ende des Sees teilte sich der alte Lauf des River Ness an den Dochgarroch Locks vom Verlauf des Caledonian Canals. Von nun an wurde die Solstice wieder vom Kanal geleitet.

Während der River Ness mitten durch Inverness führte, blieb der Verlauf des Kanals etwas weiter westlich. Langsam kam es wieder zu mehr Leben auf dem Wasser. Fionn ließ die Caley Marina links liegen. Irgendwie fühlte er sich hier zwischen den Hobby-Skippern nicht wohl. Stattdessen nahm er die letzten Schleusen. In der Seaport Marina, kurz vor der Ausfahrt in den Moray Firth, hatte er von unterwegs einen Liegeplatz für die kommenden Tage gemietet. Zugleich konnte er sich dort von der Kanaldurchfahrt abmelden.

Es blieb den Gästen nicht verborgen, dass es innerhalb des Clans rumorte. Und es gab genügend Anlass zur Diskussion, warum ausgerechnet im Clan McLymondt in so kurzer Zeit gleich zwei Personen aus der Erbfolge verstarben. Irgendeiner der älteren Gäste konnte sich sogar noch an das Drama vor vielen Jahrzehnten erinnern, dass nicht nur die beiden Söhne John Adam und William Clancy am Leuchtturm, oder am gegenüberliegenden Ufer des Moray Firth verstarben, sondern dass auch die erstgeborene Tochter hier auf tragische Art und Weise ums Leben kam.

Keiner der drei Todesfälle hatte eine natürliche Ursache. Auch diese Information machte schnell die Runde. Lady Elizabeth erntete viel Mitleid, ehrliches und geheucheltes. Der Clan begann wieder enger zusammenzustehen und bildete einen imaginären Schutzkreis um Lady Elizabeth. Ein schottischer Clan bestand aus Familien, die eng zusammenstanden und gemeinsame Wurzeln oder Abhängigkeiten hatten.

Eigentlich wollten die älteren Mitglieder des Clans diesen Schutzkreis auch um die beiden letzten lebenden Kinder ausdehnen. Im Falle von Helen Tempest, Annies Mutter, war das einfach. Sie lebte allein in der Nähe, nordöstlich von Inverness. Der Clan würde sich um Helen kümmern.

Annie wusste man auf Lewis and Harris wohl in guten Händen. Man erkannte, dass sie einerseits weit weg von diesem verwunschenen Leuchtturm wohnte und andererseits gut behütet war. Sollten die Freunde den Schutz nicht gewährleisten, würden sich die McLymondts an den Clan McLeod of Lewis wenden. Ein Schutz für Annie war sichergestellt.

Weiterhin wollte man Carl Colin ansprechen und sicherstellen, dass auch er unter dem Schutzschirm des Clans einen Platz finden würde. Man suchte ihn. CC war beim Leichenschmaus nirgendwo zu finden. Diese Tatsache sprach sich schnell herum. Man begann zu munkeln und erkannte, dass CC Nutznießer der Situation war. Niemand sprach es – mit Rücksicht auf Lady Elizabeth – offen aus.

∽ ∽ ∽

Newcastle-Upon-Tyne

Man konnte den Eindruck haben, dass Carl Colin umgezogen war. Direkt nach der Beerdigung war er losgefahren. Er konnte Lady Elizabeth nicht ins Gesicht schauen. Er wich aus. Immer häufiger übernachtete er im Club der Northumbria Connection und vermied seine Wohnungen in Glasgow und Inverness. Als ständiger Bewohner war ansonsten Edward, der Glatzkopf, anwesend. Er war Geschäftsführer des Clubs.

»Edward, was soll das?« CC war außer sich vor Zorn. »Wie soll ich die Aufgabe erfüllen, wenn ihr immer mehr Spuren legt?«

Edward lehnte sich zurück. »So sind die Regeln.«

»Welche Regeln? Ich dachte ... Blut für Blut ... und das war's.«

»Du kennst nicht alle Regeln des Spiels.«

»Es ist kein Spiel. Es geht um Geld und Macht. Ihr helft mir, an den Familienbesitz zu kommen und ich zahle meinen Beitrag an die Connection. Das war der Deal.«

»Das ist der Teil, den du kennst.« Edward blieb cool, wie ein Schiedsrichter, der das Fußballspiel im Griff hatte. Carl Colin sah in den Bildern aber versteckte Fouls, die er nun lautstark reklamierte. Aber dieses Spiel kannte keinen Freistoß. Es lief einfach weiter.

»Für uns ist es auch ein Spiel. Du stehst in der Manege. Wir sitzen im Publikum und beobachten deine Bemühungen. Im

Colosseum und du kämpfst. Wir, oder eher Henriette, bestimmt, wann welche Bestie zusätzlich in die Manege kommt. Manchmal klatschen wir Beifall. Manchmal.«

CCs Wut steigerte sich immer weiter. Seine Adern schwollen an. »Henriette!«, schrie er. »Immer nur Henriette! Das ist nicht das alte Rom. Ich bin kein Gladiator!«

»Doch. Das bist du. Du kämpfst – wie Spartacus – um deine Freiheit aus der Sklaverei. Na ja. Nicht wirklich Spartacus. Das war immerhin ein Held. Dein Leben liegt in der Gnade des Cäsaren. Der Cäsarin! Sie bestimmt, wer auf die Tribüne der Manege darf.« Edward hielt inne. »Sie bestimmt, ob der Daumen nach oben oder nach unten geneigt wird. Und sie bestimmt, wer in der Manege bleiben wird.«

Der Glatzkopf schaute CC durchdringend an. CC konnte den stahlblauen Augen nicht entfliehen. »Die vier Bilder zeigen die Aufgaben. Und wenn alle Bilder abgearbeitet wurden, stehst du an der Spitze dieses Clans der McDingsbums.«

»McLymondt of Millbuie and Findon!«

Edward hob seine Stimme: »Sag ich doch. McDingsbums!«

»Scheiß Engländer«, raunzte Carl Colin.

Edward überhörte geflissentlich die Bemerkung. »Das ist das vereinbarte Ziel unseres Vertrags. Mit dem vierten Bild wirst du der Clan Chief. Wir haben das Bild so deponiert, dass du es finden wirst. ... und falls du gut bist, sitzt du bald auch oben auf der Tribüne und darfst den Spielen deiner Nachfolger unten im Sand zuschauen. ... Dies ist unser Spiel.«

»Dreh dich«, forderte Annie Enya auf.

»Schneller! Lass die Haare fliegen!«

»Das Tuch! Verhülle dich!«

Enya folgte den Anweisungen. Sie tanzte vor dem großen Portal der Burg von Inverness und ließ die langen lockigen Haare fliegen. Der große hellblaue Seidenschal flatterte im Wind.

»*Poor dead brilliant*[47]«, lobte Annie. Sie wechselte die Perspektive und fotografierte Enya, wie sie an der Fassade entlanglief. Der River Ness floss ruhig im Hintergrund und gab einen interessanten Rahmen, der sich später in der Unschärfe auf den Bildern verlor.

»*Really berry!*[48]«

Enya freute sich über das Lob, auch wenn sie es nicht wirklich verstand. Aber es klang positiv. Es war ein warmer, sonniger Nachmittag. Obwohl die beiden Frauen mit dem Auto in die Innenstadt gefahren waren, hatten sie bereits eine Flasche Prosecco am Ufer des Ness getrunken, bevor sie auf die Anhöhe mit der Burg gelaufen waren. Die Stimmung war entspannt, beschwingt. Annie verdrängte die Trauer in der Familie, der sie doch irgendwie so weit entfernt war. Enya verdrängte die Sorgen, die mit der Leitung des Hexencovens einhergingen; die Last, weitere Todesfälle verhindern zu wollen.

»Jetzt bist du dran«, kommandierte Enya. »Wir drehen den Spieß um.«

---

[47] *Außergewöhnlich gut*
[48] *Wunderbar*

»*This was tidy*[49]«, schloss Annie ab und atmete einmal kräftig durch. »Ok. Ok. Wenn es sein muss, dann bin ich jetzt dran.«

Annie zierte sich gespielt. Die Frauen wechselten die Seiten. Ohne Prosecco hätte sie sich jetzt nicht vor die Kamera getraut. Enya legte ihr Tuch am Picknickkorb ab, aus dem noch eine weitere ungeöffnete Flasche Prosecco vorwitzig herausschaute.

Moira lag auf der Picknickdecke neben dem Korb und schaute den Frauen distanziert zu. »Die spielen«, erkannte sie.

Enya spielte geschickt den Profifotografen. Sie hatte sich einiges abgeschaut, als sie früher noch hobbymäßig viel vor der Kamera stand. Sie kommandierte Annie vor das weißlackierte Burgtor. Annie musste sich nun in dem Torbogen räkeln und strecken, setzen und stellen, anlehnen, beugen und springen.

»Das gibt Muskelkater«, nörgelte Annie.

»Mir hat mal ein Fotograf gesagt, ein Model hat sich nicht genug angestrengt, wenn es nach einem Shooting keinen Muskelkater hat«, entgegnete Enya. »Also nun streng dich endlich mal an! Gib mir alles! Zeig mir ... Muskelkater!«

Annie kicherte. Ernst konnte sie das Posen sowieso nicht nehmen. Der Prosecco zeigte Wirkung. Ungeachtet anderer Besucher kommandierte Enya Annie an die Ecke der Burg. Nun lehnte Annie an dem beigebraunen Gemäuer. Wieder sah man den River Ness unterhalb des Burghügels, während Annie verschiedene Posings probierte. Enya schaute sich kurz um und forderte Annie auf: »Öffne deine Bluse!«

Annie kicherte. »*I'm keepin' the heid.*[50]«

»Nun mach schon! Alle Knöpfe!«

Nach und nach folgte Annie mit gespielter Scham den Anweisungen.

---

[49] *Wunderbar. „Aufgeräumt"*

[50] *Ich werde mich schlecht benehmen*

»Zieh die Bluse aus der Hose! Greif den Saum! Spiele mit der Bluse!«

Annie tanzte. »Wie beim *Ceilidh*[51].«

»Hast du beim Ceilidh die Bluse offen«, entgegnete Enya lachend.

Annie vergaß die anderen Touristen, die allerdings auch weiter weg waren und ihren auberginefarbenen BH nicht sehen konnten. Eine Polizeistreife stand gelangweilt an einem Monument an der Auffahrt der Burg. Anfangs schauten die Beamten noch neugierig. Als sie aber realisierten, dass nicht zu viel Haut zu sehen war, wendeten sie sich wieder gelangweilt ab. Sie verpassten das Beste. Enya forderte Annie auf, mehr zu zeigen. »Weg mit dem BH!«

Annie musste schlucken. Dann fing sie an, an den Trägern herumzufingern und versuchte, den BH unter der Bluse auszuziehen. Es gelang ihr nicht, die Träger über die Arme zu streifen.

»Dann muss die Bluse eben auch weg«, stellte Enya neckend fest.

Wieder zierte sich Annie gespielt. Sie wendete sich ab und zog die Bluse schnell aus. Sie ließ den BH von den Schultern gleiten und die schweren Brüste erfreuten sich der neuen Freiheit. Die Brustwarzen verhärteten sich umgehend im feuchten Wind. Annie wollte die Bluse schnell wieder anziehen.

Mit einem resoluten »Nein! Erst umdrehen!« unterband Enya Annies Bestreben. Annie drehte sich zu Enya. Mit dem Rücken zur Burg, so dass die Brüste die Freiheit des schottischen Hochlandes genießen konnten. Enya schoss eine Menge Fotos in die Bewegung hinein. Das viele Bilder davon später unscharf sein würden, war ihr egal.

---

[51] *Tanzaband*

Nach wenigen Minuten war die Show auch schon wieder vorbei. Annie zog die Bluse wieder an, kam auf Enya Schritt für Schritt zu und schloss dabei Knopf um Knopf.

»Genug«, meinte Annie. Nun bist du aber auch nochmal dran. »Hast du denn auch den gleichen Mut.«

»Mit Prosecco immer. ... Mit mehr Prosecco auch mehr Mut.«

Die Frauen tauschten erneut die Rollen.

Enya lief ein paar Meter den Berghang hinab. Mit der Burg im Rücken konnte Annie auf Enya und das Uferpanorama von Inverness hinunterfotografieren.

»Nun will ich Titten sehen. Du hast es versprochen!«

Enya trug lediglich ein Trägertop. Zunächst wollte sie die Träger abstreifen und das Top runterziehen. Dann lief sie zurück nach oben. Es waren nur wenige Schritte.

»Stopp! Stopp!«, kommandierte Annie. »Erst die Titten.«

Enya nahm ihr abgelegtes Seidentuch vom Picknickkorb. Dann fiel das Top und sie legte sich das Tuch um. Sie spielte mit dem fließenden Stoff. Manchmal schauten ihre kleinen Brüste vorwitzig zwischen dem Stoff hervor. Manchmal ahnte man die Knospen durch den Stoff hindurch.

Annie hörte es zuerst. »Dein Handy klingelt.« Sie hörte mit dem Fotografieren auf. Moira begann zu bellen. Das Handy klingelte direkt neben ihr aus dem Picknickkorb heraus.

Nun war Enya aufmerksam und realisierte das Klingeln. Sie lief schnell mit nacktem Oberkörper und nur vom Tuch bedeckt zum Korb. Sie nahm das Handy auf.

Fionn rief an. »Ich bin nun in Inverness eingelaufen«, meldete er sich.

Zuerst war Enya sprachlos. »Wir auch. Wir stehen mit nackten Brüsten am Castle.«

»Ihr spinnt doch!«

»Aber immer. Und wo bist du konkret?«

»Seaport Marina. Ich gebe Dir die Adresse. Die Solstice liegt am vorletzten Steg vor den Seeschleusen. Du wirst mich schon finden.«

Enya musste die Nachricht sofort Annie weitergeben. Sie gab Annie die Position der Solstice weiter. Annie gab die Adresse in ihr Handy ein.

»Dreißig Minuten zu Fuß, oder wir laufen fünfzehn Minuten zurück zum Auto und fahren zehn Minuten unter Prosecco-Einfluss rüber.«

»Wir laufen«, entschied Enya und Annie nickte.

»Wir sind in einer halben Stunde bei dir«, informierte Enya Fionn.

Die beiden Frauen packten ihre verstreut liegenden Sachen in den Picknickkorb. Enya sammelte ihr Top auf und zog sich wieder an. Dann liefen die Frauen nach den Anweisungen der sterilen Frauenstimme des Handys los.

Inverness

Enya und Annie kamen mit einem Picknickkorb und der Kameratasche zur Solstice. Fionn kam aus dem Boot nach oben, als er Moiras helles Bellen vernahm. Er lächelte. »Das Boot ist klar«, rief er den Frauen entgegen.

Mittlerweile wusste Enya, wie man am besten aufs Boot kommt, ohne nasse Füße zu bekommen. Sie reichte den Korb Fionn rüber, dann die Kamera.

»Und? Hast du die Welt fotografiert?«, fragte Fionn.

»Falls Annies Titten die Welt bedeuten, ... dann ja.«

»Sagtest du nicht, dass du entblößt am Castle stehst, nicht Annie?«

»Geheimnis unter Frauen«, lachte Annie.

»Ich platze vor Neugier«, quengelte Fionn.

»Nun. Wenn du lieb zu uns bist, zeigen wir dir die Bilder«, neckte Enya den Segler. »... nur wenn du dich benimmst. Oder besser ... wenn du dich nicht benimmst.«

Enya zwinkerte Fionn zu. Annie lachte laut auf. Fionn errötete.

»Du wirst ja rot«, lachte Enya. »Ich glaube es nicht.«

»Nun ja. Ich bin eben Mann«, sollte irgendeine Art von Entschuldigung darstellen.

»Lass mich aber erst noch eine weitere Runde mit Moira laufen. Sie quengelt. Sie hat ihre Geschäfte noch nicht erledigt.«

Fionn nickte.

Annie und Fionn blieben zurück.

»Sag mal Annie, wie geht es Enya?«

Annie dachte kurz nach. »Puggled[52]. Sie steht unter einer deutlichen Last. Ich weiß nicht, wie lange sie die noch tragen kann.«

»Geht es um die Prophezeiungen in den Bildern?«

»Ja. Sie hat es sich in den Kopf gesetzt, weiteres Unglück zu verhindern. Vermutlich brauchen wir dafür Liath.«

»Ich verstehe nicht, warum sie das Wissen nicht selbst hat«, grübelte Fionn. »Sie hat doch das Buch schreiben lassen. Sie hat das Wissen beigesteuert. Und nun weiß sie nicht mehr, was im Buch steht?«

»Das ist einfach«, entgegnete Annie. »Sie hat das Wissen am Steinkreis von den Elementen aufgesogen. Es bedarf dazu aller

---

[52] *Ausgelaugt*

geheimen Sinne. Es war eine Art Trance. Sie konnte aus der Trance heraus das Wissen wiedergeben. Zu diesem Zeitpunkt konnte sie nicht schreiben. Das erledigte Raphael. Ich habe manchmal beim Gälischen helfen müssen. Nach den Phasen der Trance konnte sie sich an nichts mehr erinnern. Sie fungierte als Medium für das eigene Wissen.«

»Kompliziert, aber das erklärt natürlich, warum Enya den Inhalt des Buchs nur teilweise kennt.«

»Man kann Liath nicht einfach so wie jedes andere Buch lesen. Liath bestimmt, was es wem wann zeigt und was nicht.«

»Schwierig«, erkannte Fionn nachdenklich. »Wo ist das Buch nun?«

»Enya hat es mitgebracht. Es ist im Ormond House.«

Annie vernahm Schritte auf dem Steg. Sekunden später tauchte Moira, gefolgt von Enya, wieder auf.

»Alles in Ordnung?«, fragte Fionn.

Enya nickte müde. »Ich möchte heute nicht zum Ormond House zurück. Können wir hierbleiben?«

»Natürlich könnt ihr die zweite Kajüte auf dem Boot beziehen.«

Obwohl die Solstice ein Boot der 60-Fuß-Klasse war und fast 17 Meter Länge hatte, wies es nur zwei Kajüten auf. Beide waren geräumig und bequem ausgestattet. Das Boot war für vier Personen eingerichtet, auch wenn es Platz für mehr Gäste gegeben hätte.

Annie meinte: »George kann uns das Gepäck aus Ormond House bringen.«

»Ich bin nicht begeistert, wenn George meine Klamotten und all die neuen Dessous packen soll.«

»Stimmt auch wieder«, erkannte Annie.

»Morgen fahrt ihr zu Lady Elizabeth und holt eure Sachen und meldet euch höflich ab«, erwiderte Fionn.

Wasser

Glasgow

George brauchte nicht lange, um die wichtigsten Informationen zu Carl Colin herauszufinden. Lady Elizabeth hatte ihm die Adresse in Inverness gegeben, ebenso die einer Geschäftswohnung in Glasgow. Ormond House konnte George schnell von der Liste streichen, da Lady Elizabeth meinte, CC hätte dort schon lange nicht mehr übernachtet. Auch in Inverness war er nicht anzutreffen. Es blieb nur noch die Adresse in Glasgow.

Um nach Glasgow zu kommen, benötigte George dreieinhalb Stunden. Er musste am Cairngorms National Park vorbei, wo zahlreiche Touristen unterwegs waren. Die Fahrt gestaltete sich nervenaufreibend, da er oft hinter Wohnmobilen feststeckte, die von überforderten Fahrern gesteuert wurden. Baustellen erschwerten die Situation zusätzlich. Erst ab Perth wurden die Straßen wieder breiter, und George konnte entspannter fahren. Er kam über den Motorway 80 zügiger voran bis in die Innenstadt von Glasgow.

In der City stellte George fest, dass die angegebene Adresse zu einem noblen Penthouse in der Nähe der Royal Bank of Scotland gehörte. George wusste mittlerweile, dass Carl Colin einen Posten im mittleren Management der Bank innehatte und auf dem Sprung zur Beförderung in den Vorstand stand.

George parkte auf der West Nile Street und lief die wenigen Meter zur Saint Vincent Street. Er ließ seinen Blick über die Namenschilder auf den Klingeln der angegebenen Adresse streifen. Den Namen Carl Colin McLymondt oder eine entsprechende Variante fand er nicht. Ganz oben stand allerdings "McL". George lächelte kurz und drückte den Knopf kräftig. Es gab keine Resonanz. Vermutlich war Carl Colin nicht zu Hause. Umso besser, dachte George. Rein komme ich auf jeden Fall.

Er wählte einen indisch klingenden Namen aus der Mitte der Reihe. »Paketservice«, stellte er sich nuschelnd vor. Eine kaum verständliche asiatische Antwort folgte, doch der Türöffner summte. George verschwand im Treppenhaus.

Da der Name McL ganz oben auf den Klingeln stand, vermutete George, dass er bis zum Penthouse fahren musste. Der Aufzug fuhr nur bis zum darunterliegenden Geschoss. George verließ den Aufzug und suchte das Treppenhaus, um zum Penthouse zu gelangen. Aber auch dieses hörte im vorletzten Geschoss auf. »Dann muss es aber eine Feuertreppe geben«, kombinierte George.

Am Ende des Flurs fand George den Zugang zu einem schmalen Treppenhaus. Sekunden später stand er vor dem Penthouse. Nach einem schnellen Blick auf das Türschloss wählte er einen passenden Dietrich. Die Tür leistete wenig Widerstand. George schaute nach einer Alarmanlage, konnte aber keine erkennen. ‚CC muss sich hier sehr sicher fühlen', dachte er.

Er räusperte sich kurz und rief »House Service« in die Stille hinein. Es erfolgte keine Antwort. George schaute auf seine Uhr. Es war später Vormittag, und er vermutete, dass CC am Arbeitsplatz in der Bank war. Das Penthouse war aufgeräumt, fast steril. CC musste seine Reinigungskraft gut bezahlen. George fand keinen Staub, keine unsauberen Ecken oder herumstehendes Geschirr. Schnell lief er durch die Räume, um sich einen Überblick zu verschaffen. Die Wohnung wirkte wie die eines alleinlebenden Junggesellen.

Im Ankleidezimmer fand George wenig Freizeitkleidung. Die übliche Ansammlung persönlicher Gegenstände, wie Bilder, überflüssige Geschenke vermeintlicher Freunde oder Liebhaber, Trophäen oder Bücher, vermisste George ebenfalls. Das Bad würde ihm mehr Informationen liefern. Auf dem Waschbecken stand eine einzige Zahnbürste und ein Stück Seife. Keine

Flüssigseife, was für einen traditionellen Lebensstil sprach. Ein zweites Waschbecken schien unbenutzt. George öffnete den Spiegelschrank und fand nur die persönlichen Pflegeprodukte von CC.

»Keine Hobbies? Überhaupt nichts?«, grummelte George. Er verstand es noch nicht. Das offensichtliche Hobby Geld und Macht drängte sich langsam auf. Er war sich sicher, dass CC alles dem Streben nach Macht unterordnete. Im Arbeitszimmer gab es einen minimalistisch eingerichteten Schreibtisch. George suchte nach Kalendern, Notizbüchern oder sonstigen Hinweisen auf CCs Aktivitäten. Nichts davon fand er. Er schaltete den Computer an, aber ohne das Passwort blieb er draußen.

Als er sich umwand und das Zimmer verlassen wollte, stockte er. Neben der Tür hing ein Bild mit einem Leuchtturm. George ging näher heran. »Das fehlende Bild?«, fragte er sich. Es sah bewusst abgestellt aus, nicht aufgehängt. Entweder wollte jemand, dass das Bild gefunden wurde, oder CC hatte es erworben, aber noch keinen Platz an der Wand gefunden. Letzteren Gedanken verwarf George schnell. CC war viel zu aufgeräumt, um sich spontan ein Bild zu kaufen, ohne einen Platz dafür zu haben.

George zückte sein Handy und fotografierte das gesamte Bild und anschließend die verschiedenen Szenen. Dann lief er nochmals durch das Penthouse und fotografierte alle Räumlichkeiten. Gleichzeitig schaute er nochmals nach Drogen. Er fand keine Anzeichen von Kokain, Speed oder sonstigen Drogen. »Nicht einmal eine Flasche Alkohol!«

Nachdem George sicher war, alles Wichtige dokumentiert zu haben, verließ er das Penthouse so diskret, wie er es betreten hatte.

∽ ∾ ∽

Kaum war George fertig, hörte er, wie der Aufzug bis zum Penthouse fuhr. Schnell versuchte er, ein Versteck in dem klinisch reinen Penthouse zu finden. Gedanklich ging er in Sekundenschnelle alle möglichen Zimmer durch, aber kein Raum schien ihm geeignet.

Mittlerweile hörte er Geräusche an der Tür. Er kombinierte, dass es Schlüssel im Schloss sein mussten. Also entschied sich George, nach draußen zu flüchten. Er öffnete die Tür zum üppig großen Dachgarten, schlüpfte hinaus und zog die Tür hinter sich zu. Er achtete darauf, dass die Balkontür nicht verriegelte. Später würde er wieder in das Penthouse eindringen, um das Haus verlassen zu können.

George blieb schräg hinter der Tür stehen. Er sah, wie eine Frau, vielleicht Mitte vierzig und schwer bepackt mit Tüten, das Apartment betrat. Sie schimpfte laut in einer osteuropäisch klingenden Sprache und räumte die Inhalte der Tüten in den Kühlschrank.

‚CC wird wohl bald wieder das Penthouse nutzen', kombinierte George. ‚Die Vorräte werden aufgefüllt.' Er drückte sich an die Hauswand und fotografierte um die Ecke in das Apartment. Ein, zwei Bilder mit dem Inhalt des Kühlschranks sollten für eine spätere Beurteilung reichen. George wählte die letzten gut zwei Dutzend Bilder von seinem Handy und sendete sie an Enya und Sir Bram. Beide bekamen einen Eindruck vom Penthouse und vom Hunter-Bild mit seinen Details.

George kommentierte seine Nachricht:

"Ich glaube, ich habe das fehlende Bild gefunden."

Je mehr George von dem Penthouse gesehen hatte, desto weniger wusste er über Carl Colin McLymondt. ‚Wer ist dieser Mann ohne Eigenschaften? Wie gefährlich ist er? Wie weit würde er für seine Ziele gehen?' George sah, wie die Haushälterin begann, überflüssigerweise Staub zu wischen und dabei lauthals und schief irgendeinen osteuropäischen Schlager zu singen. Sie schien mit ihrer Reinigung systematisch vorzugehen und arbeitete sich entlang der Wände vorwärts. Sie kam zur Balkontür. Die Haushälterin sah, dass die Tür nicht verriegelt war. Sie begann wieder in der ihm unbekannten Sprache zu fluchen.

Unterdessen drückte sich George hinter den Strandkorb, der wohl lediglich als Dekorationsobjekt auf den Dachgarten gestellt worden war. Die Haushälterin öffnete die Tür und warf einen Blick auf die offene Fläche. George machte sich so klein wie möglich. Er atmete langsam und tief aus. ‚Habe ich eine Ausrede, falls ich entdeckt werde?‘ fragte er sich schnell. ‚House Service zieht wohl nicht, wenn ich mich hier versteckt halte.‘ Er ärgerte sich, dass ihn die Situation unvorbereitet traf. Er musste sich nächstes Mal besser vorbereiten. ‚Nächstes Mal? besser nicht.‘

Die Frau zog sich wieder in das Penthouse zurück. Mit einem lauten »basta« schloss sie die Tür geräuschvoll und verriegelte sie.

George schaute sich um. ‚So haben wir nicht gewettet. Nun sitze ich über den Dächern von Glasgow und kann mir überlegen, wie ich wieder runterkomme.‘ Er ärgerte sich maßlos. Er warf einen Blick über das Geländer und zählte die Stockwerke. Es ging fünf Etagen nach unten. Dies war keine Option. ‚Selbst wenn ich versuche, an der Regenrinne runterzuklettern, würde sicher halb Glasgow neugierig zusammenkommen.‘ In das Penthouse kam er auch nicht so einfach. Nicht nur die Tür war verschlossen, sondern auch die beiden benachbarten Fenster. ‚Notfalls muss ich mit Gewalt einbrechen, wenn die singende Putzfrau weg ist.‘ Er lief an der Hauswand hin und her und achtete darauf, dass er nicht von innen gesehen werden konnte. ‚Es muss sicher komisch aussehen, wenn ich hier oben einbreche. Fünftes ... nein sechstes Geschoss und dann ohne Leiter. Ein Hubschrauber wäre eine Option. Eine Rettungsaktion über den Dächern der Stadt.' George schüttelte den Kopf. ‚Zu dem Stunt könnte ich gleich die Presse mit einladen.'

Er spielte mit dem Handy in der Hand. ‚Soll ich die Feuerwehr rufen?' George verwarf auch diesen Gedanken. ‚Wenn ich nicht nach unten kann, geht es vielleicht nach oben aufs Dach weiter?' George schob den Strandkorb als provisorische Leiter an die Wand. Ansonsten hätte er das Dach des Penthouses nicht erreichen können. Nach wenigen Sekunden stand er auf dem Dach. Er schaute sich um. Es gab keine Fluchttüren.

»Scheiße!«, entfuhr es ihm. »Sieht nach Sackgasse aus.« Er lief einmal an der Kante um das Flachdach. Auf der Gebäuderückseite sah er die obligatorische Nottreppe. Diese führte bis auf Penthouse-Höhe, aber nicht weiter zum Dach. George wagte nach kurzem Zögern den Sprung auf den oberen Absatz der Treppe.

Mit einem lauten Scheppern landete er auf dem Gitterblech der Treppe. Diese schwang unter der plötzlichen Belastung kurz hin und her, bevor sie sich wieder beruhigte. Die Aktion blieb nicht unbemerkt. Aus dem Penthouse heraus sah die Haushälterin den Schatten auf der Treppe behände nach unten sprinten. Sie lief zum Fenster. Sie konnte George nur noch von hinten sehen. Für eine Personenbeschreibung würde es nicht reichen.

Auf Höhe der zweiten Etage hörte die Treppe auf. Um ganz nach unten zu gelangen, musste George eine Schiebeleiter ausfahren, welche zum Schutz gegen Einbrecher auf dieser Etage verriegelt war. Auch diese Hürde war schnell genommen. George hatte sich selten so sehr darüber gefreut, sich in einem Hinterhof wiederzufinden. Schnell verschwand er über den Hof auf die angrenzende Straße. »Geschafft!«

Ormond House

Als das Handy klingelte saßen Enya und Annie auf einer Parkbank am Hafen, während Fionn auf dem Boot arbeitete. Schnell waren Georges Bilder zu erkennen. Enya unterdrückte einen kurzen Schrei. »Das fehlende Hunter-Bild!«

Annie riss Enya fast das Handy aus der Hand. »Mit Leuchtturm«, stellte sie als Fachfrau für das Erkennen von Leuchttürmen fest.

»George hat es gefunden. Warten wir auf seine Details. Noch hat er nichts dazu geschrieben.«

»Er ist doch bei Carl Colin in Glasgow«, wusste Annie.

»Mehr wissen wir aber noch nicht.«

Die beiden Frauen analysierten die Fotos des Hunter-Bildes. Die Fotos zeigten eine große Gesellschaft. Männer spielten Dudelsack am Wasser. Junge Frauen tanzten den traditionellen Steptanz Strathspey, den Reel oder vielleicht den Highland Fling zur Musik der Dudelsäcke. Viele Menschen waren zu sehen. Alle schienen fröhlich zu sein.

»Ein Fest«, dachte Enya.

»Ein großes Fest«, bestätigte Annie. »Ein Ceilidh[53], eine schottische Tanzveranstaltung. Aber da am Wasser gibt es doch keine solchen Feiern.«

»Im Hintergrund schickte der Leuchtturm sein Licht in den Himmel. Es muss also dort sein.«

Enya leitete die Bilder an Sir Bram weiter. Zwischenzeitlich hatte er die Bilder aber auch schon von George erhalten, was Enya zu diesem Zeitpunkt nicht wusste. Fast zeitgleich rief Sir Bram Enya an. »Wir müssen versuchen herauszufinden, was

---

[53] *Traditionelle Tanzveranstaltung*

wir sehen«, gab Sir Bram vor. »Wir sehen, aber wir müssen erkennen.«

Moira, die sich an ihren Füßen niedergelassen hatte, beobachtete die Möwen, während die beiden Frauen versuchten, die Bedeutung des Bildes zu entschlüsseln.

»Schau dir die Kleider der Menschen an«, bemerkte Enya. »Sie sind altmodisch, wie aus einer früheren Epoche. Vielleicht ist das Fest eine historische Darstellung?«

»Natürlich. Das Bild ist ja schon alt.«

»Stimmt. Ich vergaß.«

»Es könnte ein Hinweis auf ein bestimmtes Ereignis sein. Aber was?«, kombinierte Annie.

Enya zoomte auf ihrem Handy in das Bild hinein. »Siehst du das dort? Am Rand des Bildes?«

Annie beugte sich näher. »Das sieht aus wie … ein Schatten? Oder eine Person, die sich versteckt?«

»Genau«, bestätigte Enya. »Vielleicht ist das ein Hinweis auf jemanden, der im Hintergrund die Fäden zieht. Eine unsichtbare Hand, die das Geschehen lenkt.«

Annie schaute skeptisch. »Das klingt sehr mysteriös. Aber was bedeutet es für uns?«

Enya zuckte mit den Schultern. »Ich weiß es nicht. Aber ich denke, wir sollten diesen Schatten genauer untersuchen. Vielleicht gibt es in den Aufzeichnungen oder in der Geschichte des Clans Hinweise darauf.«

Annie seufzte. »Das bedeutet wohl, dass wir wieder ins Archiv müssen.«

»Ja«, stimmte Enya zu. »Und wir sollten auch Sir Bram und George über unsere Entdeckung informieren. Vielleicht können sie uns helfen, mehr über das Fest und diesen Schatten herauszufinden.«

Enya zeigte Fionn die Bilder auf ihrem Handy. Fionn versuchte, die Bilder zu vergrößern, doch die Bildqualität litt darunter erheblich. »So hat das keinen Zweck«, grummelte er.

Fionn forderte von George nochmals die Originalfotos an. Kurz danach saß er an seinem Computer auf der Solstice und ließ die Bildbearbeitungssoftware die Fotos zu einem vollständigen, detailreichen Bild kombinieren.

Die beiden Frauen schauten Fionn über die Schulter.

»Kannst du das auch mit unseren Shootingfotos?«, fragte Annie.

»Jetzt lenk' bitte nicht ab«, entgegnete Enya. »Wir brauchen erst das Hunter-Bild.«

Fionn arbeitete konzentriert, obwohl die Software die eigentliche Arbeit leistete. Nach und nach wurden die Details schärfer. Letztendlich konnte man fast jeden Strich erkennen, so als würde man vor dem Original stehen.

»Das Bild ist das richtige«, erkannte Enya.

»Woher weißt du das?«, wollte Fionn wissen. »Es hat doch noch keiner von uns gesehen.«

»Dem Bild fehlt Grün«, erläuterte Enya. »Und ich habe es bereits vorher mal auf einer Postkarte gesehen ... und diese gekauft.«

»Gleich dreimal«, korrigierte Annie.

»Es hat aber Grün. Es ist sogar viel Grün in den Gräsern zwischen den Dünen zu sehen«, wollte Fionn richtigstellen.

»Schau genau hin!«, forderte Enya auf.

Anstatt selbst zu schauen, bewegte Fionn mit der Maus eine Farbpipette über den Monitor und ließ die Farbwerte der einzelnen Pixel auslesen. Er runzelte die Stirn. »Mehr oder weniger Gelb. Mehr oder weniger ...«

»Blau!«, ergänzte Annie stolz, die mittlerweile ein wenig über die Farblehre und die Colourists gelernt hatte.

Fionn schaute Annie an. »Genauso ist es.«

»Alle Bilder haben kein Grün. Scheinbar war das eine Bedingung für den Wettbewerb«, erklärte Enya.

Fionn lehnte sich zurück. Für eine kurze Zeit blieb es still im Salon der Solstice. Moira schnaufte tief im Schlaf. Enya musste lächeln. »Sie träumt.«

»Und wir müssen das Bild interpretieren. Was sehen wir eigentlich?«

»Ein großes Fest.«

»Tänzer und Musik. Ceilidh?«

»Tartan am Meer, ... den Leuchtturm ... Licht.«

»Ich kenne mich hier nicht aus. Welche Feste werden hier am Leuchtturm gefeiert?« Annie gestand ein, hier nicht weiterzukommen.

Fionn hatte die Veranstaltungsseite des schottischen Touristikbüros offen. Er tippte als Suchkriterium Chanonry Point ein. Die Internetseite baute sich sofort neu auf. Keine Veranstaltungen, zeigte der Bildschirm an.

Nach und nach gab Fionn die Namen der umliegenden Orte ein. Fortrose – Fehlanzeige. Rosemarkie – ebenfalls ohne Treffer.

»Dann nimm *Invershnecky*[54]«, schlug Annie vor.

»Inverness ... viel mehr Treffer, als wir bearbeiten können.«

»Alles Mögliche. Überall Musik. Überall Tanz. Aber eben nicht am Leuchtturm.«

---

[54] *Kosename für Inverness*

»Und nun?« Fionn ging die Liste durch und glich die Ortsangaben mit einer Google-Maps-Karte ab. »Alles in der Stadt.«

»Ich frag mal bei ... meiner Oma ... nach.« Annie wollte direkt zum Telefon greifen.

»Stopp! Stopp! Mach nicht die Pferde scheu, bevor wir Konkretes wissen.«

»Pferde scheu?«, wiederholte Annie fragend. »Was soll das heißen?«

»Mach die Leute nicht unnötig nervös«, übersetzte Fionn. »Frag erst einmal Sir Bram, welche Informationen wir nach außen geben können.«

Nachglühen

CC lief nachdenklich durch das Raucherzimmer der Northumbria Connection. Er hatte keine Idee, was dieser Mann in seinem Penthouse suchte, während er hier, 250 Kilometer entfernt, den Live Stream auf seinem Handy sah. Carl Colin schaute sich zornig und nachdenklich zugleich die verschiedenen Perspektiven der Überwachungsanlage aus seinem Penthouse in Glasgow an. Zuerst dachte er, die Aufzeichnungen würden die Arbeit der Haushälterin in seinem Apartment zeigen. Aber sie wäre dann eine halbe Stunde zu früh dran gewesen. Daher ließ CC die Aufzeichnung einige Sekunden weiterlaufen und sah stattdessen einen Mann, etwa fünfzig Jahre alt, in sein Penthouse eindringen. Der Mann war ihm unbekannt. Er bewegte sich scheinbar ohne konkretes Ziel durch sein Apartment. »House Service«, grummelte CC. »Das ich nicht lache! Der Hausmeister sieht anders aus.«

»Polizei wird es wohl kaum gewesen sein. Wer ist das?« Edward hatte Carl Colins fragenden Blicke gesehen. Er schaute ebenso neugierig über CCs Schulter auf das Handydisplay.

»Dein Apartment?«, fragte Edward.

»Mein Penthouse in Glasgow.«

»Gestohlen hat er nichts«, fasste Carl Colin zusammen.

»Und er ist bemüht, keine Spuren zu hinterlassen. Schau mal, wie er Gegenstände, die er anfasst, so zurückstellt, wie er sie vorgefunden hat.«

»Mit Handschuhen.«

CCs Penthouse hatte sehr wohl eine versteckte Überwachungsanlage. Dass die Anlage George nicht aufgefallen war, sprach für deren Qualität. Sie hatte stillen Alarm ausgelöst. In den Brandmeldern versteckte Kameras hatten alle Bewegungen aufgezeichnet und auch sofort an CCs Handy weitergeleitet. CC konnte die Situation ständig beobachten. Zuerst wollte er die Polizei informieren. Nach kurzem Zögern verzichtete er darauf. Das letzte, was er nun gebrauchen konnte, waren neugierige Polizisten in seinem Apartment. CC war sich nicht mehr sicher, ob er Spuren seiner Planungen im Penthouse hinterlassen hatte. Vielleicht flüchtige Skizzen oder Notizen auf dem Papier neben dem Telefon. Er müsste der Polizei wohl unliebsame Fragen beantworten, auf die er nicht vorbereitet war. Warum hatte der Eindringling nichts gestohlen, obwohl die Chancen deutlich gegeben waren? Fragen wie diese würden im Raum stehen. CC hätte keine sinnvolle Erklärung abgeben können. Die Polizei würde neugieriger werden und weiter nachhaken. Carl Colin konnte die Polizei nicht informieren.

Als könnte Edward Gedanken lesen, fasste er CCs Gedanken zusammen: »Keine Polizei.«

Edward nickte. »Das habe ich auch schon erkannt.«

So blieb es dabei, dass George nicht mitbekommen hatte, dass sein Handeln ständig beobachtet wurde.

Edward saß in einem bequemen Chesterfield-Sessel. Die beiden Männer waren allein im Club. Der Glatzkopf ließ sich nicht von CCs Unruhe anstecken. »Du hast da wohl ein Problem«, stellte er emotionslos fest. »Aber keine Bange. Henriette hat mich dir zugeteilt, damit deine Aufgabe nicht schiefgeht.«

»Edward, halt's Maul.« Carl Colin erkannte, dass er eigentlich gar nichts von Edward wusste, obwohl die beiden Männer sich nun schon häufiger im Club gesehen hatten, hier notgedrungener Weise viel Zeit miteinander verbrachten und oft genug über Carl Colins Auftrag gesprochen hatten.

»Ich weiß nichts über dich«, wechselte CC unvermittelt das Thema.

Der Glatzkopf grinste überlegen. »Über mich gibt es auch nicht viel zu erzählen. Ich habe – mit Hilfe der Northumbria

Connection – im letzten Jahr die Firmenleitung einer kleinen Pharmafirma übernehmen können.«

CC hörte aufmerksam zu. Er war wirklich neugierig und die Abwechslung von seiner Aufgabe kam ihm gelegen.

»Mein Onkel war so freundlich, mir gönnerhaft seine Aktienanteile zu überschreiben, nachdem er Henriette näher kennengelernt hatte.«

»Hatten die beiden ...«

»... Sex? Nein sicher nicht. Henriette lässt niemanden ran. Zumindest keinen Mann. Jeder Mann in der Northumbria Connection hatte wohl mal versucht, Henriette flachzulegen, aber, ... Mein Onkel wusste das damals noch nicht. ... Nun ja. Dummerweise wurde er einen Monat später vermisst. Er kam von einer Segeltour nicht mehr zurück.«

Bei CC regte sich so etwas wie Eifersucht. Gerne hätte er Henriette flachgelegt. Sie erschien ihm immer unerreichbarer. »Und niemand sah da einen Zusammenhang? Hört sich doch offensichtlich an.«

»Wieso? Ich habe doch nicht geerbt. Ich war nie Begünstigter des Todes. Ich hatte die Anteile vorher, also direkt nach seinem Treffen mit Henriette, erhalten. Also vier Wochen vorher. Bevor mein Onkel in See stach. ... Es ist nie herausgekommen, wie Henriette das geschafft hatte. Aber genug von mir. Ich habe dann meine Verpflichtungen vor Antigua erledigt.«

»Und Henriette?«

»Sie stellte mir einen Assistenten – oder eher Aufpasser – zur Seite, der mich bei meiner Aufgabe unterstützte. Nun stehe ich dir zur Seite. Deine Aufgabe steht nun im Fokus.«

»Wir machen weiter, wie geplant.« CC war gereizt, weil sich das Gespräch so schnell wieder drehte. Ihm wurde wieder klar, dass er seine Verpflichtungen nun auch einlösen musste.

»Es gibt nun keinen Weg mehr zurück. Du hast den Vertrag mit Blut unterschrieben. Mit deinem Blut.« Edward erinnerte CC an seine Verpflichtungen.

»Das ist mir bewusst.« Edward konnte auch nicht mehr zurück. Meiner seiner Betreuung von CC hatte er ebenfalls eine Verpflichtung übernommen.

»Entweder dein Blut oder das der Familie. Die Regeln sind klar.« Edward verschwieg, dass das Schicksal des Assistenten mit dem seines Schützlings verbunden war. Würde CC scheitern, hätte auch er Probleme.

»Ja. Ja. Die notwendigen Materialien sind bereits unterwegs. Ich habe genügend Sprengstoff geordert, um halb Inverness zu sprengen.«

»Respekt. Wo kann man denn so einfach ...«

»Wer sagt, dass es einfach war? Ich habe ordentlich dafür Bitcoin im Darknet hinblättern müssen.«

»Und wo kommt das Zeug her?«

»Vom Balkan. Aber es ist bereits in Großbritannien.«

»Gibt es Spuren in deinem Penthouse? Dort, wo der Eindringling war? Gehört er vielleicht zu den Lieferanten?«

»Zwei Mal nein. Ich weiß es nicht. Vermutlich gibt es keine Spuren im Penthouse. Und vermutlich gehört er nicht zu den Lieferanten. Sie können das Apartment nicht kennen. Ich habe nach Aberdeen liefern lassen.«

»Also hat der Besucher nichts mit deinen Lieferanten zu tun?«, hakte Edward nach. Er war noch nicht überzeugt.

Carl Colin wurde nervös. Die Unsicherheit quälte ihn. So klar, wie er die Fragen gegenüber Edward verneinte, stellte sich die Situation für ihn nicht dar. Er vermutete lediglich, dass der Besucher nichts mit der Sprengstofflieferung zu tun hatte.

»Gibt es irgendeine Spur im Penthouse, die hierhin nach Newcastle führen könnte?«

»Definitiv nicht. Darauf habe ich geachtet.«

»Das hoffe ich.« Edward versuchte, sich von Carl Colins Nervosität nicht anstecken zu lassen.

»Es gibt nichts Schriftliches, was auf die Northumbria Connection hindeuten könnte.«

»Und wie sieht es mit sonstigen Spuren aus? Einträge ... letzte Ziele in deinem Auto-Navi beispielsweise.«

»Natürlich nicht!«, antwortete CC viel zu schnell und entrüstet.

Edward erkannte sofort die Lüge. »Sofort löschen!«, forderte er.

Von CC kam keine Reaktion.

»Sofort!«, wiederholte Edward leise und gefährlich. »Wo steht dein Auto?«

»Unten auf dem Parkplatz.«

»Also auch noch direkt vor der Tür. Bravo!« Edward begann zu kochen. »Du hast alle notwendigen Spuren hierhin gelegt, falls der Besucher deines Penthouses an dein Auto kommen sollte.«

Carl Colin erkannte seinen Fehler. Er stand schnell auf und verließ den Raum. Er wollte aus Edwards Nähe verschwinden.

Edward ging zum Fenster. Er sah, wie CC das Gebäude verließ und auf dem privaten Parkplatz auf einen Porsche Panamera zuging. »Auffälliger geht es wohl nicht«, ärgerte sich Edward. Er schüttelte den Kopf. »CC lebt weit über seine aktuellen Verhältnisse.«

Edward blieb am Fenster stehen und beobachtete CC eine längere Zeit. CC saß in seinem Auto bei offener Fahrertür und mühte sich mit den Einstellungen des Navigationssystems ab. Edward hatte das Gefühl, er könne CC bis zu seinem Beobachtungspunkt am Fenster des Rauchersalons fluchen hören. »Hoffentlich wird er nicht zum Problem«, grübelte Edward. Er traute CC nichts zu. »Sicherlich hat er seinen Willen. Aber er ist zu schwach, seinen eigenen Weg auch skrupellos zu gehen. Er braucht wohl noch zusätzliche Motivation.«

Letztendlich hatte CC alle Einträge im Navi löschen können. Er stieg aus, verriegelte das Auto und schaute zum Gebäude der Northumbria Connection hinauf. Er sah Edward am Fenster. Der Glatzkopf gab sich keine Mühe, sich zu verstecken. »Soll CC doch wissen, dass wir ihn im Auge behalten.«

Carl Colin kam mit langsamen, bleischweren Schritten zurück. Der Weg zu Edward fiel ihm ungleich schwerer als der Weg raus aus dem Gebäude. »So musste sich Heinrich IV auf seinem Gang nach Canossa gefühlt haben«, verglich CC. Aber dann ergänzte er grimmig: »Nur ist Edward nicht der Papst.«

Edward wandte sich vom Fenster ab. Er setzte sich wieder.

Carl Colins Mut wich auch sogleich wieder. Er kam reumütig, fast unterwürfig, zurück. »Edward ist wohl der Vertreter des Papstes. Oder ... der Päpstin.« CC wollte das Gesprächsthema schnell wechseln. Diese Gedanken gefielen ihm nicht. »Wollen wir eine Pizza bestellen, oder gehen wir lieber essen? Ich glaube eher Pizza. Wir sollten besser nicht das Gebäude verlassen.«

Edward hörte regungslos zu.

»Dein Handy«, forderte Edward unvermittelt und das Thema drehte sich wieder.

Für einen Moment dachte Carl Colin daran, dass Edward sein Telefon nicht verfügbar hatte und Pizza bestellen wollte.

Edward streckte seine Hand fordernd aus. CCs Unwohlsein nahm zu. Widerwillig zog er sein Telefon aus der Tasche. Edward untersuchte es, ohne die Bildschirmsperre entriegeln zu können. Er nahm einen schweren Glas-Aschenbecher und schlug mehrfach auf das Telefon ein.

Edward wollte lautstark protestieren. Stattdessen schaute er verständnislos auf die elektronischen Bauteile und Glassplitter, welche aus der zerstörten Handyschale herausschauten. Er schluckte seinen Protest hinunter. Es erschien ihm sinnlos, sich gegen Edward aufzulehnen.

»Nun war das Gerät nie hier«, bewertete Edward sein Werk. »Du wirst ein neues Handy benötigen. Dieses hast du gerade verloren. Ein neues Handy, welches nie hier sein wird. Niemals in Newcastle.«

CC verstand, was Edward sagen wollte. »Handys hinterlassen Spuren. Wie Navigationssysteme im Auto.«

»Und nun deine Kreditkarten und Bankkarten. Tankquittungen. Kundenkarten. Alles, was du jemals hier gebraucht hast.«

Luft

Sir Bram ließ das Telefon nicht lange klingeln. Als er Annies Namen im Display sah, nahm er das Gespräch sofort an.

»Wir analysieren gerade das Bild«, begann Annie das Gespräch ohne Umschweife. »Wir kommen nicht weiter, welches Fest es sein könnte. Am Leuchtturm gibt es keine Veranstaltungen. Zumindest zeigt uns der Kalender nichts an. Wir vermuten daher eher ein Fest in Inverness.«

»Ich frage gleich mal George, wenn er aus Glasgow zurück ist. Vielleicht hat er noch mehr Informationen.«

»Inverness würde mir überhaupt nicht gefallen.«

»Was weißt du, was wir nicht wissen?«

Enya und Fionn schauten Annie beim Telefonieren fragend an.

»Mach mal laut ...«

Annie nahm das Telefon vom Ohr und suchte nach dem passenden Knopf. Fionn nahm ihr ungefragt das Telefon aus der Hand und stellte das Telefon auf laut. »Nun können wir mitreden.« Fionn lachte.

Enya nickte.

»Was ist mit Inverness?« Fionn sprach aus, was alle an Bord der Solstice wissen wollten.

»In einer Woche finden die Highland Games in Inverness statt.«

»Nicht gerade unterhalb des Leuchtturms«, widersprach Annie.

»Aber auch nicht weit weg«, streute Enya ein. »Wie kommst du auf die Highland Games?«

»Lady Elizabeth ist Schirmherrin des Piping Events.«

Enya runzelte fragend die Stirn. »Piping Event? Welches Fest beschäftigt sich denn mit Rohren?«

»Pipes im Sinne von Pfeifen. ... Wettkampf der Dudelsackspieler«, erläuterte Annie.

»Ich dachte, die Highland Games sind eine Sportveranstaltung. Steine werfen. Baumstämme schubsen, Tauziehen, und so ...«

»Im Wesentlichen ja. Aber am Rande gibt es viele traditionelle Tanz- und Musikveranstaltungen.«

»Lady E. wird wohl in ihrer Trauerzeit nicht den Vorsitz einer solchen Musikveranstaltung wahrnehmen?« Enya war überzeugt, dass dies die Ausgangssituation deutlich änderte.

»Da kennt ihr Lady Elizabeth schlecht«, bemerkte Sir Bram am Telefon. »Ihre Trauer ist privat. Aber sie ist auch Clan Chief der McLymondts. Und sie ist die Vorsitzende der Highland Piping Society, die hier in Inverness ihren Sitz hat. ... Sie ist eine starke Frau, wenn es sein muss. Sie wird sich den Vorsitz nicht nehmen lassen. Sie wird sich Schwäche nicht anmerken lassen.«

»Ich muss noch viel über Schottland und die Schotten lernen«, erkannte Enya.

»Vermutlich ja«, übernahm Fionn die Lehrstunde. »Der Clan ist alles. Und der Clan Chief ist der erste Diener des Clans. Sozusagen der Skipper des Bootes. ... Wenn der Clan die Ehre des Vorsitzes über ein jahrhundertealtes Event hat, dann wird der Clan Chief auch anwesend sein.«

»Und alle verfügbaren Mitglieder aus gleichem Hause.«

»Alle?«

»Lady Elizabeth wird nicht zulassen, dass der Clan schwach erscheint. Die wichtigsten Angehörigen der McLymondts werden da sein. Also die McLymondts aus dem Ormond House auf jeden Fall.«

»Meine Stiefmutter Helen Tempest...«

»... und Carl Colin?«

Die drei schauten sich fragend auf der Solstice an. Man hörte deutlich, dass Sir Bram am Telefon ebenfalls innehielt.

»Das vierte Bild war bei ihm.« Enya war nachdenklich. »Ist er nun auf der Seite der Guten oder der Bösen? – Mögliches Opfer oder möglicher Täter? Bis jetzt waren alle Bilder bei den Opfern. Oder in deren Nähe.«

»Wir müssen ihn finden, bevor die Sturmflut auf die Küste trifft.« Fionn war sehr nachdenklich. »... Vor den Highland Games, meine ich.«

Nachdem das Telefonat mit Sir Bram beendet war, ging die Diskussion um CC weiter.

Annie dachte an externe Unterstützung. »Ist das nicht ein Fall für Polis?«

»Und was wollen wir denen sagen? Wir kennen den Brandstifter aus Fort George. Wir haben es in einem einhundert Jahre alten Bild gesehen?« Fionn war skeptisch und sah darin keinen Sinn. »Und alle Bilder haben kein Grün.«

»Wir haben also nichts, was wir der Polizei anbieten können?« Annie erkannte das Problem. »Bleibt unsere Sensibilität und unsere Nähe zu den Elementen.«

»Wir sind auf uns selbst gestellt«, fasste Enya die Erkenntnisse zusammen.

Geist

Weder Annie noch Enya konnten segeln. Aber sie konnten mit anpacken. Fionn gab für die Laien halbwegs verständliche Kommandos in dem Segleresperanto, welches nur Eingeweihte richtig interpretieren konnten. Annie hatte sich schon an die wichtigsten Fachbegriffe gewöhnt. Sie wusste, dass der Bug vorne und das Heck hinten war, dass Steuerbord auf der rechten Seite und Backbord links zu finden waren. Enya lernte dies noch. Allerdings konnte sie Links von Rechts unterscheiden. Mit Backbord und Steuerbord tat sie sich schwerer. Aber darum ging es nicht. Für sie war ein Boot ein selbstfahrendes Fortbewegungsmittel auf den Wellen – mit Kajüte. Wie ein Wohnwagen auf dem Wasser. Gegenüber Fionn durfte sie diese Sicht der Dinge so nie äußern. Andererseits genoss sie die Zeiten an Bord und sie ließ es sich gut gehen. Sollten die anderen doch segeln.

Die letzten Tage waren sehr anstrengend. Die Energiespeicher mussten dringend nachgeladen werden. Während George die Suche nach CC koordinierte, konnten sich Enya, Annie, und Fionn einen Tag auf See gönnen. Für Fionn war Segeln Entspannung und Berufung, für Annie war es ganz nett, Enya genoss es, ihre Augen schließen zu können und sich sanft über die Wellen schaukeln zu lassen.

Um Segel zu setzen, sprang Fionn einmal quer über das Deck der Solstice. »Nimm du so lange das Ruder«, forderte er Annie auf. Als die Segel aufgezogen waren und noch im Wind flatterten, hatte die Solstice längst den Kurs so weit geändert, dass Fionn ärgerlich wurde. Er schluckte seinen Ärger hinunter. Ungewöhnlicherweise musste er sich kurz am Mast festhalten und durchatmen. Enya registrierte es aufmerksam.

Annie war eben noch keine Seglerin und Fionn hatte ihr das Ruder dennoch übergeben. Aber das waren Lappalien. Wenn das Segeln leicht aussieht, steckt dahinter die Sicherheit im Umgang mit dem Boot und gute Kenntnis von Wetter und Wasser. Beides war Annie nicht gegeben.

Die Gemeinschaft würde den Tag bei bestem Segelwetter auf See verbringen. Der Wind wehte stetig, aber nicht zu stark. Die Wellen waren gutmütig. Sie waren überschaubar hoch. Es war warm und manchmal schaute sogar die Sonne für ein paar Minuten vorbei, um anschließend direkt wieder hinter einem Vorhang aus Wolken zu verschwinden. Vermutlich wollte sie sich nur vergewissern, dass die Solstice nicht mit den Elementen kämpfen musste. Es zeichnete sich ab, dass der Tag weder besonders stressig noch langweilig werden würde.

Moira lag nun schon seit längerem unter Deck. Da Enya noch nicht wusste, wie der Welpe auf dem Boot klarkam und die Gefahr bestand, dass Moira über Bord gehen konnte, war sie angeleint. Dies wiederum gefiel dem Hund ganz und gar nicht. Moira fühlte sich nicht wohl.

»Enya, du führst unseren Coven«, stellte Fionn klar. »Letztendlich wirst du eine Lösung finden müssen.«

Enya hielt kurz inne und widersprach: »Nicht korrekt. Die Lösung suchen wir alle zusammen. Ein Coven ist eine Gemeinschaft, keine Diktatur. Ich muss allerdings letztendlich die Entscheidungen treffen.«

»Wir sind alle Hexen. Wir kennen alle die Möglichkeiten. ... Na ja. Nicht alles. Nur du kannst mit den Elementen sprechen. Nur du kannst das Buch Liath lesen.« Fionn hatte im Laufe der Jahre feststellen müssen, dass auch er keinen Zugang zum Buch Liath bekommen hatte. ‚Das Buch ist sehr, sehr wählerisch.‘

»... und du kannst segeln. Ich nicht.«

»Das hilft uns hier leider nicht besonders weiter.«

»Hier schon!« Enya lachte. »Wir sind auf dem Wasser.« Enya wusste um ihre große Verantwortung. Dabei gab es viele Situationen, wo sie sich wesentlich schwächer vorkam als alle andere im Coven. ‚Annie ist stark. In allen Belangen. Und sie hat Selbstbewusstsein.‘ Sie hielt in den Gedanken kurz inne. ‚Nun ja. Fionn ist nicht stark. Er ist ein Mann. Er hat einen Schwanz und andere Gebrechen.‘

Annie sah, dass Enya in ihre Gedanken hinabglitt. »Enya, woran denkst du? Du bist so weit weg.«

Enya kam wieder zurück. »Die Verantwortung belastet«, erklärte sie. »Ich muss Kraft tanken.«

»Ich weiß«, entgegnete Annie. »Wir werden dich entlasten, soweit es geht. Immerhin geht es hier um den Clan meiner Großmutter.«

»Irgendwas mit Adoptivgroßmutter. Wieweit bist du eigentlich mit den McLymondts emotional verbunden?«

Annie hielt inne. Sie versuchte, sich über ihre Gedanken klar zu werden. »Ich habe … Ich habe mir ehrlich darüber keine Gedanken gemacht. … Ich bin … eigentlich nur dir gefolgt, weil du die Aufgabe angenommen hast.«

»Und ich habe wegen dir die Aufgabe angenommen.«

Die beiden Frauen schauten sich nachdenklich an.

»Hätten wir ablehnen können?«, fragte Enya nach einer Weile.

»Ich glaube nicht. Irgendwie war es eine Selbstverständlichkeit, zu helfen. Und wenn wir nicht Lady E. helfen, dann immerhin Sir Bram. Letztendlich hat er uns gefragt. Und es ist eine Aufgabe … für uns.«

Annie wusste, dass gerade in der Verletzlichkeit Enyas Stärke lag. Nur durch dies war sie offen für die Verbindung mit den Elementen. Sie musste sanft unterstützt werden.

»Nun genieße erst einmal den Segeltörn«, lenkte Fionn ab. »Ich kümmere mich um das Boot.«

Das Wetter erlaubte es nicht, sich ohne Windjacke an Bord zu sonnen. Entsprechend gekleidet suchte sich Enya einen bequemen Platz auf dem Bug der Yacht und ließ sich den sanften Wind um die Nase wehen. Der Wind schien mit Enya zu sprechen. Sie wiegte sich in der Brise sanft hin und her. Wenn sich nicht Enyas braune Locken im Wind bewegen würden, hätte man, vom Steuerstand aus, den Eindruck gewinnen können, als ob die Solstice eine nur unzureichend befestigte Gallionsfigur bekommen hätte, die sich ganz sanft vom Boot löste.

Rechtzeitig, bevor die Sonne unterging, lief die Solstice wieder in der Marina von Inverness ein. Geschickt nutzte Fionn den Wind aus, um den zugewiesenen Liegeplatz anzulaufen. Er musste nicht auf Motorkraft umschalten.

»Warum bleiben wir nicht über Nacht draußen?« Enya hätte sicher noch länger auf See bleiben können. Viel länger.

»Besonders nachts müssen wir auf dem Wasser besonders aufpassen. Wir wären alle angespannt«, erläuterte Fionn.

»Dann lieber doch im sicheren Hafen«, ergänzte Annie. Sie machte sich bereit, um mit der Bugleine auf den Steg zu springen und das Boot zu vertäuen.

Moira regte sich bereits. Sie kam an Deck – soweit es die Leine zuließ – und steckte neugierig ihre Nase in den Wind. Sie hatte längst gemerkt, dass etwas an Bord geschah. Sie wollte endlich ihre Geschäfte erledigen.

»Du kannst gleich mit Moira von Bord. Wir kümmern uns um das Boot«, meinte Fionn zu Enya. »Den kleinen Wald neben der Marina kennst du ja schon.«

»Moira kennt den. Ich nehme die Menschen-Toilette.«

»So genau wollte ich das nicht wissen.« Fionn lachte.

Kaum hatte Annie die Yacht sicher am Steg vertäut, sprang Moira auch schon über den Steg zum Parkplatz und ließ Enya keine Chance zu folgen. Enya musste erkennen, dass eine Hundeleine nur dann sinnvoll ist, wenn das obere Ende auch festgehalten wird. »Halt! Halt!«, rief Enya vergeblich hinter Moira her.

Enya griff nach dem freien Ende der Hundeleine. Für den Welpen war es ein Spiel. Moira bellte aufgeregt und machte einige Hüpfer über den Parkplatz. Enya griff ins Leere.

Der Zweibeiner sprang hinter dem Vierbeiner her. Vom Boot aus hatten die Beobachter Annie und Fionn ihren Spaß. »*That hen will never catch da dug!*[55]«, stellte Annie fest.

Fionn grinste zustimmend.

Sie liefen nun mit schnellen Schritten – aus der Sicht Enyas – und viel zu langsam – aus der Perspektive des Welpen – zu den Wiesen. ‚Moira wird immer schneller', erkannte Enya freudig.

‚Natürlich werde ich schneller', dachte Moira.

Enya hielt inne. ‚Habe ich jetzt wieder den Hund gehört?'

‚Natürlich! Ich rede mit dir.'

Enya schaute nachdenklich auf den Welpen hinunter. Moira ließ es zu, dass Enya das freie Ende der Leine packen konnte. Die beiden ließen sich nun Zeit, zu den Bäumen zu gelangen.

Nachdem Moira sich erleichtert hatte, liefen sie in Richtung der Solstice zurück. Unterwegs kamen ihnen Fionn und Annie entgegen.

---

[55] *Diese Frau wird niemals einen Hund fangen*

»Fionn hat einen Tisch zum Abendessen reserviert«, rief Annie Enya zu. »Falls du magst, können wir sofort durchstarten und zum Restaurant laufen. Es ist nicht weit.«

Nun lief die kleine Gemeinschaft mit dem Welpen in die entgegengesetzte Richtung an einigen Häusern der Seepromenade vorbei und bog dann Richtung Stadtzentrum ab. Mittlerweile war der Wind eingeschlafen und dem ersten hektischen Ausflug mit Moira schloss sich ein gemütlicher Spaziergang an.

Es roch nach Tang. Nach Salz. Nach Fisch.

»Wir müssen bis in die Innenstadt laufen. Leider liegt die Marina nicht günstig. Für den Weg brauchen wir etwa eine halbe Stunde«, erläuterte Fionn. »Ich kann die Fischplatte im Restaurant empfehlen.«

Das Restaurant bot einen wunderbaren Ausblick auf die Burg Inverness. »Da waren wir erst gestern«, meinte Annie. Sofort begannen beide Frauen zu kichern.

»Ich würde gerne mitlachen«, meinte Fionn mit gespieltem Ärger.

»Nix da! Frauensache!« Annie stellte die Situation klar.

Zu Muscheln passte Weißwein. Viel Weißwein.

Moira lag unter dem Tisch. ‚Wein riecht komisch.‘ Sie rümpfte die Nase.

»Wein schmeckt gut«, meinte Enya, antworten zu müssen. Sie bemerkte, die Antwort laut ausgesprochen zu haben.

Annie und Fionn schauten Enya an. »Der Wein schmeckt gut! … Seit wann sprichst du in halben Sätzen, solange du noch nüchtern bist?« Fionn schaute Enya fragend an.

»Du bist gedanklich heute immer so weit weg.« Diese Feststellung war eigentlich eine Frage. Annie war neugierig. Sie hatte Enya beobachtet. Sie erkannte, dass Enya mit anderen Themen beschäftigt war.

»Ich rede mit dem Hund«, entgegnete sie knapp.

Annie wollte gerade loslachen. Dann erkannte sie, dass Enya es wohl ernst meinte. »Du kannst mit …«

»… mit dem Hund sprechen. Ja. Seit heute gibt es eine Gedankenbrücke.«

»Dann ist der Hund zu deinem Krafttier geworden«, stellte Fionn fest.

Enya nickte. Sie nahm sich eine gebackene Jakobsmuschel von der großen Fischplatte.

»Nimm Aioli dazu«, meinte Annie.

»Wie? Du kannst so schwierige Worte aussprechen«, ärgerte sie Enya.

Annie wollte gerade auf Schottisch losschimpfen.

Fionn beruhigte die Situation. »Dafür sprichst du ein perfektes Gälisch.«

»Und ich kann Muscheln essen, ohne zu schlabbern.«

Zwischen den einzelnen Gängen floss Wein. Viel Wein. Fionn bestellte eine zweite Flasche. Er zerteilte die Filets des schwarzen Heilbuttes. Zufällig ließ er einen kleinen Teil unter den Tisch fallen.

»Du willst dich bei Moira einschleimen, oder?«, stellte Annie fest.

»Na und? Wenn ich schon nicht mit dem Hund reden kann, dann kann ich ihn wenigstens füttern.«

»Aber nicht mit dem Heilbutt. Der ist für die Menschen«, beschwerte sich Enya.

»Es ist noch genug da«, beschwichtigte Fionn. »Aber richtig. Lachs ginge auch.«

»Untersteh dich!«

Die drei mit Hund blieben bis zur Sperrstunde. Keiner wollte vorab aufbrechen. Der Rückweg wurde vom Mond und einigen Straßenlaternen beleuchtet. Das wenige Licht reichte bei aller Sensibilität für einen sicheren Heimweg zur Solstice.

»Hatte der Steg auch schon so geschwankt, als wir vom Boot gekommen waren?«, fragte Enya.

Fionn lachte. »Auf dem Wasser schwankt vieles. Vor allem die Boote.«

Fionn nahm Moira auf und enterte mit ihr auf dem Arm die Solstice.

Annie musste sich an der Reling festhalten und konnte so ebenfalls aufs Boot gelangen.

Enya versuchte den gleichen Weg. Sie ergriff die Reling, vergaß aber, zugleich mit einem Bein überzusetzen. Mit beiden Händen an der Reling und beiden Beinen noch auf dem Steg hatte Enya plötzlich ein Problem. Langsam drückte sie die Solstice vom Steg weg. Der Abstand wuchs und wuchs. Enya geriet immer mehr in Schieflage.

Erst als Fionn ein lautes Platschen hörte und Enya laut »Scheiße kalt!« brüllte, kehrte er um. »Verdammt! Ich hätte dir helfen können!« Er konnte ein Lachen kaum unterdrücken.

Fionn warf Enya ein Tau zu. Sie hatte Schwierigkeiten, das Tau zu fassen. Es war wohl zu viel Alkohol im Spiel. Fionn legte sein Smartphone beiseite, legte die Bordleiter an und sprang ins Wasser. Er umklammerte Enya und sorgte dafür, dass sie die Bordleiter am Heck der Yacht sicher erreichen konnte.

Mittlerweile hatte auch Annie mitbekommen, was geschehen war. Sie stand im Heck des Bootes. Einerseits hielt sie den Welpen zurück und mit der freien Hand ergriff sie Enyas Hand.

»Komm ins warme Boot, meine nasse Prinzessin.« Annie lachte. »Wie gut, dass du ohne Handy und Papiere schwimmen warst. Sonst wäre alles nass.«

Enya stand wie ein nasser Pudel auf der Yacht. Das Wasser floss aus ihrer Kleidung. Ihre langen braunen Haare klebten wirr auf dem Gesicht. »Es reicht, wenn ich nass bin.«

»So, Meerjungfrau. Ich werde dich erst einmal trockenlegen.« Annies gute Laune rettete die Situation.

»Und wer legt mich trocken?«, fragte Fionn mit gespielter Entrüstung.

»Du bist ein Mann. Du siehst trocken aus. Du musst allein klarkommen«, entgegnete Annie.

»So, wie immer«, raunzte Fionn.

Gleichzeitig begann Annie, Enya aus der Windjacke zu helfen. Es war ihnen vollkommen egal, was die Segler auf den anderen Booten dachten, als Annie Enya auf dem Boot auszog. Andererseits war dies auch nicht unüblich. Man war ja unter sich.

Fionn sah zu, dass er zunächst aus den nassen Bootsschuhen rauskam. Währenddessen wurde Enya von Annie auf die Kissen der Bank im Heck des Bootes gedrückt. Sie kniete vor Enya und half ihr aus den Turnschuhen. Enya beugte sich vor und umklammerte Annie.

»Brrrr …« Annie schüttelte sich. »Jetzt bin ich auch nass.«

»Gleiches Unrecht für alle.« Obwohl Enya fror, kam ihre gute, aber fragile Laune zurück. »Kommt, lasst uns reingehen und drinnen weiterfeiern.«

»Ich stelle schon mal den Wein kalt.« Der Mann an Bord wollte die Initiative behalten.

»Sieh erst mal zu, dass du trocken wirst, Fionn«, gab Annie vor.

»Bin ich doch. Hast du selbst eben gesagt.«

»OK. Dann lass uns reingehen, bevor wir uns erkälten. Und dann holst du den Gin raus ... nicht den Wein.«

Mit der verbliebenen nassen Kleidung gingen alle drei unter Deck.

Direkt hinter dem Niedergang versuchte Fionn, seine nasse Kleidung abzulegen. Stück für Stück hing er die Kleidungsstücke auf Bügel.

»So förmlich?«, fragte Annie.

»Ach Annie, du weißt doch, an Bord trocknet nichts von allein.«

»Richtig«, entgegnete Annie und riss sich das Sweatshirt über den Kopf und ließ den BH sofort folgen.

Fionn stand nackt am Niedergang. Annie stand im Salon mit entblößtem Oberkörper. Beide wendeten sich Enya zu.

»Zwei gegen einen«, erkannte Enya.

»So ist es«, entgegnete Annie. Sofort stürzten sich die beiden auf Enya.

»Du bist kitzelig«, stellte Annie fest.

Vom Steg aus konnte man aus der Solstice noch lange lautes Lachen, Stöhnen und eindeutige, spitze Schreie der Lust hören.

Entzündung

George war nicht untätig. Nachdem er CC in Glasgow nicht angetroffen hatte, suchte er CCs Adresse in Inverness auf. Das Apartment lag direkt am River Ness. Er hatte einen direkten Blick über den Fluss hinweg zum Inverness Castle. George stellte fest, dass auch dieses Apartment in bester Lage zu finden war. Er schätzte den Wert – wie auch in Glasgow – auf weit mehr als eine Million Pfund. Dann kam ihm wieder ins Gedächtnis, dass CC im Bankmanagement arbeitete. Andererseits erinnerte er sich auch daran, dass Lady Elizabeth zu Sir Bram meinte, CC würde im mittleren Management arbeiten und auf seine Beförderung warten.

‚Wie kann er sich das leisten?‘, fragte sich George.

Auch diesmal wollte er zunächst ganz offiziell Kontakt aufnehmen. Er stand an der Haustüre des mehrgeschossigen Hauses. Wiederum las er lediglich „McL" auf dem Klingelschild. Er klingelte.

George wartete vergeblich. Auf das Klingeln erfolgte keine Reaktion. Auch die Gegensprechanlage blieb stumm. George dachte daran, sich wieder als Paketdienst Zutritt zu erschleichen. Er blickte kurz an der Fassade nach oben. ‚So anonym ist das hier nicht. Es sind nur wenige Apartments im Haus.‘ Er verzichtete darauf, sich ins Haus zu schleichen. Die Erlebnisse aus Glasgow und seine Flucht über das Dach waren noch zu frisch im Gedächtnis. George ging zur benachbarten Andross Street, wo er Sir Brams alten Jaguar geparkt hatte. Er fuhr zweimal um den Block, bevor er einen Parkplatz fand, von dem aus er das Haus beobachten konnte. George setzte sich in den Wagen, nachdem er sich in einem asiatischen Restaurant in der Nähe mit Nasi Goreng in einer Pappschachtel und einem Coffee-to-go versorgt hatte. Er wusste nicht, was ihn erwartete. Er setzte sich stoisch in den Wagen und ließ die Zeit verstreichen. ‚Würde CC auftauchen? Ist er überhaupt in der Stadt?'

Mittlerweile war es Abend. Die Fenster in CCs Apartment blieben dunkel, während die Straßenlaternen längst die Uferstraße in orange-gelbes Licht tauchten. George hatte sich mit dem dritten Kaffee versorgt. Man erkannte ihn bereits im Asia-Imbiss und er erhielt einen Glückskeks zum Kaffee. George nutzte dort auch zwischenzeitlich die Toilette.

Es hatte geregnet. Die Luft war klar und angenehm zu atmen. Gelbe Blinklichter der Autos spiegelten sich auf dem Asphalt auf beiden Seiten des River Ness. An einer Ampel mischte sich Dauer-rotes Bremslicht mit den gelangweilten Blinklichtern. Hektisch-nervöses blaues Licht eines Rettungswagens huschte um die Ecke und verschwand zwischen den Häusern.

George lief erneut zur Haustür. Noch immer reagierte bei McL niemand auf das Klingeln. ‚Dann muss es doch sein', dachte er. Er verschaffte sich erneut Zutritt zum Hausflur. Es roch nach Kälte, Bohnerwachs und Reinigungsmittel im Flur. Neben dem Treppenabsatz stand ein blauer Kinderwagen und kleine Stiefel mit Paddington Bear Bilder. ‚Hier soll CC wohnen? Nicht sein Stil', stellte George fest. Einen Aufzug gab es nicht. Mit flinken Schritten lief George die Treppen hinauf und las die Namen auf den vorbildlich beschrifteten Schildern an den Türen. Je höher er im Haus kam, desto mehr wandelte sich das Bild. Es wurde aufgeräumter. Sauberer. Auch hier residierte CC ganz oben im Haus.

‚Ich hasse das', ärgerte sich George, während er wieder nach den passenden Dietrichen suchte. Diesmal leistete die Tür mehr Widerstand. Aber George gelang es dennoch, ohne gesehen zu werden, hinter der massiven Türe zu verschwinden. Er schaute sich um. Auch diese Wohnung war aufgeräumt und gut sortiert. Im Gegensatz zu Glasgow wirkte dieses Apartment bewohnt. George warf einen prüfenden Blick in die Mülleimer und in den Kühlschrank. Es lagen frische Lebensmittel drin. Andererseits hatte George den Eindruck, dass Carl Colin das Apartment vor Kurzem verlassen hatte. Im Kleiderschrank waren sichtbare Lücken auf den Kleiderbügeln zu sehen und im Bad fehlten Zahnbürste und Zahnpasta. George suchte nach Papieren. Irgendetwas, was auf eine Reise hindeuten konnte. Er fand nichts dergleichen.

»CC scheint in Inverness zu wohnen. Aber er ist wohl unterwegs«, meldete George später aus dem Auto heraus Enya.

Enya nahm den Anruf an Bord der Solstice entgegen. »Was meinst du mit unterwegs?«, fragte sie.

»Die Wohnung sieht bewohnt aus, aber es fehlen einige Kleidungsstücke und Toilettenartikel. Vielleicht ist er verreist oder auf der Flucht. Ich habe keine Hinweise gefunden, wo er hin könnte«, antwortete George. »Und es gibt nichts, was zeigt, ob er Täter oder Opfer ist.«

»Dann bleibt uns nichts anderes übrig, als abzuwarten. Wir müssen sicherstellen, dass er nicht in Gefahr ist«, sagte Enya nachdenklich. »... und das von ihm keine Gefahr ausgeht.«

»Ich werde in der Nähe bleiben und das Apartment im Auge behalten. Falls er zurückkommt, werde ich versuchen, ihn zu konfrontieren und herauszufinden, was los ist«, schlug George vor.

Enya nickte, obwohl George sie nicht sehen konnte. »Sei vorsichtig, George. Wir wissen nicht, mit wem wir es zu tun haben.«

»Werde ich. Ich melde mich, sobald ich etwas Neues habe«, versprach George, bevor er auflegte.

Auf der Solstice herrschte eine gespannte Ruhe. Annie und Fionn hatten das Gespräch mitgehört und schauten besorgt zu Enya. »Wir müssen darauf vorbereitet sein, dass sich die Situation jederzeit ändern kann«, sagte Enya. »Carl Colin ist möglicherweise in großer Gefahr oder der Ausgangspunkt der Gefahr.«

»Die Ungewissheit ist das eigentliche Problem«, bemerkte Annie mit zittriger Stimme. »Schützen wir CC oder schützen wir die Welt vor CC?«

Fionn nickte. »Wir müssen wachsam bleiben und bereit sein, schnell zu handeln.«

In dieser Nacht auf der Solstice schlief keiner fest.

The Scotish Colourist:
George Leslie Hunter

Paris

Der Wettbewerb unter den Colourists war längst vorbei. George Leslie Hunter hatte sein Leuchtturmbild noch immer irgendwo im Atelier stehen. Es war unfertig.

Der Maler war ein schwieriger Zeitgenosse. Geistig hatte er sich längst von vielen Freunden und Teilen seines Lebens verabschiedet. Er war krank. Seine Krankheit hatte erst seit kurzem einen eigenen Namen. Früher hätte man auf eine Melancholie, auf das Überwiegen schwarzer Gallensäfte im Körper, getippt. Seit der Verbreitung der modernen Psychiatrie seiner Zeit war er depressiv. Hatte eine Krankheit einen Namen, fand sie schnell Patienten, auf welche die Symptome zutrafen. Hunter malte alles. Er malte seine Depressionen.

Er war technisch vielfältig. Viele seiner Bilder würde man falsch zuordnen, weil es in seinen Werken kaum eine durchgängige Linie gab. Dabei war Hunter der Einzige unter den Colourists, der nie eine formale Ausbildung als Maler genossen hatte. Vielleicht war er auch deshalb nicht auf einen speziellen Stil festgelegt. Früher hatte er durch Kopieren verschiedene Techniken gelernt, die er nach und nach vermischte und weiterentwickelte. Hunters Beziehungen nach Edinburgh waren eher lose. Nachdem seine beiden Söhne an Tuberkulose starben, brach für ihn seine Welt zusammen und Hunter versank in seine eigene Wirklichkeit. Er malte bis zur Besinnungslosigkeit. Im wahrsten Sinne des Wortes.

Der Maler war der Meinung, dass sich die ganze Welt gegen ihn verschworen hatte. Für seine 1906er Ausstellung in San Francisco hatte er viele Bilder vorbereitet. Dann traf ein Erdbeben die Stadt und alle Gemälde aus seinen Pinseln waren verloren. Die Welt stand gegen Hunter. Zusammen mit seiner Mutter zog er damals zurück nach Schottland. Nach Glasgow.

Von nun an ging es bergauf. Er stellte in der renommierten Reid and Lefevre Gallery aus. Hunter fasste neuen Mut und vielleicht auch ein bisschen Lebensfreude. Er begann wieder zu Reisen. Nach Italien. Nach Frankreich. Nach Paris. Hier traf er auf Cadell, Peploe und Fergusson. Alle drei waren angesehene und ausgebildete Maler. Hunter schaute zu ihnen auf. Als der Wettbewerb von den etablierten Malern ausgerufen wurde, wollte er sie aus dem Konzept bringen.

»Nur zwei Tage für ein Bild«, forderte Hunter. »Für 70 mal 90 Zentimeter.«

Zu seinem Erstaunen stimmten die anderen sofort zu. Hunter hatte nicht gedacht, dass sie auch so schnell malen würden, oder konnten. Er dachte, dass seine Forderung ins Leere laufen würde. »Und ohne die Farbe Grün«, forderte er spontan hinterher. Nun dachten die drei anderen ernsthaft darüber nach, wie man das bewerkstelligen konnte. Schließlich stimmten die drei anderen auch dieser Bedingung zu.

Es war ja nur ein Wettbewerb.

Hunter betrachtete den Leuchtturm, wie er dort in der Ecke stand. Er stolperte wieder über das Bild, als er versuchte, sein Atelier aufzuräumen. Er würde das Bild heute verkaufen können. Ein gewisser McLymondt würde ihn besuchen, teilte ihm seine Frau mit. Hunter war irritiert, dass die Wettbewerbsbilder überhaupt verkäuflich waren. Der Sammler würde bereits die drei anderen Leuchtturmbilder besitzen und wollte die Sammlung vollenden. So krank Hunter war, so sehr erkannte er die Möglichkeit, den Preis für das letzte der vier Bilder hoch anzusetzen. ‚Was wäre die Sammlung wert, wenn ausgerechnet das Siegerbild fehlen würde.‘

Hunter wollte den Verkauf feiern.

Die Adventzeit war eine schwierige Zeit für Claudette, seine Köchin. Frisches Gemüse wurde seltener. Es gab nur noch getrocknete Kräuter und die Frische des Sommers fehlte überall. Wenn sie nicht kochte, stand sie immer häufiger dem Maler Modell. Sie blieb standhaft gegenüber den Avancen des Malers. Sie blieb das Modell; er der Maler. Sie wurden nie ein Paar.

Am Vorabend des ersten Advents gab es seit jeher Rebhühner im Hause Hunter.

Das Haus war bereits festlich geschmückt. Hunters Mutter kümmerte sich um ein wenig Wohnlichkeit. Mistelzweige und Ilex frischten das Gebäude auf, während draußen das Grün mit Gewalt schon längst vom Grau des Winters vertrieben wurde. In Edinburgh wurde es grau. Vielleicht würde das Grau irgendwann später dem vergänglichen Weiß des Schnees weichen. Aber dazu war es noch zu warm. Die Stadt bereitete sich langsam auf den Winterschlaf vor. Der Kamin verbreitete wohlige Wärme, während draußen die Winterstürme erste, frostige Nächte aus dem Osten brachten und über Tage doch wieder wärmer wurden. Noch sorgte die Nordsee für etwas Stabilität der Temperaturen.

Zu dieser Zeit wurden alle ruhiger und nachdenklicher. Fast alle. Nur der Maler wusste nicht, wohin mit seiner Energie. ‚Soll ich dem Bild noch abschließenden Firnis spendieren?‘, grübelte Hunter. Er betrachtete sein Werk. ‚Das wären dann drei Bilder ohne und eines mit Firnis.‘

Hunters Finger strichen über das Bild. ‚Nein. Es wird keinen Firnis geben. Das Bild hatte nicht gewonnen, weil es als einziges Firnis hatte.‘ Es wurde zum Siegerbild, weil Hunter so viele liebevolle Details in der kurzen Zeit einbringen konnte. ‚Dafür habe ich beide Nächte durchgearbeitet.‘ George Leslie Hunter lächelte, als er sich an diese Nächte zurückerinnerte. ‚Ich kannte den Leuchtturm nicht wirklich. Egal. Dafür habe ich viele Musiker und Tänzer in den Vordergrund geschoben.‘

Claudette war zart, gar grazil zu nennen. Ihre Brüste waren nicht größer als die wilden kleinen Äpfel am Baum hinter dem Teich. Ihre Schultern und ihre Hüfte waren so schmal, wie die eines Knaben. Ihr Kurzhaarschnitt – wie er später in den 1920er Jahren modern werden sollte – verstärkte den Eindruck. Aber Claudette war bereits in den Zwanzigern und erschien ein wenig scheu. Hunters Frau erkannte sie nicht als Konkurrenz. Sie irrte. Hunter mochte Claudettes kleine Brüste. Er malte sie gerne.

Perdreaux aux choux – Rebhühner mit Kohl

Claudette brachte an jenem Morgen zwei Rebhühner von der Jagd ihres Vaters mit. Er versorgte die Hunters regelmäßig mit frischem Wild, wie man wohl auch Claudette als frisches Wild für den Maler betrachten durfte; wenn sie denn bereit wäre, seinen Avancen nachzugeben.

Nicht, dass der Maler selbst jagte. Zumindest nicht das Federwild in Feldern und Wiesen. Aber so jagte er doch die Hühnchen in seinem Hause. Selbst im Advent stellte er seinen Jagdtrieb nicht ein. Dann jagte er seine Engel, wie er es nannte.

Gelegentlich kam der Maler selbst in die Küche, gab Direktiven und schaute bei der Arbeit zu. Dies verband ihn mit Peploe. Beide betrachteten die Küche eher als Jagdrevier aller Sinne. Allerdings glaubte Claudette kaum, dass ihre Arbeit am Herd in seinem Interesse lag. Vielmehr vermochte Hunter wohl den zarten Bewegungen der Magd unter ihrem manchmal verschwitzten Kleid zu folgen. Während Claudette sich abmühte, die Rebhühner zu rupfen, betrachtete der Maler seine Magd und dachte an das Rupfen des Hühnchens. Zu süß und dennoch kräftig war der Anblick, wie sie da im unschuldigen Weiß, die Schüssel mit den Federn zwischen den weit gespreizten Beinen, auf dem Küchenhocker, saß.

»Weihnachten ist nah!«, dachte er: »Wenn sich schon ein Engel in meiner Küche abmüht.«

Aber reichte dem Maler dieses eine Hühnchen zum Nachtisch? Hunter dachte darüber nach, auch die Frau des Gärtners mit zu Tisch zu bitten. Er erinnerte sich gerne daran, wie sie das heimliche Mahl der Freude bereits schon einmal zusammen aßen.

Hunter ließ der Frau des Gärtners auftragen, etwas getrockneten Thymian, Salbei und Rosmarin, sowie einen Spitzkohl nebst Karotten und Zwiebel aus dem heimischen Garten zu bringen.

So geschah es. Claire, die Frau des Gärtners, erschien, die Früchte des Gartens an den Leib pressend. Hunter veranlasste sie zu bleiben und sich am Ofenfeuer zu wärmen, wie er sich nun auch an ihrem Anblick wärmte.

Claire wusch nach kurzer Rast die Kräuter und zerkleinerte das Wurzelgemüse, sowie den Kohl, während Claudette mit Widerwillen weiterhin die Hühnchen ausnahm. Als sich nun beide über das Geflügel beugten, um die Kräutersäckchen im ausgenommenen Bauch der Vögel zu versenken, vermeinte sich der Pinsel des Malers rühren zu wollen. Wie gerne wollte er nun malen, oder zumindest sein Kräutersäckchen im Hühnchen versenken.

Claudette zupfte die Blätter des Kohls, blanchierte sie unter heißem Wasser, nahm die Hälfte hiervon und legte diese in eine mit Speckstreifen ausgelegte Casserole.

Während sich nun Claudette und Claire über den Tisch beugten, die ausgenommenen und gerupften Rebhühner auf das Bett aus Kohl legten, diese mit den Karotten, dem restlichen Kohl, Zwiebel, Speck und Salamiwurststückchen füllten, näherte sich der Maler von hinten den beiden Engelshintern. Sein Pinsel regte sich bereits deutlich. Seine Hände legten sich auf je einen Po, um vergleichende Studien der Malerleinwand treffen zu können. »Alles für die Kunst«, seufzte Claire und das Klagen ging schnell in ein helles Kichern über. Sie war bereits mit des Malers Überfällen vertraut.

Claudette hingegen stieß einen spitzen Schrei in Anbetracht dieser unerwarteten Berührung aus. Während sie noch die Butterflocken auf das Geflügel verteilte, Claire aber die Casserole hielt, schoben sich die Hände des Malers tiefer, zwischen die Schenkel der beiden Frauen. Claire öffnete bereitwillig einen Weg, wohingegen Claudette den ihren eng gestaltete.

Claudette hatte schnell den großen hölzernen Tisch räumen wollen und konnte sich kurz von Hunter lösen. So konnte sie gerade noch die Casserole in den Ofen schieben. Anschließend wurde sie sofort wieder eingefangen. Nun lag sie kopfüber, mit dem Gesicht in der Butter, auf dem Tisch. Claire schleckte das Fett von ihren Lippen, während der Maler in aller Lust die beiden Farbtöpfchen für seinen Pinsel unter dem Meer wallender Unterkleidung suchte.

Und dann stieß er zu, entjungferte die Magd! Claudette riss die Augen weit auf, teils vor Schreck, teils vor Schmerz, teils vor Lust. Schreien konnte sie nicht. Sie wusste, irgendwann würde dieser Moment unvermeidlich sein. Claires Zunge steckte zugleich tief in ihrem Rachen.

Wieder und wieder tauchte der Pinsel in den Farbtopf und färbte sich langsam rot. Das Rot der ersten Lust.

Vergessen waren die Rebhühner.

An diesem Tage gab es kaltes Hühnchen vom Vortage.

Inbhir Nis

Eröffnung

Inverness

Der erste Tag der Highland Games war ein Zusammenprallen von Freizeit und Arbeit. Es war Freitag. Die Stadt war geschäftig wie immer. Rund um die Ness Bridge und das Zentrum gab es die übliche Geschäftigkeit. Einerseits schlenderten Touristen durch die Straßen oder entlang des Flusses, und andererseits kam es am späten Nachmittag zu den üblichen Verkehrsstörungen, wenn die Büros schlossen und Familienväter und -mütter aus ihren Firmen flüchteten. Dazwischen sah man Schuluniformen in dezenten Farben wie Blau-Weiß, Grau und einem Bordeaux-Rot mit weißen Blusen oder Hemden. Im Kontrast waren die Schulranzen schreiend bunt.

Als wäre dies nicht genug, bevölkerten auch tausende Besucher der Highland Games die Innenstadt. Sie warteten auf die ersten Veranstaltungen des Rahmenprogramms, tranken ein paar Bier und schlenderten durch die Geschäfte. Wo immer möglich, hatte die örtliche Gastronomie Tische vor die Lokale gestellt. Der Platz hierfür war knapp und die Stadt ahndete Verstöße streng. Ansonsten war Inverness trotz aller Betriebsamkeit eine ruhige, entspannte Stadt.

Und da war die Parade der Dudelsackspieler aus vielen Vereinen. Auch die Black Watch stellte eine militärische Abordnung mit dem Orchester des Battalion. Mehr oder minder synchron versuchte man "Scotland The Brave" gemeinsam zu spielen. Jeder Verein hatte seinen eigenen Tambourmajor vorweg laufen. Diese Dirigenten einigten sich nur bedingt auf ein gemeinsames Tempo. Nach den ersten Anfangsschwierigkeiten sah man ein, dass es am sinnvollsten war, sich an den Profis der Black Watch zu orientieren. Fortan kam eine gewisse Gleichmäßigkeit in die einzelnen Gruppen. Interessanterweise gab es jedes Jahr das gleiche Problem. Und jedes Jahr war die Lösung die gleiche.

Hinter den Dudelsäcken und den Trommlern marschierten einige Sportler. Vergleiche zu Legionären im römischen Reich waren nicht von der Hand zu weisen. Aber diese Legionäre durften ohne Ketten an den Füßen durch die Stadt laufen. Es waren die neuen Helden einer Zeit, in der Schottland seine Identität wieder betonte und eine gewisse Distanz von England suchte. Da kamen Traditionen wie „The Games" gerade recht.

Abschnittsweise wurden die Straßen gesperrt, während der Festzug über die Verlängerung der Ness Bridge, die Tomnahurich Street, zum Sportpark marschierte. Kinder sprangen vor den Musikern hin und her. Die Eltern konnten sie nicht in den Griff bekommen. Die Polizei ließ sie gewähren.

Touristen und Einheimische versuchten, sich vor den Festzug zu positionieren und zu filmen. Sie reagierten ungehalten, wenn man sie mit ihren Handys wegdrückte. Sie schrien Zeter und Mordio und sahen sich ihren jahrhundertealten und lange erkämpften Bürgerrechten beraubt. Ironischerweise beschwerten sich hauptsächlich Engländer und weniger Schotten. Manche hielten ihre Handys mit Selfiesticks in die Höhe, um einen besseren Bildwinkel zu bekommen. Unzählige Videos von dieser Parade würde man wenige Minuten später im Internet sehen können.

Später am Freitagabend würde es erste musikalische Rahmenveranstaltungen geben. Man würde tanzen, singen und trinken. Viel trinken. Einige Sportler würden den ersten Wettkampftag gar nicht mehr erleben, weil sie die Prioritäten falsch setzten.

Lady Elizabeth saß mit einigen Vereinskollegen im Highland House of Fraser. In dem Haus war nicht nur ein Geschäft für traditionelle Tartans untergebracht, sondern auch die

Inverness Piping Society. Zusammen sichtete man die Meldungen der diesjährigen Teilnehmer am Piping-Wettbewerb und loste die Startreihenfolge aus. Hier sah man Lady Elizabeth die Trauer nicht an. Hier war sie die Ehrenvorsitzende des Vereins und die Schirmherrin. Hier war sie der Clan Chief der McLymondts.

Enya, Annie und Fionn befanden sich ebenfalls in der Innenstadt. Sie hatten sich vorgenommen, die Parade zu beobachten und die Atmosphäre der Highland Games aufzusaugen.

»Es ist wirklich beeindruckend«, sagte Annie, während sie die Dudelsackspieler beobachtete. »Man spürt förmlich die Tradition und den Stolz.«

Enya nickte zustimmend. »Es ist eine besondere Atmosphäre. Und es ist gut zu sehen, dass Lady Elizabeth so stark bleibt.«

Fionn beobachtete die Menschenmenge und die Polizisten, die versuchten, für Ordnung zu sorgen. »Wir sollten auf der Hut sein. Bei so vielen Menschen könnte leicht etwas passieren.«

❦ ❧ ❦

Inverness Marina

Nach dem Umzug durch Inverness kehrten Fionn und seine Gäste zur Solstice zurück.

Mittlerweile hingen Fotos aller vier Leuchtturmbilder im Salon des Bootes. In der beengten Kabine war es gar nicht so einfach, noch Platz an der Wand zu finden. Eigentlich war jeder Zentimeter gut genutzt. Fionn hatte sogar den Platz für die Seekarten freigeräumt. Seekarten nutzte er sowieso nur als Backup, falls die elektronischen Karten auf dem Tablet mal ausfallen sollten.

»Peploe, Fergusson und Cadell sind erledigt«, stellte Fionn laut fest. Moira schnaufte zur Bestätigung und Fionn musste grinsen. »Der Hund ist meiner Meinung.«

Enya und Annie brachen beide ins Lachen aus. Enya wurde als erste wieder ernst. »Es klingt ironisch, wie du das sagst, dass die Maler bereits erledigt sind. Es klingt, als ob eine Aufgabe abgearbeitet wird und die ersten drei von vier Schritten abgehakt werden konnten.«

»Aber genauso wird es sein.« Fionn kratzte sich nachdenklich das Kinn. »Es sind keine Prophezeiungen. Es sind Aufgabenstellungen.«

»Und wer hat die Aufgaben gestellt?«

»Das ist ein Teil des Rätsels«, kombinierte Fionn. Enya bewunderte die messerscharfen analytischen Fähigkeiten des Seglers und Physikers.

»... und?«

»Der andere Teil des Rätsels ist, wer die Aufgabenstellungen erledigen muss.«

»Da bleibt also nur noch die Aufgabenstellung Hunter.« So gut es in dem begrenzten Raum möglich war, lief Enya auf und ab.

Fionn arbeitete sich zentimeterweise durch das Bild. »Wir müssen wissen, ob das Hunter-Bild auch manipuliert wurde.«

»Müssen wir George nochmals nach Glasgow schicken?«, wollte Annie wissen.

Enya widersprach. »Er sagte selbst, er ist kein Kunstkenner.«

»Und wenn wir McEwan schicken?«

»Den Kunstdoktor als Einbrecher?«, fragte Fionn ungläubig. »Ähnlich Sean Connery in Indiana Jones?«

»Gibt es keinen anderen Weg?« Enyas Nervosität war für alle deutlich spürbar.

»Vielleicht gibt es einen Weg.« Fionn versank in seine Gedankenwelt. »Enya, sagtest du nicht, die Colourists haben bei den Leuchtturmbildern kein Grün verwendet?«

»So ist es. McEwan hatte es für Cadell, Peploe und Fergusson bestätigen können.«

»Drei von vier.«

»Nur Hunter hatte er noch nicht begutachten können.«

»Dann muss ich das nun machen«, erkannte Fionn. »Gebt mir Zeit.«

»Wenn wir etwas nicht haben ...«

»... dann ist es Zeit.« Fionn hatte bereits das Hunter-Bild aus Georges Fotos auf dem großen Monitor geöffnet. »Es ist zwar nicht das Original. Aber die Kombination aus den vielen Handyfotos zeigt uns doch eine Menge Details.«

Fionn bewegte mit der Maus einen pipettenförmigen Zeiger über das Bild. Zu jeder Position des Zeigers änderten sich die Zahlenwerte, die hinter den Kürzeln R, G und B für Red, Green und Blue standen.

»Was machst du da?«, wollte Annie wissen.

»Ich suche Grün.«

»In den Bildern ist doch kein Grün«, widersprach Enya.

Fionn lächelte. »In den Teilen, die Hunter gemalt hat, ist kein Grün. Aber was ist, wenn es einen Teil gibt, in dem ich Grün finde?«

Enyas Interesse brannte. Immer wieder konnte Fionn sie verblüffen.

»Wenn du Grün findest, dann wäre das ...«

»... nicht von Hunter.«

Enya setzte sich auf die Bank. Sie wollte näher an Fionn heranrücken, um besser sehen zu können. Aber im Salon der Solstice gab es keine frei beweglichen Stühle. Enya stand wieder auf und setzte sich auf die Kante des Tischs.

Fionn schloss das Bild von Hunter auf dem Monitor.

»Wie willst du Grün finden, wenn du das Bild zumachst?«, fragte Annie.

»Ich schaue mir erst die drei anderen Bilder als Referenz an. Ich habe da so einen Gedanken.«

Fionn öffnete und vergrößerte ein Foto vom manipulierten Peploe-Bild. Er vergrößerte den Ausschnitt mit der schreienden Person an der Lampe des Leuchtturmes.

»Gibt es Grün?«

»Jetzt sei nicht so ungeduldig. ... Aber nein. Nicht in diesem Ausschnitt mit den kräftigen Rot- und Gelbtönen. Die Person ist nur dunkler. Mit Grau und Schwarz hinzugefügt. Noch habe ich nichts gefunden. Das Bild hilft mir nicht weiter.«

Enya rutschte nervös hin und her.

Als nächstes erschien das Bild von Fergusson auf dem Monitor.

»Ich brauche Zeit.«

»Wir haben keine ...«

»... ich weiß«, unterbrach Fionn. »Lasst mich nun mal arbeiten. Vielleicht magst du so lange mit Moira laufen.«

»Du willst mich nur loswerden.«

Fionn antwortete nicht. Insgeheim wünschte er sich nur Ruhe, um die Bilder analysieren zu können.

»Ok. Ok. Ich habe verstanden. Aber warte. In einer Stunde bin ich wieder hier.«

Annie verstand, dass sie ruhig bleiben musste. Sie beschäftigte sich möglichst leise in der Pantryküche der Solstice, während Fionn das Fergusson-Bild analysierte.

Bereits kurze Zeit später nickte Fionn und schrieb etwas auf einen Notizzettel, was für Annie wie Koordinaten aussah. Dann setzte er gut sichtbar Marker am Monitor auf das Bild. Dort, wo Victoria zwischen den Wellen verschwand.

‚Er benutzt Papier?‘, dachte sich Annie.

Fionn verstand den unausgesprochenen Gedanken. »Aber klar, nutze ich Papier. Aber Ruhe in den Gedanken. Ich muss mich konzentrieren.«

Anschließend wurde das Cadell-Bild geöffnet. Fionn benötigte diesmal wesentlich mehr Zeit. Er schrieb keine Notizen zu diesem Bild auf.

Letztendlich war wieder das Hunter-Bild auf dem Monitor zu sehen.

Fionn vertiefte sich in die Untersuchung des Bildes. Stück für Stück analysierte er die Farbwerte, die durch die Pipette angezeigt wurden. Er suchte nach Anomalien, nach den kleinsten Hinweisen, die ihm sagen könnten, ob das Bild nachträglich verändert worden war.

Plötzlich hielt er inne. »Hier ist es!«, rief er aufgeregt. »Hier ist ein kleiner Bereich mit Grün. Das kann nicht von Hunter stammen.«

Enya und Annie eilten herbei, um einen Blick auf den Monitor zu werfen. Fionn zeigte auf einen winzigen Bereich am Rand des Bildes, wo die Farbwerte einen Hauch von Grün anzeigten.

»Das ist der Beweis«, sagte Enya leise. »Das Bild wurde manipuliert.«

Fionn nickte. »Aber was bedeutet das für uns?«

»Es bedeutet, dass wir Carl Colin finden müssen, bevor es zu spät ist«, sagte Annie entschlossen. »Er ist in Gefahr und wir müssen ihn warnen.«

Enya konnte keine Stunde warten. Bereits nach 47 Minuten war sie wieder zurück.

»Eine Stunde?« Fionn schaute auf die Uhr.

»Hast du Grün gefunden?« Enya war neugierig. Fionn ließ sie schmoren. »Grün. Moment. Da war was.« Er lehnte sich zurück.

»Und? Grün?« Enya wurde langsam nervös.

»Nun spann sie nicht weiter auf die Folter.« Annie war die ganze Zeit an Bord geblieben und wusste mehr als Enya.

»Ja. Es gibt eine kleine Ecke Grün im Bild. Nicht viel. Möchtest du suchen?«

Enya kochte langsam. »Nun mach schon ...«

Wortlos deutete Fionn auf eine Gruppe Dudelsackspieler.

»Was ist da?« Enya konnte nichts Auffälliges erkennen. »Es sind doch nur Musiker.«

»Links hinten. Hinter der Gruppe.«

Enya kam näher. »Was ist das? Ein Rechteck im Gras?«

»Ich habe auf ein Paket getippt«, kommentierte Annie.

Fionn ergänzte seine Sicht der Vermutung: »... und ich vermute, es ist eine Bombe.«

Die Erkenntnis traf Enya wie ein Schlag. »Eine Bombe? In einem Gemälde?«

»Es ergibt Sinn«, meinte Annie nachdenklich. »Eine subtile Andeutung, die nur diejenigen verstehen, die wissen, wonach sie suchen.«

Fionn nickte. »Wenn die vermutliche Bombe ein Teil des Plans ist, dann muss sie schon bald zum Einsatz kommen.«

Enya nahm ihr Handy und wählte Sir Brams Nummer. »Sir Bram, wir haben etwas gefunden. Fionn vermutet, dass es eine Bombe bei dem Fest sein könnte.«

Sir Bram war am anderen Ende der Leitung für einen Moment still. »Das ist ernst. George sucht bereits nach CC. Ich werde ihn informieren und sehen, ob wir Verstärkung bekommen können.«

Wettbewerbe

Lady Elizabeth runzelte die Stirn, als sie früh am Samstagmorgen die Fahnen zur Dekoration des Piping Events sah. Natürlich gab es an der Festtagsbühne das weiße Andreaskreuz auf blauem Grund, die Nationalfarben Schottlands. Natürlich gab es das Königswappen mit den drei roten Löwen auf Gelb. Auch das Wappen der Stadt Inverness lag bereit, um am Fahnenmast aufgezogen zu werden.

Lady Elizabeth wunderte sich auch nicht über den Union Jack, der Flagge Großbritanniens. Sie schlenderte über den Festivalplatz und wollte ein letztes Mal die Bühne in Augenschein nehmen. Eigentlich war alles wie immer. So, wie in den vergangenen fünfzig Jahren, in denen sie den Vorsitz hatte. Nun, als sie darüber nachdachte, fiel ihr auf, dass es ein Jubiläum sein konnte. »Waren es wirklich schon fünfzig Jahre?« überlegte sie. Genau wusste sie es in diesem Augenblick nicht. »Ich werde bei Gelegenheit mal recherchieren«, dachte sie. »Es ist aber nicht wichtig.«

Inverness wollte zeigen, dass es weltoffen war. Auch einige Flaggen der LGBT-Szene – der bunte Regenbogen – sollten gehisst werden. Hinter der Bühne standen diverse Flaggenmasten. Einige andere umgrenzten den Festivalplatz. Lady Elizabeth konnte sich mit dem Gedanken noch nicht anfreunden. Sie war weltoffen. »Die Fahne gehört nicht zu diesem Event«, dachte sie. Lady E. sprach den Gedanken nicht aus.

Aber irgendetwas stimmte mit dieser Flagge nicht. Die alte Dame hielt vor den bereitliegenden Flaggen an und machte den Vertreter des Organisationskomitees auf die Flaggen aufmerksam.

»Wo kommen die Flaggen denn her? Wir haben doch immer selbst …«

»In diesem Jahr haben wir vieles an eine Eventagentur abgegeben. Uns fehlten die Ressourcen. Sie wissen doch. Die Freiwilligen werden immer weniger. Und die Agentur erledigt das für uns für einen kleinen Preis.«

Lady Elizabeth nickte. »Und die Masten sind auch neu«, erkannte sie.

»Ja. Die neuen Aluminiummasten geben ein besseres Bild als die alten Holzstangen ab. Die neuen Masten stehen aber nur leihweise zur Verfügung. Am Montag werden die wieder zusammen mit der Bühne abgebaut.«

»Verstehe. Aber wollen wir die Fahnen wirklich so aufhängen?«, fragte Lady Elizabeth.

»Natürlich. Inverness ist eine weltoffene Stadt. Wir haben Besucher aus allen Ländern, jeder Hautfarbe und jeder Orientierung.«

Lady E. blieb weiter skeptisch. »Aber …«

»Das traditionelle Schottland ist das moderne Schottland … oder umgekehrt.« Der Veranstalter versuchte, die Skepsis der alten Dame zu zerstreuen.

»Aber da stimmt doch irgendetwas nicht.«

»So ist Schottland nun mal in der heutigen Zeit.« Es fiel dem Veranstalter schwer, die alte Dame von den Fahnen zu überzeugen. Andererseits war die Piping Society nur im Rahmenprogramm der Highland Games aktiv. Im Vordergrund stand das Treffen der Athleten. Sie setzten hier die Standards. Und die Athleten vertraten den LGBT-Gedanken.

»Spricht was gegen den Regenbogen?«, fragte er neutral und vermied den Hinweis auf die Schwul-Lesbische-Gemeinde.

»Dann eher der Union Jack«, argumentierte Lady Elizabeth. »Nein. Irgendetwas stimmt mit den Flaggen nicht.«

Sie legte einen weiteren, gefalteten Fahnenstoff auf den Tisch. »Diese fehlt noch«, bemerkte sie resolut. Ihre Stimme duldete keine Widerrede.

Das Komiteemitglied faltete den grünen Stoff aus. »Grüner Tartan«, bemerkte der Mann. Er wollte irgendetwas sagen. Er wusste nicht was. Eigentlich wollte er gegen die Clanfarben rebellieren. Das Festival war keine Veranstaltung des Clans.

Lady Elizabeth ahnte seine Sichtweise. Sie kam ihm mit strenger Miene zuvor. »Wir stiften seit Generationen den Siegerpokal. Diesmal sollte das Grün der McLymondts über der Siegerehrung wehen.«

Das dezent angedeutete Tartanmuster trug das goldene Familienwappen des Clans und den lateinischen Wahlspruch des Clans »*Cui honorem, honorem*[56]«.

Sir Bram wagte den Vorstoß, die örtliche Polizei zu informieren. Zuerst kam er sich auf dem Revier der City Police reichlich verloren vor.

»Da steht ein alter schrulliger Mann unten an der Theke und faselt etwas von einer Bombe bei den Spielen.« Der Wachhabende informierte seinen Sergeant. Der Schichtleiter schaute kurz um die Ecke.

»Ich kümmere mich gleich darum. Lass' ihn warten.«

Der Wachhabende ging wieder nach vorne und deutete auf eine lange Bank, wo Sir Bram warten solle. Kaugummis an den Lehnen und Graffitis mit wasserfestem Stift zeugten davon, dass sich hier schon viele Menschen gelangweilt hatten und vermutlich lange, lange warteten. Der Sergeant kümmerte sich zunächst um sein Sandwich und gab etwas Milch in den Tee.

---

[56] *Cui honorem, honorem: Ehre wem Ehre gebührt*

»Alle verrückt heute«, grummelte er. »Wie jedes Jahr bei den Spielen.«

Als der Polizist es nicht länger hinauszögern konnte, ging er nach vorne zur Wartezone und bat Sir Bram in sein Büro. »Folgen Sie mir bitte.« Noch bevor Sir Bram saß, fragte der Polizist: »Was wissen Sie über eine Bombe?«

Sir Bram hatte sich lange zuvor schon zurechtgelegt, wie er glaubwürdig die Situation beschreiben konnte. Eigentlich wollte er zunächst seinen Adelstitel betonen, um zumindest ein Minimum an Respekt zu erhalten. Man würde ihm weder die Geschichte von den vier Bildern abnehmen noch den Hinweis auf die besondere Sensibilität und die Recherchen des Hexenzirkels. Beides war für Außenstehende kaum zu glauben. Zudem wollte er genau dieses Wissen nicht offenlegen. Genauso wenig konnte er von Carl Colin berichten. Für den Hexencoven war noch immer nicht klar, ob er Täter oder Opfer war. Enya tendierte dazu, ihn als Täter zu sehen. Annie bekräftigte Enyas Sicht. Sir Bram sah ihn eher in der Rolle eines möglichen Opfers, auch wenn er sich darin ebenfalls nicht sicher war.

»Es gab Hinweise ...«

»Haben Sie ein Bekennerschreiben? Gab es einen Anruf? Oder sonst eine handfeste Spur?«

Sir Bram hielt einen Augenblick inne und drehte den Silberknauf des Palisander-Gehstocks zwischen den Fingern hin und her. »Ich kann Ihnen aktuell meine Quellen nicht nennen.«

»In solchen Fällen gilt kein Zeugenschutz. Es sei denn, Sie sind Anwalt und es fällt unter das Anwaltsgeheimnis. ... oder Priester. Sind Sie das?«

»In beiden Fällen ... nein. Ich bin nur ein Laird und Clan Chief. Und ich habe auch nicht um Zeugenschutz gebeten.« Nun hatte Sir Bram es zumindest geschafft, auf seinen Titel hinzuweisen. Noch hatte dies in Schottland eine gewisse Strahlkraft.

»Was soll ich tun?«, fragte der Polizist rhetorisch. »Die Highland Games absagen? 50.000 Zuschauer aus der Stadt werfen?«

»Es wäre sinnvoll.«

»Aber unmöglich.«

»Haben Sie wenigstens noch konkrete Informationen für uns, Sir?«

»Leider nein.«

»Ich werde mich um die Sache kümmern.«

Nachdem Sir Bram gegangen war, schüttelte der Sergeant seinen Kopf. »Ein alter Laird, der keine Aufmerksamkeit mehr bekommt. Ein Spinner.«

Während George und Fionn emsig das Gelände durchkämmten, bemerkte Sir Bram am Rande des Platzes Lady Elizabeth. Sie wirkte nachdenklich und etwas abwesend, doch als sie Sir Bram entdeckte, hellte sich ihr Gesicht auf.

»Sir Bram, was führt Sie hierher?«, fragte sie mit leichtem Erstaunen in der Stimme.

»Ich habe eine dringende Angelegenheit, über die ich mit Ihnen sprechen muss, Lady Elizabeth«, antwortete er und warf einen kurzen, besorgten Blick über das Gelände.

»Es handelt sich um eine Sicherheitsfrage. Wir haben Grund zu der Annahme, dass es eine Bedrohung gibt.«

Lady Elizabeth runzelte die Stirn. »Eine Bedrohung? Was für eine Bedrohung?«

Sir Bram erklärte in knappen Worten die Situation, ohne zu sehr ins Detail zu gehen. Er wollte Lady Elizabeth nicht unnötig beunruhigen, aber sie sollte informiert sein.

»Ich verstehe«, sagte sie nachdenklich. »Wie können wir helfen?«

»Wir benötigen Ihre Unterstützung, um die Menschen diskret zu alarmieren und die Sicherheitskräfte zu verstärken«, erklärte Sir Bram. »Wir können nicht einfach alle evakuieren, das würde Panik auslösen. Aber wir können sicherstellen, dass das Gelände sicher ist.«

»Natürlich«, antwortete Lady Elizabeth fest entschlossen. »Ich werde sofort mit den Verantwortlichen sprechen und die nötigen Maßnahmen einleiten. Bleiben Sie bitte in der Nähe, falls wir weitere Informationen benötigen.«

Während Sir Bram und Lady Elizabeth ihre Pläne koordinierten, setzte sich die Stimmung der Highland Games unvermindert fort. Die Sportler und Zuschauer trotzten dem wechselhaften Wetter, und die Begeisterung für die traditionellen Spiele blieb ungebrochen. Fionn und George hingegen waren fokussiert auf ihre Suche. Sie überprüften jede Ecke, jede Mülltonne und jedes Dixie-Klo gründlich.

Fionn hatte Probleme, mit George Schritt zu halten. Er hechelte hinterher und verlor George immer wieder aus den Augen. Dann beschleunigte Fionn so gut es ging. Aber es ging nicht. Er griff nach der Absperrung des Sportgeländes. Er beugte sich vor. Dies gab ihm etwas Halt. Er griff mit beiden Händen zu. Er lehnte sich vor. Fionn atmete schwer. Er bekam kaum Luft. Seine Finger verkrampften. Er wollte den Griff nicht aufgeben. Die Welt drehte sich vor ihm.

Die Sportveranstaltungen fanden scheinbar rund um ihn herum statt. Die Zuschauer liefen in entgegengesetzter Richtung um ihn. Sie kollidierten mit den Sportlern. Zumindest sah es so aus. Schallendes Gelächter mischte sich mit den Anfeuerungsrufen der Zuschauer und Schreie der Sportler. Fionn atmete immer schwerer. Er wollte sich setzen. In unmittelbarer Nähe sah er eine Bank. Es waren vielleicht drei Meter bis dorthin. Er würde es schaffen. Fionn torkelte zwei Schritte zurück, anstatt vorwärts. Er sank auf einer Ecke der Bank nieder. Eine Mutter mit zwei Kindern schaute irritiert. Plötzlich mussten sie die Bank teilen. Ungefragt.

»Sind Sie betrunken?«, fragte sie und zog die beiden Kinder an sich heran.

Fionn schüttelte den Kopf und deutete stimmlos auf seinen Mund, während er weiter laut hechelte. Dann versank er in eine Ohnmacht. Fionn sah das Hunter-Bild vor Augen. Er konnte die Tänzer erkennen. Fionn sah Dudelsackspieler. Menschen in ausgelassener Stimmung.

Fionn bekam Kontakt zu Enya. »Was weißt du über die Bombe?« Enya hatte schnell realisiert, dass Fionn eine Verbindung zu ihr hatte. Sie saß trotz des schlechten Wetters an Deck der Solstice und wollte die letzten Tage rekapitulieren, als sie den Eindringling in ihren Gedanken realisierte. »Das Buch Liath kann vielleicht helfen«, überlegte sie. Enya hastete schnell unter Deck, um das Buch zu holen. Sie legte es sich auf den Schoß und hielt die Hände schützend über den Einband. Es ging nicht um den Schutz des Buches, aber so hatte Enya einen engeren Kontakt zu dem geheimen Wissen im Inneren.

»Wie kann ich helfen?« Enya war ratlos.

»Ich weiß es selbst nicht. Wir suchen. Wir wissen nicht wo.«

Enya und Fionn tauschten Bilder aus. Fionn übermittelte, was er sah. Enya transferierte Fragmente aus dem Hunter-Bild, vermischt mit Eindrücken aus dem Buch Liath. Fionn zeigte Enya die verschiedenen Flaggen, die nass und leblos an den Fahnenmasten hinter der Bühne hingen. Enya kommentierte das Bild mit einem Regenbogen aus dem Buch. »Soll das ein Regenbogen sein?«, meinte Fionn.

»Wieso?«

»Er ist nicht komplett bei mir angekommen. Ich habe einen Regenbogen ohne die Farbe Grün empfangen.«

Bild auf Bild folgten. Jeder Ansicht folgte eine Entsprechung mit der Kraft des magischen Buches.

Als Fionn wieder zu sich kam und zugleich der Kontakt zu Enya im Nebel verschwand, meinte die junge Mutter besorgt: »Soll ich einen Arzt rufen?«

Fionn wollte abwinken, aber man ließ ihm keine Wahl. Die Mutter hatte bereits die Notrufnummer gewählt. Bereits nach wenigen Sekunden kamen zwei Sanitäter aus dem Bereitschaftszelt angelaufen. Einer trug einen orangefarbenen Rucksack mit seiner Ausrüstung.

Schnell prüfte man, ob Fionn ansprechbar war. Fionn antwortete abgehackt auf die Frage nach seinem Namen und ob er wisse, wo er sei. Auch wenn die Antworten koordiniert waren, überzeugten sie die Sanitäter nicht. Zwischen den Worten gab es Atemaussetzer. »Das müssen wir klären«, meinte einer der Sanitäter ernst.

»Alles ... gut.«

»Nichts ist gut. Das gefällt mir nicht.«

Kurze Zeit später traf auch der Rettungswagen ein. Trotz versuchter Gegenwehr bekamen die Sanitäter Fionn mit sanfter Gewalt auf die Liege. Fionns Gegenwehr kostete ihn Kraft. Er sackte zuerst in sich zusammen. Er schloss die Augen. Auf der Liege des Rettungswagens kam er langsam wieder zu sich. Sein Atem beruhigte sich. Der Druck verschwand von seinen Lungen. Fionn versuchte, wieder tiefer durchzuatmen und sich zu entspannen. Sein Puls beruhigte sich.

George hatte aus der Distanz den Rettungseinsatz mitbekommen. Er sah, wie der Rettungswagen zum Sanitätszelt fuhr. George brach seine Suche nach dem Sprengsatz ab. Stattdessen sah er zu, dass er zum Sanitätszelt kam. Fionn wehrte sich dagegen, ins Krankenhaus zu weiteren Untersuchungen gebracht zu werden. Er wollte seine Aufgabe erst beenden. Dabei wusste er gar nicht, wie er weiter vorgehen sollte.

George widersprach. »Natürlich bringen sie ihn ins Krankenhaus. Es muss endlich Klarheit her, was mit dem alten Seemann hier los ist.« George war erstaunlich resolut. In diesem Moment war er nicht mehr der Diener von Sir Bram. Er war wieder der Elitesoldat des Special Air Service, SAS, wie er damals auf den Falklands Entscheidungen zu treffen hatte.

»Ich kümmere mich hier um alles Weitere«, versprach er Fionn.

Enya verharrte mit Liath auf dem Vordeck der Solstice. Sie hatte den Kontakt verloren. Ihr Telefon klingelte. George rief an.

»Fionn wird gerade ins Raigmore Hospital gebracht.«

»Was ist passiert?« Enya war besorgt. George schilderte die letzten Minuten auf dem Festplatz, soweit er sie mitbekommen hatte.

»Keine Bange«, meinte Enya. »Wir Hexen sterben nicht so leicht.«

»Aber ein Hexenmeister im Krankenbett ist auch nicht besonders hilfreich.«

Sir Bram war mit George zur Solstice herausgefahren. Die Fahrt würde trotz der betriebsamen Stadt keine fünfzehn Minuten dauern. Die Veranstaltung war schon weit fortgeschritten. Der Tag verlief aus Sicht des Covens bis dato ruhig, aber auch ohne Ergebnisse.

Die Unterbrechung der Suche sollte nur kurz sein, obwohl es bereits recht spät war. Es war der einfachste Weg für eine improvisierte Lagebesprechung ohne neugierige Zuhörer. Noch während George mit Sir Bram unterwegs war, bestellte Annie Pizza bei einem Lieferdienst.

»Pizza?«, fragte Enya.

»Da muss Sir Bram nun durch. Ich koche heute Abend sicher nicht mehr.«

»Vermutlich werden wir heute nicht mehr zum Gelände zurückkehren. Es ist schon spät.«

George parkte am Parkplatz der Marina. Beide Männer waren lange nicht mehr an Bord des Bootes gewesen. Und nun lag der Skipper im Krankenhaus und seine Gäste mussten mit dem Boot allein zurechtkommen. Annie kannte sich ein wenig an Bord aus. Immerhin wusste sie, was sie wo in der Küche finden konnte. Nur segeln konnte sie es nicht. Aber dies konnten auch George und Sir Bram nicht. So würde die Solstice wohl noch einige Zeit in der Marina von Inverness liegen.

»*Get tae*[57]«, forderte Annie die Besucher freundlich auf.

In Anbetracht des schlechten Wetters verschwanden George und Sir Bram schnell unter Deck im Salon.

»Ich brauche gar nicht erst nach dem Sachstand fragen«, meinte Sir Bram. »George hat mich bereits informiert.«

---

[57] *Universal-Aussage; hier in der Bedeutung „kommt herein"*

»Wir haben bis jetzt nichts in der Hand«, stellte Enya frustriert fest. »Genaugenommen wissen wir noch nicht einmal, ob es überhaupt eine Bombe gibt.«

»Wir vermuten es nur«, ergänzte Annie.

»Ich glaube daran«, war Enya wesentlich überzeugter.

»Von der Polizei bekommen wir keine Unterstützung«, schilderte Sir Bram das Erlebnis beim Besuch der Polizeistation.

»Anderes haben wir nicht erwartet«, entgegnete Annie.

»Wir haben den Festplatz vollständig abgesucht. Vor Ort haben wir nichts gefunden. Auch keine Indizien, die auf einen Sprengsatz hindeuten würden«, ergänzte George.

»Und bei der Suche ist Fionn zusammengebrochen?«, fragte Annie.

»Ich habe es zuerst nicht mitbekommen. Wir hatten uns getrennt. Ich hatte nicht mitbekommen, dass Fionn noch versuchte, zu folgen, als er wohl ...«

»Also hat er sich mal wieder überanstrengt«, erkannte Enya. »So wie letztens bei der Kanaldurchfahrt. Und nun fehlt die Zeit zum Krankenbesuch.«

»Ich kann das gleich machen. Sicher haben die noch Besuchszeit«, warf Annie in den Raum. »Nach der Pizza.«

»Ich komme mit«, warf Enya sofort ein.

»*Naw!*[58]«, war Annie resolut. »Du brauchst ein wenig Ruhe. *You're wabbit*[59]. Man sieht dir die Anstrengung an jeder Falte an.«

»Falten?«, ärgerte sich Enya über Annies manchmal schonungslose Offenheit.

---

[58] *Nein*

[59] *Du bist müde (ausgebrannt)*

»Ruhig, ruhig«, beschwichtigte Sir Bram die Damen, bevor die Diskussion eskalierte.

Sir Bram schaute Annie fragend an.

Annie wechselte unvermittelt wieder das Thema. »Ja, ich habe Pizza bestellt.«

Sir Bram enthielt sich eines weiteren Kommentars.

»Wir haben also ... nur Vermutungen.« Der alte Mann schaute sich fragend in der Runde um. Niemand widersprach.

Moira wurde unruhig. Sie schien offensichtlich zu widersprechen.

»Moira weiß mehr«, meinte Enya. »Und ich stimme zu. Unsere Vermutungen werden wohl stimmen. Die Gefahr ist real.«

Erneut kehrte Stille ein. Jeder bewertete die Aussage für sich individuell. Annie stimmte sofort Enya zu. George war noch eher skeptisch und Sir Bram war geneigt, die Gefahr – trotz ausbleibender Indizien und Beweise – als real zu erkennen.

Moira unterbrach erneut die Ruhe. Sie sprang auf. Sie bellte hell und durchdringend.

Annie lief raus auf den Steg. Nach wenigen Minuten kam sie mit fünf Pizzakartons zurück.

»Fünf?«, fragte Enya.

»Ich konnte mich nicht entscheiden.« Das Lachen kam langsam zurück.

»Vielleicht doch nicht so schlecht«, bemerkte Sir Bram, als der Geruch von Basilikum und Tomaten durch das Boot zog.

Auch Moira streckte die Nase in die Luft. Still und heimlich brach Annie den Rand eines Stücks Pizza ab und ließ es unter den Tisch fallen. Moira saß aber bereits zwischen Georges Füßen. Aus dieser Richtung hatte sie sogar ein größeres Pizzastück mit Schinken bekommen. Annie registrierte das Desinteresse des Welpen an ihrem Pizzastück und sah, warum der Hund abgelenkt war. »Verräter«, meinte Annie lachend zu George.

»Ich hoffe, wir jagen kein Phantom.« Sir Bram probierte skeptisch Frutti di Mare. »Wir verlassen uns nicht etwa allein auf die Meinung eines Hundes?«

»Nein«, widersprach Enya. »Liath ist auch der Meinung. Das Buch zeigt die Gefahr an. Es muss etwas da sein.«

»Der Hund ist Enyas neues Krafttier«, erläuterte Annie.

»Also verlassen wir uns auf die Meinung eines Hundes … eines Krafttieres … und eines Buches?« Insgeheim wusste Sir Bram allerdings, dass Enya ebenfalls diese Meinung vertrat. Er vertraute ihr.

»Zeigt das Buch den Sprengsatz an?« George wollte nicht so recht an die Prophezeiungen des Buches glauben. »Nun, wir haben Freitag und Samstag überstanden. Wir werden auch diese Pizza überstehen.«

Mittlerweile hatte sich Sir Bram durch die verschiedenen Pizzen probiert.

»Ist es das erste Mal, dass du Pizza isst?«, fragte Annie ungläubig.

»Du weißt nicht alles von mir.« Sir Bram musste in seinen Erinnerungen kramen. »Zumindest in Schottland das erste Mal, glaube ich. Aber früher in Florenz … da hatte ich Margherita probiert. Also dieses trockene Brot mit Tomatensoße und Basilikum. Aber diese hier geht. Mit Muscheln, Krabben und so. Ich glaube, wir Schotten sind die Erfinder der wahren Pizza.«

»So wie Haggies, Black Pudding …«, entgegnete Enya. »Alles, was gut schmeckt.«

»So viel Ironie in einem Satz«, kommentierte Annie. Zumindest war der Abend gerettet.

»Wir sollten früh schlafen gehen«, warf Enya ein. »Ich bin müde und morgen wird sicher anstrengend.«

»Ich wollte noch ins Krankenhaus«, meinte Annie.

»Ich eigentlich auch ...«, ergänzte Enya. Sie erntete einen tadelnden Blick von Annie.

»Du läufst nun deine Abendrunde mit Moira. Ihr beide diskutiert das dann auf eurer Pfotenrunde aus. Ich werde dich würdig im Krankenhaus vertreten.«

Kurze Zeit später bereiteten sich Sir Bram und George zum Gehen vor. »Sollen wir dich mitnehmen?«, fragte Sir Bram Annie.

»Und wie komme ich zurück?«

»Du kannst meine Giulia nehmen«, meinte Enya. »Dann brauchen die Herren nicht auf dich zu warten.«

»Es wäre kein Aufwand. Ich bringe erst Sir Bram in sein Hotel und anschließend bringe ich Annie zurück.«

»... oder ich laufe zurück.«

»Wir kürzen jetzt die Diskussion ab ... du nimmst mein Auto und damit basta.« Enya legte den Schlussstein der Diskussion. »Sonntag ... also morgen ist das Finale.«

Raigmore Hospital, Inverness

Eigentlich wollte Fionn nach einer ersten Untersuchung das Krankenhaus schnell wieder auf eigenen Beinen verlassen. Nach der Untersuchung kippte seine Stimmung schnell. Die Schwindelgefühle hatten eine Ursache. Eine Durchblutungsstörung. »Die Ursache der Störung müssen wir finden«, meinte der Kardiologe und duldete keinen Widerspruch. Direkt anschließend wurde im MRT das Herz näher untersucht. Es war nicht in der Lage, das Blut störungsfrei in die Aorta zu pumpen, weil die Aortenklappe sich nach und nach zugesetzt hatte.

Annie traf auf einen missmutigen Seemann im Krankenhausbett, nachdem sie sich von der Information zur Station und dort zum Krankenzimmer durchgefragt hatte.

»Ich hatte nicht vor, hier Anker zu werfen. Ich will hier raus«, ärgerte sich Fionn bockig. »Aber der Arzt meint, ein Geburtsfehler und eine Verkalkung blockieren den Blutfluss aus dem Herzen in die Aorta. Ich und Verkalkung ...? So ein Blödsinn. Ich bin nur etwas vom Kurs abgekommen. Mehr nicht.«

»*No mingin!*[60] Ich nehme dich nicht mit.« Annie war so resolut wie der Kardiologe. »Erst wirst du ganz brav sein. Dann sehen wir weiter.«

»Wie gesagt, ich habe nur etwas Schlagseite.«

Annie schüttelte den Kopf. »Sicher nicht! In der Seemannssprache hast du eher eine volle Breitseite abbekommen.«

»Ihr braucht aber meine technische Unterstützung bei der Suche nach der Bombe.«

»Wie möchtest du uns denn helfen? Schau dich mal an. *Peely Wally*[61]! Du kommst doch kaum aus dem Bett bis zur Toilette.«

Fionn hatte gehofft, Annies Besuch würde ihn aufmuntern. Das Gegenteil war der Fall! Annie konnte einem den Spiegel mit aller Brutalität vorhalten. Und es war gut, dass Annie gefahren war und nicht Enya. Annie hatte die notwendige Härte, anderen klarzumachen, was das einzig Richtige sei.

»Wir machen das schon. Ob du willst oder nicht. Alles ist arrangiert. Du wirst nach Edinburgh für die OP verlegt, sagte man mir eben auf dem Flur.«

---

[60] *Nicht revoltieren*
[61] *Kreidebleich*

»Ja, das meinte man auch zu mir. Aber der Sprengsatz?«

»Um die Bombe kümmert sich George, ... sofern es sie denn gibt.« Annie wusste, dass Fionn sie durchschaute.

»Natürlich gibt es eine Bombe«, antwortete er leise. Fionn hustete. Es fiel ihm schwer, ganze Sätze zu bilden.

»Und die Solstice? Die kann nicht in Inverness bleiben.« Fionn suchte nach allen Wegen, um nicht operiert zu werden.

»Auch daran haben wir gedacht. Joseph kommt morgen schon aus Port of Ness. Er wird mit uns zurücksegeln und den Kahn ...«

»... die Solstice ...«

»... die Solstice nach Stornoway überführen.«

»Welcher Joseph?« Fionn hustete. »Noch bin ich der Skipper.«

»Der Fischer mit der Bar. Dort, wo Enya Moira gefunden hat. Enya hatte das auch veranlasst.«

Fionn wollte widersprechen. Aber Annie nahm ihm den Wind aus den Segeln. »Wir machen das schon. Deiner Im-Mobilie wird nichts passieren. Joseph ist über 60 Jahre zur See gefahren. Er redet jede Welle mit Vornamen an.«

Fionn zog seine letzte Waffe: »Die Operation ist doch bei uns Hexen überflüssig. Wir sterben nicht so leicht.«

»Aber auch wir können sterben ... und wie du sagtest ... nicht so leicht ... aber es ist möglich. Wahrscheinlich.« Annie schaute eindringlich Fionn an. »Oder möchtest du ewig mit diesen Einschränkungen herumlaufen?«

Fionn suchte weiter nach Gegenargumenten. Er fand keine. Annie hakte nochmals nach: »Oder möchtest du bei jeder Ausfahrt mit der Solstice die Angst mitsegeln lassen, dass du wieder zusammenbrichst? *You're far puckled!*[62]«

Fionn gab seinen Kampf auf. Er wusste, wann er verloren hatte. Fionn sackte in die Kissen des Krankenhausbettes zurück. Der Kampf hatte Kraft gekostet. Er atmete wieder schwer. Husten setzte wieder ein. »Also Edinburgh.«

---

[62] *Du bist vollkommen außer Atem.*

Hunters Party

Bereits früh am Morgen war Sir Bram zur Marina herausgefahren. Er traf mit George rechtzeitig zum Frühstück ein. Annie und Enya hatten es sich mittlerweile an Bord häuslich eingerichtet. Mehr und mehr verströmte das Boot das Chaos der beiden Frauen. Fionns Ordnung war längst Geschichte. Frauen konnten den Salon schneller umgestalten, als das Wetter auf See wechseln konnte.

Während Annie Spiegeleier, Tomaten und Baked Beans briet, grübelte Sir Bram über die Zusammenstellung seiner Task Force nach. Er selbst war uralt. Mehrere hundert Jahre. Fionn, der Skipper, lag mit Herzbeschwerden im Krankenhaus. Seine Hilfe hatte sich damit erledigt. Und es hatte sich herausgestellt, dass er – außer der Analyse der Bilder – bis dato auch nichts zur Klärung der Gefahr beitragen konnte.

Dann die beiden Frauen. Annie strotzte vor Energie und Kraft. Annie war Schottin. Sie bewegte sich zwischen den Zuschauern und Teilnehmern der Highland Games, als gehörte sie dazu. Annie fiel nicht auf.

Enya hingegen war sehr sensibel und verletzlich. Die Meisterin des Covens war vielfach anfällig. Ihr fehlte die Härte für Einsätze wie heute. Sie wäre nicht einmal in der Lage gewesen, Fionn im Krankenhaus zu halten, wie es Annie gelungen war. Sie konnte besser hinter den Kulissen wirken. Aber inwieweit diese Fähigkeit hier in der Hektik der Games nützlich sein konnte, wusste Sir Bram noch nicht. Lediglich George konnte, wenn es erforderlich sein würde, auch mal Druck ausüben. Er hatte Einsatzhärte und die Skrupellosigkeit des Elitesoldaten.

»George und Annie übernehmen den aktiven Part vor Ort«, schlug Sir Bram vor und ging von Enyas Zustimmung aus.

Aber Enya widersprach: »Natürlich bin ich mit dabei.« Sie schaute Sir Bram an.

Der alte Herr erkannte, dass Enya es Ernst meinte und keine Widerrede duldete. Er musste es akzeptieren.

Sir Bram verteilte, nachdem der Frühstückstisch abgeräumt war, einige Fotos auf dem Tisch. »Das ist Carl Colin. Ich habe aktuelle Bilder von Lady Elizabeth bekommen. Wie auch immer – Opfer oder Täter – sollte heute bei den Spielen etwas geplant sein, wird Carl Colin mittendrin sein. Findet ihn!«

Enya nahm eines der Fotos in die Hand und betrachtete es aufmerksam. »Er sieht irgendwie unscheinbar aus, nicht wahr?«

»Genau das macht ihn gefährlich«, antwortete George. »Er kann sich leicht unter die Leute mischen, ohne aufzufallen.«

Sir Bram nickte. »Seid vorsichtig und haltet die Augen offen. Wir dürfen nichts dem Zufall überlassen.«

Die Gruppe machte sich bereit, das Boot zu verlassen und sich wieder unter die Leute zu mischen. George überprüfte noch einmal seine Ausrüstung, während Enya und Annie sich besprachen, wer welche Bereiche des Festivalgeländes abdecken würde.

»Ich gehe zum Haupteingang und halte dort Ausschau«, sagte Annie. »Vielleicht sehe ich ihn, wenn er ankommt.«

»Ich werde in der Nähe der Bühne bleiben«, fügte Enya hinzu. »Er könnte sich dort herumtreiben.«

»Und ich werde in Bewegung bleiben und mich zwischen den Ständen und dem Zuschauerbereich umsehen«, sagte George. »Wenn er etwas plant, muss er sich irgendwo in der Menge verstecken.«

                    ❧ ❧ ❧

Sir Bram war verärgert, dass Joseph bereits an diesem Sonntag aus Port of Ness ankommen sollte. »Ausgerechnet heute am Finaltag«, ärgerte er sich. »Und nun muss ich auch noch ein Taxi stellen«, stellte er gegenüber George fest, nachdem er nach dem Frühstück von Enya die Nachricht erhielt, dass Joseph mit der ersten Fähre in Ullapool ankommen würde. »Es ist doch egal, wenn die Solstice noch ein paar Tage hier in der Marina bleibt. Niemand drängt uns, das Boot früh nach Stornoway zu verlegen.« Er verstand es nicht.

»Wir sollten Lady Elizabeth fragen«, schlug George vor, »vermutlich kann sie einen Fahrer abstellen.«

Sir Bram gefiel dieser Gedanke. Immerhin arbeitete man gerade in der Angelegenheit der alten Dame. Zum Glück konnte Lady Elizabeth ihren Diener nach Ullapool zur Fähre schicken. So musste keiner aus dem Coven an diesem Morgen fahren. Alle hatten die Köpfe für die Anforderungen der kommenden Stunden frei.

❧ ❧ ❧

Auf der Straße zwischen Ullapool und Inverness, 10:02

Die Fähre erreichte den Hafen von Ullapool pünktlich um zehn Uhr morgens. Joseph war leicht zu identifizieren. Er war der einzige Mann, der am Fähranleger stand und nicht abgeholt wurde. Der Butler sprach ihn kurz an: »Joseph?«

Der alte Mann nickte scheinbar regungslos, sein wettergegerbtes Gesicht unter einer Tweedkappe verborgen.

»Ich bin der Butler von Lady Elizabeth McLymondt. Sir Bram schickt mich. Ich bringe Sie nach Inverness.«

Weder kannte Joseph Lady Elizabeth noch Sir Bram. Aber er wusste, dass er nach Inverness gebracht werden sollte. »Wer sind Lady Elizabeth und Sir Bram?«, fragte Joseph. »Beide Namen sagen mir nichts.«

»Moment. Ich telefoniere kurz«, erwiderte der Butler, ohne auf die unausgesprochene Frage nach den Namen einzugehen.

Lady Elizabeth gab das Telefon an Sir Bram weiter und der Butler seines an Joseph. Sir Bram konnte schnell erläutern, dass Enya und Annie in der Marina der Stadt, auf der Solstice, waren. Mehr bedurfte es zu diesem Zeitpunkt nicht, um die Situation zu klären. Das war fast schon die gesamte Konversation zwischen den beiden Männern vor der Fahrt nach Inverness. Beide waren schweigsam und verstanden sich ohne Worte.

Die Fahrt nach Inverness dauerte etwa neunzig Minuten und führte von der Atlantik- zur Nordseeküste durch die Highlands. Joseph schaute nachdenklich aus dem Seitenfenster in die Berge. ‚Wann war ich das letzte Mal auf dem Festland?‘, fragte er sich. ‚Damals, als man ihn von Arzt zu Arzt geschickt hatte. Vor vielleicht zwanzig Jahren‘, kombinierte er. Seitdem lebte er auf den Inseln und auf den Wellen. Wirklich wohl fühlte sich Joseph hier nicht. Lediglich die Aussicht, Enya helfen zu können, machte ihn zufrieden. Nach so vielen Jahren des Alleinseins wurde er wieder gebraucht.

Der Butler erreichte mit Joseph den Festivalplatz in Inverness gegen Mittag. Die beiden Männer waren müde. Die Fahrt war zwar nicht anstrengend, aber für alle Beteiligten war die letzte Nacht sehr kurz.

Sir Bram fragte sich, ob es richtig war, den alten Seemann gerade heute abzuholen. Morgen hätte auch gereicht. ‚Enya ist der Boss‘, erkannte Sir Bram wieder einmal an. ‚Sie wird ihre Gründe haben.‘ Neben dem bescheidenen Hexencoven kam nun auch noch ein müder Mann hinzu, der erst noch instruiert werden musste.

Enya freute sich, Joseph zu sehen. Schlagartig wurde Sir Bram klar, wie er Joseph zur Unterstützung einbinden konnte.

»Enya, was hältst du davon, Joseph das Buch Liath anzuvertrauen?« Sir Bram begann, die Aufgaben zu verteilen. »Dann wird das Buch hier kein Ballast für dich sein und du hast es verfügbar, wenn es notwendig werden sollte.«

»Ich soll auf ein Buch aufpassen?« Joseph war irritiert.

»Das ist Teil des Plans«, meinte Enya. »Der andere Teil ist, dass Moira bei Joseph bleiben wird. Dann kann ich mich frei auf dem Gelände bewegen.«

Moira schaute zwischen Enya und Joseph hin und her, als sie ihren Namen hörte. Joseph kämpfte mit den Tränen.

»Joseph bleibt unser zentraler Anlaufpunkt, falls wir die Kommunikation zueinander verlieren, oder sonst etwas notwendig sein sollte.«

Insgeheim hatte Sir Bram angenommen, dass er diese Rolle übernehmen sollte. Jedoch hatte Enya für ihn einen andere Aufgabe: »Du, Bram, bleibst bei Lady E. und weichst ihr keinen Millimeter von der Seite. Du wirst ihr Schatten und unser Kontakt zur Lady.«

Sir Bram verstand endlich Enyas Plan. Eine weitere Person wie Joseph war notwendig, weil Sir Bram nicht zugleich Ankerpunkt und Schatten einer sehr agilen Lady sein konnte. Er nickte zum Zeichen des Einverständnisses.

»Wenn es nicht zu laut wird, könnte Joseph mit Moira in der Nähe der Bühne bleiben«, gab Enya vor.

»Vielleicht doch eher im Zuschauerbereich?«, schlug Sir Bram vor.

»Ach, neben der Bühne sollte es schon gehen«, meinte der alte Fischer. »Wir werden es uns schon einrichten. Da findet man uns wenigstens sofort.«

Inverness Festival Place, 11:40

George und Annie waren schon lange auf dem Festplatz aktiv. Bereits vor dem Eintreffen der ersten Offiziellen oder Zuschauer hatten sie das Gelände gründlich inspiziert. Auch die Umgebung wurde von den beiden abgesucht, jedoch erfolglos. Es gab nicht die geringsten Anzeichen für einen Sprengsatz im Umfeld der Veranstaltung.

Als die ersten morgendlichen Wettbewerbe begannen, zweifelte George an den Schlussfolgerungen des Covens: »Was soll das eigentlich? Nichts deutet auf eine Bombe hin. Wir haben das Gelände schon mehrfach durchsucht. Nichts. Wir haben nichts gefunden.«

Wieder war es Annie, die durch ihre resolute – man könnte auch sagen: sture – Haltung die Richtung vorgab. »*Naw!* Wir machen auf jeden Fall weiter. Wenn Enya meint, dass es eine reale Gefahr gibt, müssen wir auf jeden Fall aufmerksam sein. Sollten wir falsch liegen … was haben wir zu verlieren? Im besten Falle passiert nichts.«

Gegen Mittag strömten dann viele Menschen zum Sportpark. Die ersten Wettbewerbe begannen. Nicht nur die traditionellen Highland-Wettbewerbe standen auf dem Programm, sondern auch die Ausscheidungswettbewerbe der Dudelsackspieler. Es gab nur zwei Klassen: Nachwuchsspieler und Erwachsene. Und erwachsen war man in den Highlands schon sehr früh – mit sechzehn Jahren.

Enya hatte von Annie ein neues Wort für Dudelsackmusik übernommen: »Das ist *Screching!*[63]«

---

[63] *Ein unangenehmes Geräusch*

»Lass' das nicht Lady E. hören«, ermahnte Annie. »Du machst dir bei einem Dudelsackwettbewerb so keine Freunde.«

»Aber es hört sich doch ungewohnt an.«

»Bleiben wir bei ungewohnt. Damit können wir Schotten leben. Aber screching geht gar nicht.«

Lady Elizabeth war durchgehend beschäftigt. Zwar bewertete sie nicht die Leistungen, aber sie wollte dennoch die Darbietungen der Wettbewerber sehen und hören und ihren eigenen Favoriten für den Sonderpreis des Clans McLymondt wählen.

Das Wetter war nicht wesentlich besser geworden. Es war weiterhin grau. Der Wind frischte auf. Aber zumindest blieb der Regen aus. Nun konnte man auch die vielen Fahnen wieder erkennen, weil sie nicht mehr schlaff an ihren Masten hingen.

Mehr oder minder gute Dudelsackspieler wechselten sich auf der Bühne ab. Sie alle trotzten dem Wetter. Es wäre zu komisch – unschottisch – wenn zum Wettbewerb die Sonne scheinen würde. Die ersten Favoriten für den McLymondt Sonderpreis kristallisierten sich heraus. Zugleich schrieben die Preisrichter eifrig mit. Sie machten sich ihre Notizen.

Lady E. hatte zwar die Schirmherrschaft, aber sie hielt sich traditionell aus der Arbeit der Jury heraus. Einerseits fand sie es gut, wie junge Menschen frischen Wind in die alten Traditionen brachten und neue Interpretationen und Titel vortrugen. Andererseits war sie sehr traditionell orientiert und bevorzugte insgeheim die Lieder, die sie seit Jahrzehnten begleiteten. Aber die Geschmäcker entwickelten sich weiter. Lady E. fragte sich, ob sie in diesem Jahr die gleiche Wahl treffen würde wie die Jury oder ob die Meinungen wieder weit auseinander lagen. Die Jury war sehr modern eingestellt. ›Sie folgen nur dem Zeitgeist‹, dachte Lady Elizabeth.

Lady Elizabeth realisierte aber auch, dass die Piping Events immer weniger Zuschauer anzogen. Mittlerweile kämpften

Dudelsäcke nicht mehr gegen englische Eroberer, Sassenacks, sondern gegen die Livestreams auf YouTube oder Spotify. Die Gegner kamen und gingen. Die Schotten waren Traditionalisten, solange die Marching Bands in Uniformen und möglichst laut durch die Straßen zogen. Dann mochte keiner die Dudelsäcke missen. Dann war es Tradition. Und – schizophrenerweise – waren einzelne *Lonesome Piper* gerne gesehen, wenn sie malerisch auf irgendeiner Bergkuppe standen, bei einer Hochzeit oder am Grabe eines Schotten spielten und Highland Cathedral bliesen. Aber begleitend bei Veranstaltungen ging das Interesse der Zuhörer bergab.

Andererseits füllte sich das Gelände an diesem Sonntag schnell. Die Athleten zogen immer wieder die Einheimischen, wie auch immer mehr Touristen, in ihren Bann. Und so kamen auch die Dudelsäcke zu ihren Zuhörern; insbesondere, wenn es zwischen den Wettkämpfen zu Pausen kam.

Innerhalb des Hexencoven war die Anspannung spürbar. Sir Bram und Joseph blieben in der Nähe von Lady Elizabeth.

Annie hielt sich nicht mehr am Eingang auf. Sie streifte allein durch die Menschenmassen. Sie hielt zwar ihre Augen offen, aber sie versuchte vielmehr, in sich selbst hineinzuhören. Annie musste die Gefahr selbst erkennen. Die Menschen halfen nicht weiter.

Auch Enya hielt es nicht mehr an der Bühne. Zusammen mit George streifte sie weiter von der Bühne entfernt durch die Zuschauer, die den Sportlern zujubelten. Manchmal liefen sie getrennt, manchmal gemeinsam. George versuchte unter den Menschen Auffälliges zu erkennen. Enya wiederum hielt es wie Annie. Sie lauschte den eigenen Sinnen.

Während die Suche erfolglos blieb, gab es auf dem Sport-
gelände andererseits Höhepunkt um Höhepunkt zu beklat-
schen. Die Tänzerinnen hatten ihre Wettbewerbe mittlerweile
beendet und tanzten zu den Liedern des Dudelsack-Wett-
bewerbs nur noch aus Spaß. Der Wind frischte auf, und die
Menschen drängten sich zunehmend in Richtung der Bühne.
Viele hatten nach den Sportwettkämpfen das Gelände verlassen, aber die Mehrzahl blieb, solange es Alkohol und etwas zu
essen gab. Die Menschen waren fröhlich, manche aber auch
leicht zu reizen. Gelegentlich kam es zu rüden Rempeleien, und
auch die eine oder andere Schlägerei blieb nicht aus. In seltenen
Fällen brachen auch uralte Streitereien zwischen den Clans
wieder auf, was man daran erkannte, dass sich Traditionalisten
mit Clans in unterschiedlichen Tartans gegenüberstanden. Die
Polizei hatte ausreichend Erfahrung mit diesen Situationen. Sie
bewahrte Fingerspitzengefühl und griff nur selten ein.

13:47

George hielt inne und fixierte einen Mann etwa achtzig
Meter entfernt. Die Zuschauer spiegelten das ganze Spektrum
der sozialen Schichten wider, von schmutziger, zerrissener
Kleidung bis zu unbezahlbaren Designerstücken. Aber dieser
Mann war anders. Er trug einen Trenchcoat mit hochgezogenen
Kragen und einen schwarzen Hut mit breiter Krempe. Ganz in
Grau gekleidet und gut behütet, gehörte er sicher zur Ober-
schicht der Stadt. Nur passte seine Eile nicht zu einem Be-
sucher, der etwas vom Geschehen mitbekommen wollte.
Andererseits schien es ihn in Richtung der Dudelsack-Veran-
staltung zu ziehen. Er versuchte, sich durch die Reihen der

Besucher zu kämpfen, ohne zu viel mit ihnen in Kontakt kommen zu müssen.

George stupste Annie an. »Da ist er!«

Annie schaute in die angegebene Richtung. Sie erkannte CC nicht auf Anhieb. »Wo?«, fragte sie knapp und gehetzt.

In klarer Kommandosprache wies George an. »Person in Grau. Hektisch. Schnell. Zielgerichtete Schritte. Richtung Bühne. Er verhält sich verdächtig.«

Während er noch seine Beobachtungen weitergab, begann er schnell hinter Carl Colin herzulaufen. ‚Er muss es sein‘, dachte George. Er war sich nicht so sicher, wie er es versuchte darzustellen. Annie hatte ihn dennoch durchschaut. Aber auch sie hoffte, dass Georges Beobachtung korrekt war.

»Es würde passen. Ausgerechnet zum Ende des Events ... die Dudelsäcke.« Annie dachte verzweifelt nach. Ihre Gedanken überschlugen sich. »Klar! Das muss es sein. Die Siegerehrung. Lady Elizabeth wird den Siegerpokal und den Sonderpreis der McLymondts überreichen.« Sie hechelte hinter George her. »Viele Menschen. Wie auf dem Hunter-Bild. Tänzer. Musik. Alles passt.«

Annie hatte vor lauter Adrenalin Schweißperlen auf der Stirn.

»Wir trennen uns«, wies George knapp an. »Ich verfolge CC. Du informierst Enya und die anderen. Die Siegerehrung darf nicht stattfinden.«

Ohne auf Antwort zu warten, war George schon in der Menge verschwunden.

‚Der hat gut reden‘, dachte Annie, während sie zur Bühne lief. ‚*That's radge*! Wie soll ich denn Lady Elizabeth die Siegerehrung ausreden? Nicht alle Hexen können zaubern. Naw. Kann ich nicht.‘

13:52

Der Sieger stand fest. Die Jury hatte ihre Entscheidung getroffen. Lady Elizabeth hatte diesmal sogar den gleichen Favoriten. Ein Junge mit Pickelgesicht, vielleicht gerade siebzehn Jahre alt, hatte mit einer modernen Interpretation des alten Jacobiten-Kampfliedes Óró die Zuschauer und Jury gleichermaßen überzeugen können. Es war der Nationalstolz, die Performance und die Mischung zwischen Tradition und Moderne, die überzeugten. Selbst Lady Elizabeth konnte sich mit der Darbietung anfreunden.

»Es darf keine Siegerehrung geben«, sagte Annie, außer Atem, zu Sir Bram. Sie wischte sich grob mit einem Ärmel den Schweiß von der Stirn.

»Wie soll ich das verhindern?«, fragte Sir Bram entgeistert. »Lady E. wird sich das nicht nehmen lassen.«

»Habt ihr ihn gefunden?«, wollte Enya wissen. »Los, erzähl!«

»Vielleicht verschieben?«, schränkte Annie ein, ohne Enyas Frage zu beantworten.

George kam hinzu. Es war das erste Mal, dass Enya ihn mit Schweiß auf der Stirn sah.

»Ich dachte, du bist hinter ihm her?« Annie war irritiert.

»Ich habe ihn aus den Augen verloren.«

»Wen? CC?« Sir Bram wechselte ebenfalls in diese knappe Kommandosprache der Soldaten.

»Vermutlich ja. Ich bin mir … nicht ganz sicher. Ich glaube ja.«

»Dann ist er also hier«, stellte Enya fest. »Was hat er vor? Gibt es die Bombe …«

»... die wir noch immer nicht gefunden haben«, zuckte George nichts wissend die Schultern. »CC verhält sich sehr auffällig.«

»Ich rede mit Lady E.«, sagte Sir Bram knapp zur Runde.

Joseph verstand die Welt nicht mehr. Er kannte keine Zusammenhänge. Er schaute hin und her. Er versuchte, dem Gespräch zu folgen. Einige Schlüsselwörter, die ihm Angst bereiteten, hatte er aufnehmen können. Worte, wie „Bombe", oder Phrasen, wie „hinter ihm her sein", waren eindeutig. ‚Was mache ich hier?', fragte sich Joseph. ‚So genau kenne ich die Menschen hier auf dem Festland doch nicht.'

Moira regte sich auf dem Schoß von Joseph. Sie schnaufte und schaute hoch. Die beiden schienen sich irgendwie abzustimmen. ‚Menschen, die einem solchen Hund retten und ein Zuhause geben, können keine schlechten Menschen sein.' Joseph hatte sich seine Meinung gebildet. »Wie kann ich helfen?«, wollte er sich einbringen.

»Es ist wirklich wichtig, dass jemand auf das Buch Liath und auf Moira aufpasst.« Enya versuchte, ihn einzubinden, ohne ihn in Gefahr zu bringen.

»Was ist mit dem Buch?« Joseph konnte sich keinen Reim darauf machen, warum gerade dieses Buch einen Namen hat. Warum es wichtig ist. Warum es hier ist.

»Die Antwort muss ich dir noch schuldig bleiben. Ich verspreche dir aber, dich in Kürze einzuweihen.« Enya schaute Joseph eindringlich an.

Joseph nickte.

Während sich Sir Bram abwandte, um Lady Elizabeth zu erreichen, rief er noch Enya zu: »Was sagen deine Gedanken? Spürst du etwas?«

»Gefahr! Aber so unspezifisch.«

»Dann komm mit. Wir reden zusammen mit Lady E.«

Gemeinsam machten sich Enya und Sir Bram auf den Weg zu Lady Elizabeth, um sie von der dringenden Notwendigkeit zu überzeugen, die Siegerehrung zu verschieben.

❧ ❧ ❧

14:02

An der Seite des Geländes stand Carl Colin zwischen den Bäumen. Hier suchten Menschen Schutz vor dem einsetzenden Regen. Von diesem Standpunkt aus konnte man die Veranstaltungen nicht sehen. Dafür hörte man die Straße im Hintergrund lauter als die Musik von der Bühne. Bis zur Bühne waren es wohl gut einhundert Meter.

CC kramte in seiner Manteltasche und holte einen kleinen Sender hervor. Ein Junge, der neben ihm mit fettigen Fingern Fritten aß, beobachtete ihn aufmerksam. »Hast du da ein Radio?«, wollte er wissen.

CC schaute in ein Ketchup-verschmiertes Gesicht.

Mit einem knappen »Ja« antwortete CC.

»Wie altmodisch. Das funktioniert hier nicht«, belehrte ihn der Junge und wandte sich wieder seinen Fritten zu.

CC versuchte, weitere Aufmerksamkeit zu vermeiden.

Der Junge drehte sich wieder zu ihm um: »Hast du kein Handy?«

Carl Colin wusste nicht, ob er mit Ja oder Nein antworten, oder den Jungen einfach ignorieren sollte. 'So wenig Aufmerksamkeit wie möglich', sagte er sich erneut. 'Lieber den Jungen von weiteren Fragen abhalten, als irgendein Geschrei riskieren.'

»Nein. Ich habe kein Handy ... dabei.«

»Wie dumm. Ich vergesse mein Handy nie.« Der Junge griff mit seinen fettigen Fingern in seine Hosentasche und zog sein Handy hervor.

»Belästige den Mann nicht«, wandte sich eine gestresste junge Frau mit einem weiteren Kind auf dem Arm an den Jungen.

»Schon gut. Schon gut.« CC wendete sich grummelnd ab. 'Soll die Ratte doch mit verrecken', fügte er in Gedanken hinzu.

Die Fernbedienung hatte nur wenige Knöpfe. Genaugenommen zwei. Mit dem ersten Knopf wurde sie eingeschaltet. Dies tat CC nun. Eine kleine Leuchtdiode blinkte gelb. Dies zeigte ihm, dass der Sender Kontakt zum Empfänger suchte. Das Blinken blieb. 'Zu weit weg', erkannte er. Sicher störten die vielen Menschen die Übertragung. Er schaltete den Sender wieder aus und steckte ihn in seine Manteltasche. 'Also muss ich näher ran.'

»Hab' ich doch gesagt, dass dein Radio hier nicht funktioniert«, stellte der Junge fest.

CC drehte sich kommentarlos weg und zog instinktiv den Kragen höher. Er kam sich vor wie ein Agent auf geheimer Mission. Er lief zwischen den Menschen Slalom, in der Hoffnung, sie als Deckung benutzen zu können. Als er nur noch fünfzig Meter von der Bühne entfernt war, suchte er sich einen Platz hinter zwei größeren Männern, die er als Sichtschutz betrachtete. CC fühlte sich unsichtbar. Er nahm den Sender aus der Tasche und schaltete ihn wieder ein.

Wieder blinkte die gelbe Leuchtdiode. »Blau. Sie muss blau werden.« CC ärgerte sich.

Einer der Männer vor ihm schaute sich zu ihm um.

CC schaute in einen wirren, dunkelbraunen Bart, in dem sich bereits erste graue Haare zeigten.

Der Mann direkt vor ihm musste gut einen halben Kopf größer sein. 'Verdammt', dachte CC. 'Habe ich das wirklich laut gesagt?'

»Nichts. Nichts«, wiegelte er ab. Warum auch sollte er nach einer Ausrede suchen? Als sich der Vollbart wieder abwandte, warf CC einen erneuten Blick auf den Sender. Das gelbe Blinken war erloschen. Stattdessen leuchtete ihm ein dezentes Blau entgegen. »Geht doch«, stellte er wieder viel zu laut fest.

Der Bartträger drehte sich erneut um. »Was geht?«

Der Mann vor ihm würde sich trotz seiner Alkoholfahne an den seltsamen Mann im grauen Trenchcoat und Hut sicher später erinnern. 'Nicht gut', dachte CC.

❧ ❧ ❧

14:06

George war sich sicher, CC flüchtig in der Menge – diesmal näher an der Bühne – gesehen zu haben. Er sprach laut und bestimmt: »Da ist er wieder!«

Enya und Annie hatten mitbekommen, dass George die Fährte wieder aufgenommen hatte. »Wonach soll ich schauen?«, wollte Annie wissen.

Annie war entschlossen: »Bringen wir das Wild zur Strecke.«

Georges Körpersprache zeigte die Entschlossenheit. »Annie, Enya, ihr bleibt. Ich mache das.«

Es war Enya ganz recht, nicht miterleben zu müssen, wie der ehemalige Elitesoldat mit Einzelkämpferausbildung das Problem inmitten der Menschenmenge erledigen würde. Annie hingegen schien innerlich hin- und hergerissen zu sein. Einerseits wollte sie George unterstützen, andererseits wusste sie, dass er besser allein operieren konnte.

»Sei vorsichtig, George«, sagte Enya leise. Ihre Sorge war spürbar.

George nickte knapp, seine Augen auf die Menge gerichtet. Mit schnellen, gezielten Schritten tauchte er wieder in die Menschenmenge ein, immer den grauen Trenchcoat und den schwarzen Hut im Blick. Enya und Annie blieben zurück, beobachteten die Menge und hofften, dass George den Mann rechtzeitig erreichen würde, bevor es zu spät war.

14:09

George arbeitete sich wie eine Planierraupe durch die vor der Bühne immer dichter stehenden Menschen.

»Passen Sie doch auf!«

»Verdammt! Ich verschütte noch mein Bier!«

»Aua!«

George störte sich nicht an den Ausrufen verärgerter Menschen. Er pflügte einfach weiter durch die Menge und erreichte den Platz, wo CC zuletzt gesehen wurde. Vor ihm standen die beiden großen bärtigen Männer, eine undurchdringliche Wand.

»Heute ist hier wirklich etwas los«, stellte der scheinbar ältere der beiden grinsend fest. »Erst dieser Trenchcoat-Boy ...«

»Verkappter Geheimagent«, fügte der jüngere Bartträger hinzu.

»Wieso das?«, fragte George.

»Der fummelte die ganze Zeit mit seinem Garagentoröffner herum. Der blinkte«, lachte der Ältere. »Sehen Sie hier eine Garage? Geschweige denn ein Tor zum Öffnen?«

George wurde schlagartig klar, dass der Mann ihm gerade einen Sender beschrieb, wie man ihn auch zum Zünden von

Sprengsätzen einsetzen konnte. »Wirklich eine Bombe«, kombinierte er.

»Drehen nun alle am Rad?«, wandte sich der Jüngere an den Älteren.

»Der war doch eher einer von uns. Keiner von diesen Döner-Terroristen.«

Beide schüttelten ihre Köpfe, prosteten sich mit ihren Bierdosen zu und lachten sich an. »Aber er ist weg.«

Georges Miene war eisig. »Er muss hier irgendwo sein. Wo ist er hingelaufen?«

»Irgendwie weiter nach vorne zur Bühne«, meinte der Jüngere.

»Er sucht seine Garage«, kommentierte der Ältere. Die beiden Männer brachen in schallendes Gelächter aus.

George telefonierte mit Annie. Es war schwer, sich gegenseitig zu verstehen. Bei George waren die Zuschauer laut, auf Annies Seite bliesen die Dudelsäcke. »Wir haben wohl wirklich eine Bombe hier. Irgendwie.«

»Eher irgendwo.«

»Wie auch immer. CC hat einen Sender.«

»Habt ihr ihn?«

»Nein.«

Annie informierte Enya und Sir Bram. »CC ist ein Täter. Definitiv kein Opfer. Und er hat wohl eine Bombe deponiert. George sprach von einem Sender.«

Sir Bram lief so schnell es seine Beine zuließen die wenigen Schritte zu Lady E. »Wir müssen die Bühne sperren. Wie auch immer.«

Die alte Dame schaute Sir Bram entschlossen an. »Eine McLymondt wird nicht zurückweichen. Nie!«

»Dann verzögern Sie ...«

»Nein!« Lady Elizabeth blieb resolut.

»Irgendwo hier ist eine Bombe.«

Lady Elizabeth schaute ärgerlich Sir Bram an. »Eine Bombe?«

»CC hat sie hier irgendwo platziert.«

»Der Versager?! CC? Nie. Der bringt doch nicht einmal zwei Drähte zusammen. Wie soll gerade er eine Bombe bauen können.«

»Es gibt klare Anzeichen ...«

»Ach Blödsinn! Der Carl ist keine Gefahr. Eher sprengt der sich selbst in die Luft. Wir können beruhigt weitermachen.«

Sir Bram teilte Lady Elizabeths Optimismus nicht. Er vertraute eher seinen Leuten. Dann informierte er den Coven. »Wir haben nicht mehr viel Zeit. Lady Elizabeth ist nicht bereit, die Siegerehrung zu verschieben. Wir müssen in der Nähe der Bühne suchen.«

»Warum ausgerechnet an der Bühne?«, wollte Annie wissen.

Die Antwort wusste Enya: »Es ist alles im Hunter-Bild. Dudelsackspieler. Tänzer. Und eben das Paket. An allen anderen Orten hier sind Sportler. Die fehlen auf dem Bild.«

14:16

Joseph konnten zwar nicht verstehen, worüber sich Sir Bram mit Lady Elizabeth unterhielt – vielleicht sogar stritt. Aber sie erkannten die ernsten Mienen aller Beteiligten. Enya schaute sehr angespannt. Annie erschien ihm eher grimmig entschlossen.

Mittlerweile wurde es kühler. Der Wind frischte weiter auf. Lady Elizabeth wollte in Anbetracht der dunklen Regenwolken die Preisverleihung zügig über die Bühne bringen. Anstatt zu verzögern, beschleunigte sie die Abläufe. »Vor dem nächsten Regen«, erklärte sie Sir Bram. »Dann ist alles erledigt.«

Joseph und Moira hatten begonnen, sich die Füße und Pfoten zu vertreten. Joseph schaute an den Fahnenmasten empor. Moira hatte eher Interesse am unteren Ende der künstlichen Bäume. Beide waren an einem bestimmten Fahnenmast besonders interessiert.

Oben hing eine Regenbogenfahne. ,Habe ich schon mal gesehen', dachte Joseph. ,Schwule und Lesben und so … aber warum verblasst im Regenbogen das Grün?' Joseph schüttelte fragend seinen Kopf. ,Neue Fahne, schlechter Druck?'

Moira schnüffelte intensiv an diesem Mast und markierte ihn mit einem kräftigen Strahl. Anschließend schnüffelte sie wieder. Vielleicht wollte sie prüfen, ob ihre Markierung den Qualitätsansprüchen genügte.

George streifte weiter um die Bühne herum. Er machte sich die Mühe, unter die Bühne zu kriechen. Meter um Meter suchte er den Bereich ab. Es erforderte artistische Fähigkeiten, sich zwischen der Stützkonstruktion hindurchzuarbeiten. ‚In meinem nächsten Leben werde ich Schlangenmensch‘, dachte er. Hier und da fand sich Müll, den man schnell unter den Brettern entsorgt hatte. Eine McDonald's-Tüte am anderen Ende der Bühne erregte Georges Aufmerksamkeit. ‚Wir sollen nach einem braunen Paket schauen. Die braune Tüte mit dem gelben M könnte passen‘, dachte George. Er kroch vorwärts zwischen den Stangen des Tragwerks hindurch. Er kam der Tüte näher.

Als die Tüte in Griffweite war, öffnete George diese vorsichtig mit zwei Fingern. Er wollte die Tüte so wenig wie möglich bewegen. Er konnte aus seiner Position nicht in die Tüte schauen. George ärgerte sich. Vorsichtig drehte er die Tüte mit spitzen Fingern in seine Richtung. In dem Beutel konnte er einiges an Papiermüll erkennen. Eine leere Frittentüte und zwei Boxen; eine für einen großen Burger und eine für Chicken Nuggets. Dazu benutzte Papierservietten und leere Plastikdosen für die Dips. ‚Die beiden Boxen sind groß genug für einen kleinen Sprengsatz mit … vielleicht dreihundert Gramm Sprengstoff‘, kalkulierte George. ‚Dazu ein kleiner Empfänger und es würde laut Bumm machen.‘

»Ich werde wohl kaum auf ein Räumkommando warten können.« Er sprach sich selbst Mut zu. »Wie haben wir das damals auf den Falklands gelöst?« Dann fiel ihm ein, dass er dort nie mit Sprengfallen konfrontiert war. George versuchte, die Tüte ein wenig zu bewegen. Er wollte das Gewicht abschätzen. Sie erschien ihm leicht. Er zog sie langsam, ganz langsam zu sich heran. Der Eindruck blieb. Die Tüte wog nicht viel. Er griff hinein und zog vorsichtig die beiden Boxen aus der Tüte. Beide waren leer. ‚Falscher Alarm!‘ George wusste nicht, ob er sich freuen oder ärgern sollte. Von der Tüte ging keine Gefahr aus. Aber die eigentliche Gefahr war deshalb noch lange nicht gebannt. Irgendwo war noch immer ein Sprengsatz. Irgendwo.

»Scheiße!«, fluchte George und schlug mit aller Gewalt die Boxen flach. Er steckte die Papierschachteln wieder in die Tüte und nahm diese zum Entsorgen gleich mit.

14:25

Im Hintergrund beobachtete Edward, wie sich sein Schützling CC anstellte. Zufrieden war Edward nicht. CC erschien ihm zu nervös. Seine Handlungen waren zudem unkoordiniert. Aber wie häufig hatte man schon die Absicht, eine Festivalbühne zu sprengen? Andererseits arbeitete CC sich langsam nach vorne. ‚Wenn er seinem Sender nicht traute, soll er das nur machen.'

Edward griff in seine Jackentasche. Seine Finger ertasteten seinen eigenen Sender. Er legte den kleinen Schalter um. Die kleine Leuchtdiode blinkte Gelb. Im Gegensatz zu CC blieb Edward ruhig im Hintergrund. ‚Abwarten. Der Sender wird bald Kontakt finden.' Es war gar nicht notwendig, sich weiter nach vorne zu arbeiten. Mit Geduld fand der Sender auch einen Kontakt zum Empfänger aus der Distanz. Man musste nur warten.

14:26

CC wurde unvorsichtig. Er meinte, noch näher zur Bühne zu müssen, um den Sprengsatz zu zünden. Er irrte. CC wurde nervös. ‚Was soll eine Fernzündung, wenn ich selbst neben der Bombe stehe?', ärgerte er sich. Er lief hin und her. ‚Wo finde ich Deckung trotz der Nähe?' Seine Unruhe fiel auf und verbreitete

Hektik, die bis zur Bühne wahrgenommen wurde. Auch von George.

George entschied, keine Zeit zu verlieren. Er informierte die anderen nicht und ging schnell hinter Carl Colin her. Mit festem Griff packte er ihn am Handgelenk und zog seine Hand mit dem Sender aus der Manteltasche. »Dachte ich es mir!«, sagte George und warf einen flüchtigen Blick auf den kleinen Sender mit blauer Leuchtdiode.

»Der Mann aus meinem Penthouse!«, erkannte CC in George den Einbrecher wieder. »Was sollte das?« CC versuchte, sich aus dem Griff zu winden und giftete George an: »Nur ein Druck auf den Knopf ...«

»Dazu wird es nicht kommen.«

Die beiden Männer erregten Aufmerksamkeit. Umstehende Besucher beobachteten neugierig. Einer rief die Polizei. Zwei Uniformierte näherten sich.

»Belästigt der Herr Sie?«, fragte einer der Polizisten CC. Dieser sah seine Chance. »Ja. Ein Taschendieb.« Er schrie cholerisch die Polizisten an: »Nehmen Sie ihn fest.«

Die Polizisten wandten sich George zu. George ließ in seiner Spannung nicht nach. »Schauen Sie hier«, wandte er sich kühl an einen der Polizisten. »Ein Sender.« Er ließ die Worte kurz wirken. »Irgendwo hier wird die zugehörige Bombe sein.«

Die beiden Polizisten schauten sich lächelnd an. »Da war doch heute Morgen dieser alte Spinner auf dem Revier und hatte irgendetwas von einem Sprengsatz gefaselt.«

»Nehmen Sie langsam Ihre Hand aus dem Mantel«, ordnete ein Polizist an. CC folgte, ohne den Sender mit aus der Tasche zu nehmen.

»Irgendetwas in der Tasche?«, wollte der Polizist wissen.

»Nichts.«

»Wirklich ... nichts?«

Einer der Polizisten griff nach CCs Tasche und fühlte den Gegenstand. »Und was ist das?«

CC schaute ihn fragend an. »Mein Garagentoröffner.«

»Geben Sie mal her ...«

George mischte sich ein: »Ein Sender für eine Bombe. Der Sender ist sicher scharf geschaltet.«

Der zweite Polizist grinste. Er griff in CCs Tasche und zog den Sender hervor. Er schaute ihn unwissend an. Eine Leuchtdiode in Blau. Ein kleiner Schalter zum Aktivieren und ein Knopf.

»Seit wann hat ein Garagentoröffner einen Aktivierungsknopf?«, fragte George und konfrontierte den Polizisten mit einer Frage, die sie nicht beantworten konnten.

»Sie kommen beide mit. Wir klären das auf der Wache.«

»Vergessen Sie's«, antworteten CC und George unisono, aber aus unterschiedlichen Gründen.

Die Polizisten ließen nicht locker. Sie hatten Verstärkung angefordert. Es blieb George nichts anderes übrig, als zu folgen.

Zwischenzeitlich hatte sich Enya zu George vorgearbeitet. Sie blieb für die Polizisten incognito, beobachtete aber die Szene aufmerksam. George hatte Blickkontakt zu ihr. Enya nickte, als der Polizist beide aufforderte, mitzukommen. Im Vorbeigehen flüsterte Enya George zu: »Wir schaffen das schon.«

Überzeugt war sie nicht.

»Es ist nicht vorbei!«, schrie CC George zu. »Ich bin nicht allein. Ihr habt nichts verhindert.«

Diese Aussage ließ bei Enya alle Alarmglocken klingeln.

14:33

Zurück bei Annie und Sir Bram gab Enya zweifelnd zu bedenken: »Ich habe nicht das Gefühl, dass die Gefahr gebannt ist. CC sprach davon, dass er nicht allein sei.«

»Vermutlich Angeberei«, meinte Sir Bram.

»Glaube ich nicht«, widersprach Enya.

Sir Bram hörte aufmerksam zu. Annie erkannte aber: »Der Sender ist unschädlich; sprich außer Reichweite. Nun ja. George ist auch weg.«

»Nur vorübergehend«, warf Sir Bram ein.

»Aber zu lange für das Problem, welches wir jetzt haben.«

»Wie meinte er das? Nicht allein!« Annie hinterfragte die Aussage erneut. »War er nicht allein hier? Oder meinte er die Vorbereitung? Vielleicht eine Organisation im Hintergrund?«

»Ich kann es dir nicht sagen«, entgegnete Enya. »Aber ich spüre weiterhin die Gefahr.«

»Aye. Dann müssen wir weitersuchen.«

14:34

Edward hatte die Verhaftung aus der Ferne beobachten können. ‚Dieser Versager!«, ärgerte er sich. »… lässt sich einfach so festhalten.‘ Er überlegte kurz, ob er CCs Plan vollenden sollte. ‚Es ist eigentlich nicht meine Baustelle‘, dachte er. ‚Andererseits meinte Henriette, dass ich sekundieren soll. Aber letztendlich wird das Blut der McLymondts fließen. Carl Colin oder seiner Familie.‘ Edward grübelte. ‚Ich hänge wohl mittendrin. Was ist für die Northumbria Connection lukrativer … oder wichtiger?‘ Er wollte die richtigen Prioritäten setzen. Dann entschied er sich, den Plan zu Ende zu bringen. ‚Ich hänge mit drin. CCs Versagen darf nicht zu meinem Versagen werden. Henriette wird es erwarten.'

❦ ❧ ❦

14:37

»Also nochmals rund um die Bühne.« Enya hatte kein konkretes Ziel.

Annie nickte, aber sie meinte, irgendetwas tun zu müssen. Irgendetwas.

»Wenn es einen Sprengsatz gibt, muss er hier irgendwo sein.«

»George war doch schon unter der Bühne«, stellte Annie nochmals fest. »Und wie oft haben wir bereits das Umfeld abgesucht?«

»Und gefunden wurde nichts.« Auch Sir Bram sah keinen weiteren Ansatz. »Hier ist doch nichts.«

»Wir werden weitersuchen«, wurde Enya bestimmter. Sie stellte sich sanft gegen Sir Bram, was sie sonst kaum tat.

❦ ❧ ❦

14:41

Moira spielte mit Joseph neben der Bühne. Sie schnüffelte weiterhin hier und da. Sie freute sich immer, wenn Annie oder Enya vorbeikamen. Dann fühlte sie sich doch wieder als Mittelpunkt der Welt.

Joseph hatte sich einen Klappstuhl organisieren können und fand einen Platz an der hinteren Bühnenecke. Ein Windfang diente als Rückwand der Bühne. Auch Joseph war hier geschützt. Er schaute nach oben. Die Fahnen wehten im Wind. Die

Seile der Fahnen schlugen im Wind gegen die Masten. Es gab ein monotones, metallenes, immer wiederkehrendes Geräusch. Enya nahm dieses Pling, pling, pling unterbewusst wahr.

Lady Elizabeth schaute zu den Fahnen hoch und ihr Blick schweifte zu den dunklen Wolken ab. Ein flüchtiger Blick reichte zum Einschätzen der Wetterlage. Jeder Schotte war im Zweitberuf Experte für Wettervorhersagen. Und dies war Lady Elizabeth bereits seit mehr als neunzig Jahren. Sie wusste, wann der Regen kommen würde. Sie winkte einem Mitglied der Piping Society zu, der sozusagen als Meister des Protokolls den Zeitplan überwachte. Lady E. drängte nochmals auf Eile. Mit einem Kopfnicken wies der Protokollmeister die Gewinner des Wettbewerbs an, zur Bühne zu kommen.

14:43

Enya legte eine kurze Pause bei Joseph ein. Ihr Mund fühlte sich trocken an. Das Hin- und Herhetzen ließ sie außer Atem kommen. ‚Ich habe wohl lange nichts mehr getrunken‘, stellte sie fest. Am Stuhl stand ihre Wasserflasche, aus der sie einen tiefen Schluck nahm. Sie spülte kurz ihren Mund aus, bevor sie das Wasser gierig trank. »Wie geht es eigentlich Moira? Hat sie zu trinken?«, fragte Enya Joseph.

Moira und Joseph schauten Enya fragend an. »Natürlich hat Moira Wasser. ... und ich ein Bier.«

Enya nickte abwesend zur Bestätigung.

»Viel Zeit haben wir nicht. Lady E. wird gleich die Bühne betreten.« Sir Bram stand neben Joseph und mahnte zur Eile.

»Das Schlagen der Metallseile gegen die Masten würde mich auf Dauer stören«, trug Joseph bei.

Enya nickte. Sie lauschte den Geräuschen, nachdem Joseph sie gerade drauf aufmerksam gemacht hatte. Rundherum hörte man das Pling, pling, pling.

»Ja. Auf Dauer würde es mich nerven«, stimmte Enya bei.

Moira schnüffelte offensichtlich an dem Mast, den sie zuvor schon markiert hatte. »Moira, was soll das? Das ist ein Mast, kein Baum. Hier macht man das nicht.«

Moira war anderer Meinung. Sie streifte um den Mast und bellte ihn an. »Der Mast ist kein Baum«, wiederholte Enya. Das war Moira egal.

Enya wurde aufmerksam. »Moira?« Sie schaute nach oben. »Die Regenbogenfahne der Lesben und der anderen«, wollte sie Joseph erklären, nachdem sie sah, welche Flagge an diesem Mast hing. Enya hielt inne. Die Fahne verlor Farben. Genaugenommen verblasste lediglich das Grün im Regenbogen.

»Wie seltsam«, murmelte sie. »Es sind doch nagelneue Flaggen.«

»Schau mal Moira«, erkannte Annie, die gerade hinzugekommen war.

Moira schnüffelte genau an diesem Mast.

»Kein Grün! Kein Grün in der Fahne!«, schrie Enya plötzlich aufgeregt. »Und hör mal, wie das Seil anschlägt.«

Annie lauschte. »Irgendwie dunkler ... dumpfer ... als die anderen.«

»Der Mast. Da ist was drin!«

14:44

Edward sah aus der Distanz, dass das Versteck des Spreng-satzes enttarnt war. Er nahm seinen Sender aus der Tasche und aktivierte ihn. Die Leuchtdiode blinkte gelb. ‚Das kann dauern‘, ärgerte er sich. ‚Geduld ist jetzt nicht mein Thema.‘ Edward beobachtete das Treiben an der Bühne und hoffte, dass sein Sender schnell genug Kontakt zum Empfänger fand.

14:45

Joseph hatte – wie immer – ein Multitool in der Tasche. »Ein Seemann hat immer Werkzeug dabei.«

Er nahm es heraus und klappte den Schraubendreher aus. »Der Werkzeugkasten des Seemannes!« Wesentlich flinker als es ihm alle zugetraut hatten, schraubte er die Befestigungs-klappe am Mast auf, an der die Umlenkrolle des Stahlseils befestigt war. Joseph nahm den Deckel ab. Zuerst schaute er in den Mast. Dann griff er hinein.

Weiterhin 14:45

An Edwards Sender hörte das gelbe Blinken auf. Die blaue Leuchtdiode begann stetig zu leuchten. Edward zuckte kurz zusammen. Der Moment, zu dem es ernst wurde, bereitete ihm plötzlich Angst. Flüchtig schaute er zur Bühne und fokussierte dann wieder den Blick auf den Sender.

Lady Elizabeth hatte zusammen mit der Jury die Bühne be-treten. ‚Alles passt‘, stellte Edward fest. Er drückte den Triggerknopf. Für einige Sekunden hielt er den Knopf gedrückt. Nichts geschah.

Zwischenzeitlich hatte auch der Gewinner des Wettbewerbs die Bühne betreten. ‚Ach so, ja. Entlastungsknopf‘, dachte er. Es knallt, wenn ich den Knopf wieder loslasse. ‚Drücken schärft den Mechanismus, Entlastung zündet ihn.‘

Edward nahm den Finger wieder vom Knopf. Die Leuchtdiode flackerte kurz.

Noch immer 14:45

Joseph stand hinter der Bühne und hielt ein kleines braunes Paket in der Hand. In der anderen Hand befand sich noch immer sein Werkzeug. Dazwischen hingen die Reste zweier durchtrennter Kabel.

»Ich wusste nicht, ob ich den roten oder den blauen Draht durchtrennen sollte. Ich habe dann einfach beide durchtrennt.«

Epiloge

Wieso?

Caistel an Siùna

Sir Bram und George fuhren nach der Erledigung der Aufgabe direkt zurück nach Siùna. Der alte Herr lud den Coven in seine Burg zur Nachbesprechung und Feier ein. Nach und nach erreichten die Mitglieder des Covens die Insel Siùna.

Enya und Annie hatten kurz in Lewis nach dem Dail Mor Blackhouse gesehen. Moira wuchs und wurde immer aufmerksamer.

Joseph hatte die Solstice zwischenzeitlich problemlos nach Siùna gebracht.

Fionn kam mit Verzögerung am Treffpunkt an. ‚Das geht gar nicht: in einem Krankenhaus Schiffbruch zu erleiden.' Aber man hielt ihn noch einige Tage nach seiner Operation vor Ort. Zum schnellstmöglichen Zeitpunkt verließ er das Krankenbett und reiste nach Siùna. Für die Strecke benötigte er mit der Bahn nur wenige Stunden. Er ließ sich für die letzte Strecke von Oban zur Insel von George abholen. Schon von weitem konnte er die Solstice am Steg von Siùna liegen sehen. Er überlegte kurz, ob er das Angebot von Sir Bram annehmen sollte, ein Gästezimmer auf der Burg zu beziehen, oder ob er lieber auf der Solstice die Koje in Beschlag nehmen sollte. Er entschied sich für sein Boot.

Somit war der Coven zum ersten Mal seit seiner Gründung wieder vereint. Es fehlten lediglich zwei Mitglieder, die mit diesem Fall nichts zu tun hatten. Beim Abendessen begann der Hexencoven, sein Wissen über die Geschehnisse zusammenzutragen. Man beschloss, Joseph bei nächster Gelegenheit – bei der nächsten Tag-Nacht-Gleiche – am Steinkreis Sgiogarstaigh Cairns auf Lewis and Harris in den Coven aufzunehmen.

Weshalb?

Henriette schaute in die dezimierte Runde. »Nun denn, Carl Colin hat es nicht geschafft.«

»Er war schwach«, meinte der Buchhalter. »Ich hatte es schon damals im Hotel gesagt, dass er zuverlässig sei.«

»Zuverlässig?« Henriette runzelte die Stirn.

»Es ist auch eine Art Zuverlässigkeit, regelmäßig zu versagen.«

Henriette überging die Bemerkung. »Schade. Selbst Edward konnte die Arbeit des Versagers nicht vollenden.«

Edward »Sein Sprengsatz war ... suboptimal.«

John, der nun offizielles Mitglied der Northumbria Connection war, schaute in die Runde um. »Ihr redet, als wäre CC tot.«

»Noch nicht«, meinte Henriette kühl. Sie zog einen tiefen Zug an ihrer Zigarre und ließ ihre Worte zwischenzeitlich wirken. »Noch nicht«, wiederholte sie. Henriette drehte sich zu John um. »Es ist nun deine Aufgabe, zu verhindern, dass er vor Gericht singt. Noch nie war einer von uns lange hinter Gittern. Noch nie wurde einer verraten. Wir ... nein du, John ... wirst es verhindern.«

»Soll ich ihn befreien?«, fragte John eifrig.

Henriette streckte sich. »Gott bewahre!« Sie lachte einmal kurz laut und unbeherrscht auf. Sofort hatte sie sich wieder unter Kontrolle. »Ich dachte an eine andere Lösung.«

Warum?

Paris

Peploe, Fergusson, Hunter und Cadell trafen sich pünktlich nach 48 Stunden wieder in der Brasserie Le Ronsard. Cadell ging hinein an die Bar, wo er den Besitzer der Bar traf. »Wir hatten einen Wettbewerb. Jeder von uns hat einen Leuchtturm innerhalb von 48 Stunden gemalt.«

»Einen Leuchtturm? In Paris? Hier malt jeder Sacré-Coeur.«

»Wir nicht. Wir sind Schotten. Wir malen Leuchttürme.«

‚Die spinnen, die Schotten‘, dachte der Patron.

Fergusson kam hinzu. »Wir haben eine Bitte. Wir brauchen eine Jury für unseren Wettbewerb. Deine Gäste vielleicht?«

Nach einigem Hin und Her stimmte der Patron zu. »Stellt die Bilder vorne in die Fenster und ein leeres Pastis-Glas zu jedem Bild. Meine Gäste stimmen ab, indem sie jeweils einen Centime für ihren Favoriten in das betreffende Glas schmeißen.«

Am Ende des Tages war das Glas vor Hunters Leuchtturm am stärksten gefüllt.

Kurz nach dem Wettbewerb zerschlug es die Scottish Colourists in alle Himmelsrichtungen. Später, sehr viel später, kamen die Männer zu ihren Wurzeln zurück und fanden sich in Edinburgh wieder. Hier wurde der alte McLymondt, Vater von Lady Elizabeth, auf die Leuchttürme aufmerksam. Er kaufte alle vier Bilder für die Zimmer des Ormond House. So begann das Drama des Clans.

Anhang

Personen

Manche, der handelnden Personen wurden bereits in *Liath – Die Farbe des Himmels* eingeführt. Sie werden in diesem Buch nicht so ausführlich vorgestellt.

Aufstellung in der Reihenfolge der Erwähnung.

<u>McLymondt of Millbuie & Findon:</u> Der Clan ist fiktiv. Die Gegend von Millbuie & Findon ist real. Es sind Waldgebiete auf der Halbinsel *Black Isle*, nördlich des Moray Firth.

<u>John Adam McLymondt</u>: Ältester Sohn von Lady Elizabeth McLymondt. Hobby-Leuchtturmwärter. Ehemaliger Soldat, der seine Berufung aber in der Pflege der Leuchttürme fand.

<u>Enya Ansbach</u>: (Person aus dem ersten Liath-Roman) *Ausreißerin* aus ihrer Ehe in Bonn. Sie war die Auserwählte, welche den Hexencoven auf Lewis and Harris wieder aufbauen sollte. Sie blieb nach ihrer Wandlung zur Hexe auf der Insel und wurde dort heimisch. Sie lebte dort zusammen mit ihrer Freundin Annie Tempest.

<u>Joseph McDonald</u>: Ehemaliger Fischer. Über achtzig Jahre alt und von der Gicht geplagt. Betreiber von Joseph's Bar im kleinen Ort Port of Ness auf der Insel Lewis & Harris.

<u>Annie Tempest</u>: (Person aus dem ersten Liath-Roman) Mitglied im Hexencoven. Hexe seit dem Mittelalter und robuste schottische Frohnatur. Wenn man die Jahrhunderte außer Acht ließ, war Annie 53. In diesem Alter wurde sie zur Hexe transformiert. Adoptiert von Helen Tempest, einer Tochter von Lady Elizabeth, um die Linie der Familie nicht aussterben zu lassen.

<u>Lady Elizabeth McLymondt of Millbuie & Findon</u>: (kurz: Lady E.) Clan Chief des Clans McLymondt. Bereits über neunzig Jahre alt, aber noch immer rüstig und geistig auf der Höhe der Zeit.

<u>Helen Tempest</u>: Tochter von Lady Elizabeth McLymondt und Adoptivmutter von Helen Tempest. Helen hat keine aktive Rolle in diesem Roman.

<u>Victoria McLymondt</u>: Tochter von Lady Elizabeth. Ertrank als Kind beim Spielen unterhalb des Leuchtturm, als sie zu den Delfinen laufen wolle.

William Clancy McLymondt: Zweiter Sohn von Lady Elizabeth. Offizier der Black Watch, des königlichen schottischen Regiment.

Carl Colin McLymondt: Dritter Sohn von Lady Elizabeth McLymondt. Banker im mittleren Management der Royal Bank of Scotland.

Sir Abraham *Bram* Scobie, Laird of Siùna (Person aus dem ersten Liath-Roman): Eigentlich Bram Stoker. Irischer Romanautor (Dracula). Er lebt als Hexenmeister weiter und ist Mitglied im Hexencoven um Enya. Mentor und graue Eminenz im Coven. Er lebt im (fiktiven) Caisteal an Siùna, einer Burg auf der gleichnamigen Insel im Loch Linnhe, nahe Oban.

James McEwan: Doktor der Kunstgeschichte. Mitarbeiter an der Scottish National Gallery in Edinburgh. Fachmann für die Arbeiten der Scottish Colourists.

Henriette: Wunderschöne, aber auch strenge und skrupellose Vorsitzende der Northumbria Connection; einem skrupellosen Verein zur Vermehrung von Macht und Geld.

Edward: Mitglied der Northumbria Connection; einem skrupellosen Verein zur Vermehrung von Macht und Geld. Erbe einer Pharmaziefirma. Unterstützt im Auftrag der Connection Carl Colin McLymondt.

Fionn Napier: (Person aus dem ersten Liath-Roman) Physiker, Segler und Entwickler technischer Spielereien für die Seefahrt. Ein Nachfahre des Namensgeber der Universität Edinburgh, dem Mathematiker John Napier. Mitinhaber an einer kleinen Elektronikfirma in Stornoway, Lewis and Harris und Eigner der Solstice. Mitglied des Hexencovens. Hexer seit vielen hundert Jahren.

George: (Person aus dem ersten Liath-Roman) Diener und Vertrauter von Sir Bram. Ehemaliger Elitesoldat des Special Air Service, SAS. Mitglied im Hexencoven.

Weitere Referenzen

Inverness Piping Society: (reale) Gesellschaft zur Förderung des Dudel-
sackspiels. Die Society hält regelmäßige Treffen und Wettbewerbe ab. Der
Wettbewerb im Rahmen der Highland Games ist fiktiv. Die Vergabe des
Ehrenpreises des (nicht existenten) McLymondt-Clans ist natürlich ebenso
fiktiv.

Inverness Highland Games: Die Spiele sind real und finden einmal jährlich
auf dem Festplatz in Inverness statt. Der geschilderte Ablauf ist allerdings
fiktiv.

Northumbria: Altes, nordenglisches Königreich, rund um Newcastle-Upon-
Tyne.

Northumbria Connection: Auch kurz: *NoCo*. Eine nicht existierende
Geheimgesellschaft. Oder existiert sie doch?

The Scottish Colourists

Samuel John Peploe: Schottischer Maler, geb. am 27. Januar 1871 in
Edinburgh. Sohn des Robert Luff Peploe, Sekretär der Commercial Bank
Edinburgh und seiner zweiten Frau Anne Watson. nachdem er mit den
Karrieremöglichkeiten in einer Anwaltskanzlei unzufrieden war, schrieb er
sich 1893 als Student in der Trustees' Academy, Edinburgh ein. Später
bereiste er Europa und arbeitete eine Zeitlang in Paris.

Dort studierte er an der Academie Julien und der Academie Colarossi.
Peploe kehrte gegen 1897 nach Edinburgh zurück.

Er machte Karriere als Maler von Landschaften, Stillleben und figürlichen
Darstellungen.

Mit J. D. Fergusson verband ihn eine Freundschaft.

John Duncan Fergusson: Fergusson wurde am 9. März 1874 in Porth of
Leith, nördlich von Edinburgh geboren.

Ursprünglich sollte er Medizin studieren. Stattdessen schrieb er sich als
Student – wie Peploe – an der Trustees' Academy in Edinburgh ein. Er war
dort allerdings nicht glücklich. Er bildete sich vielfältig selbst weiter und
bereiste Europa und Nordafrika; insbesondere Frankreich und Spanien. Er

besuchte Paris. Fergusson zeichnete und malte viel in den Pariser Cafés im Quartier Latin.

<u>Francis Cadell</u>: Francis Cadell kam am 12. April 1883 in Edinburgh zur Welt. Sein Vater war Chirurg, Cadell hatte von seinen liberalen Eltern die Erlaubnis, die Kunstakademie in Edinburgh zu besuchen. Bereits mit 16 verließ er die Akademie und zog mit seiner Mutter und Schwester nach Paris.

Wie auch Peploe studierte Cadell an der Académie Julian weiter.

Gegen 1902 kehrte er nach Edinburgh zurück und stellte an der Royal Scottish Academy und bei der Society of Scottish Artists aus.

1906 zog er mit seiner Familie nach München und besuchte die Akademie der bildenden Künste für zwei Jahre.

Immer wieder besuchte er die Insel Iona, welche er mehr als 50-mal malte.

<u>[George] Leslie Hunter</u>: Hunter war der Einzige der Scottish Colourist, der keinen direkten Bezug nach Edinburgh hatte. Er wurde am 7. August 1877 in Rothesay auf der Isle of Bute geboren. Er wurde früh von Schicksalsschlägen in der Familie getroffen. Zwei seiner Söhne verstarben an der Tuberkulose. Hunter zog daraufhin mit seiner Familie nach Kalifornien, wo er Orangenzüchter wurde.

Hunters Familie zog bald wieder nach Schottland zurück. George Leslie Hunter – hingegen – zog nach San Francisco. Er verdiente sein Geld als gut gebuchter Illustrator von Zeitungen und Bücher. Als Künstler trat er erst später in Erscheinung.

Auch Hunter verbrachte einige Jahre in Paris. Später, zwischen 1903 und 1905 zog auch Hunter zurück nach Schottland und später wieder nach San Francisco. Er bereitete dort eine große Ausstellung vor, zu der es nicht kam, weil beim großen Erdbeben alle vorbereiteten Gemälde verloren gingen. Nach diesem Schlag zog er wieder endgültig nach Schottland und ließ sich in Glasgow nieder.

Orte

Aufstellung in der Reihenfolge der Erwähnung.

Paris: (vermutlich realer Ort) Große Stadt irgendwo in der Mitte von Frankreich

Sacré-Coeur: (realer Ort) Große weiße Kirche auf dem Mont Martre in Paris.

Brasserie Le Ronsard: (realer Ort) Historische Bar unterhalb der Treppen zur Sacré-Coeur.

Chanonry Point Lighthouse: (realer Ort) Aktiver, automatisch, vom Northern Lighthouse Board betriebener Leuchtturm auf der Nordseite des Moray Firth, der Bucht vor Inverness. Der Leuchtturm wurde 1864 erbaut. Er wurde bis 1984 von einem hauptamtlichen Leuchtturmwärter betrieben, der dort auch wohnte. Der heutige Zustand des Gebäudes ist *pflegebedürftig*.

Die Betreuung durch den Verein ist fiktiv.

Das tägliche Erscheinen der Delfine an diesem Ort ist real.

Sgiogarstaigh Cairns: (fiktiver Ort) Steinkreis auf Lewis and Harris südlich von Port of Ness. Kaum noch sichtbarer, von Moos und Gras überwuchertes historische Kultstätte der Druiden.

Port of Ness: (realer Ort) Lockere Ansammlung von Häusern im Norden der Insel Lewis & Harris.

Joseph's Bar, Port of Ness: (fiktiver Ort) In der Nähe des Hafens von Port of Ness.

Ormond House: (Fiktiver Ort) Stammsitz des Clans McLymondt of Millbuie and Findon in Avoch, auf der nördlichen Seite des Moray Firth. Altes Bruchsteingebäude mit zugigen Fenster und schlecht zu beheizen. Etwa eine halbe Autostunde von Inverness entfernt.

Avoch Parish Church: (realer Ort) Begräbniskirche des Clans McLymondt.

Caisteal an Siùna: (fiktiver Ort) Schloss auf der (realen) Insel Siùna im Loch Linnhe, nahe Oban. Wohnort von Sir Bram. Im Blickkontakt zum Castel Stalker.

Castel Stalker (realer Ort): Tower House auf einer kleinen Insel im Loch Linnhe, nahe Oban.

<u>Scottish National Gallery of Modern Art</u> (realer Ort): Staatliche Galerie in Edinburgh.

<u>Newcastle-Upon-Tyne</u>: Hafenstadt im Nordosten von England; also südlich von Schottland.

<u>Dail Mor Blackhouse</u>: (fiktiver Ort) Alleinstehendes kleines reetgedecktes Bruchsteinhaus in den Dünen an der Nordwestküste von Lewis and Harris. Ehemaliges Wohnhaus eines Crofters (Kleinbauer). Enya und Annie bewohnen dieses Haus und haben es sich gemütlich hergerichtet.

<u>Solstice</u>: (fiktiver Ort) Der einzige bewegliche Ort in dieser Geschichte; sprich: ein Boot. *Solstice* bedeutet Sonnenwende.

<u>Kingswood Hotel, Burntisland</u>: (realer Ort) Hotel, etwa dreißig Autominuten vom Zentrum Edinburghs entfernt.

<u>Fort George</u>: (realer Ort) Militärische Einrichtung auf der Südseite des Moray Firth, der Bucht vor Inverness. Garnison der *Black Watch*, dem *3rd Battalion* des *Royal Regiment of Scotland*. Teile der Festung sind öffentlich zugänglich.

Tapadh leat

Birgit Geldermann hat bei der vor-Ort-Erkundung mitgeholfen und viele Ideen zum Buch beigefügt.

Erneut darf ich mich bei Elke Rockel für die Korrekturen und Anregungen bedanken.

Aus vielen Gesprächen ergaben sich weitere Anregungen und Hintergrundinformationen zu den Scottish Colourists, die real existierten, aber so wie hier beschrieben nie zusammenkamen.

So sind im Hintergrund doch immer viele Menschen an einem Roman beteiligt, die man so selten wahrnimmt.

Herzlichen Dank an Euch alle!

Bernd Pesch, geboren 1963, studierte Physik und Elektrotechnik.

Er lebt im Rheinland und ist als Berater im Bereich der Metrologie selbstständig.

Romane und Kurzgeschichten bilden seinen Kreativbereich neben der Fotografie und Musik.

Eine besondere Liebe verbindet ihn mit Schottland. Viele seiner Romane und Kurzgeschichten spielen in diesen wunderschönen und rauen Landschaften.

Umschlagbild:

Leuchtturm am Chanonry Point (spiegelverkehrt)

c: Bernd Pesch, 2018

Ebenfalls in dieser Reihe erschienen:

Liath – Die Farbe des Himmels (Teil 1)

Enya Ansbachs Leben nimmt eine unerwartete Wendung, als sie ein mysteriöses Buch entdeckt, das längst vergessene magische Kräfte freisetzt. Von Schottlands rauen Küsten bis zu den geheimnisvollen Steinkreisen der Hebriden muss Enya nicht nur ihre eigene Vergangenheit hinter sich lassen, sondern auch eine uralte Magie meistern. An ihrer Seite stehen treue Gefährten, während dunkle Mächte und alte Feinde lauern. Doch die größte Herausforderung wartet im Herzen des Steinkreises – und sie könnte die Welt für immer verändern.

Paperback, 490 Seiten, € 19,50 ISBN: 978-3759779083

Liath – Skye (Teil 3)

Auf der Isle of Skye entfaltet sich ein düsteres Geheimnis, als die altehrwürdige Staffin Bay Distillery wiedereröffnet wird. Enya, eine junge Frau mit einer besonderen Gabe, wird in ein Netz aus Intrigen, Mord und Magie verwickelt. Während sie die Wahrheit hinter Reginald Greenes Tod aufdeckt, stößt sie auf verborgene Familiengeheimnisse und uralte Mächte, die die Insel durchdringen.

Die Grenzen zwischen Realität und Mythos verschwimmen, und Enya muss sich entscheiden, welchem Weg sie folgen will – dem der Wahrheit oder dem der Magie.

Paperback, 354 Seiten, € 15,00 ISBN: 978-3759779236